# 공주, 선비를 탐하다

서은수 장편소설

2

# 공주, 선비를 탐하다 2
ⓒ서은수 2025

| | |
|---|---|
| 1판 1쇄 인쇄 | 2025년 7월 1일 |
| 1판 1쇄 발행 | 2025년 7월 15일 |
| 지은이 | 서은수 |
| 펴낸이 | 박대일 |
| 교정 | 이문영 · 김래현 |
| 편집 | 이문영 · 이주현 · 김래현 · 임지원 · 남혜인 |
| 마케팅 | 임유미 |
| 디자인 | 디자인그룹 헌드레드 |
| 조판 | 박현주 |
| 펴낸곳 | 파란미디어 |
| 출판등록 | 2004년 9월 14일 제313-2004-00214호 |
| 주소 | 03992 서울시 마포구 동교로23길 14 국제빌딩 6층 |
| 전화 | 02.3141.5589 영업부 070.4616.2012 편집부 |
| 팩스 | 02.6499.5589 |
| 전자우편 | paranbook@gmail.com |
| 카페 | http://cafe.naver.com/paranmedia |
| 인스타그램 | @paranmedia |
| ISBN | 979-11-7259-110-6(04810) |
| | 979-11-7259-108-3(전3권) |

\* 이 책의 판권은 지은이와 파란미디어에 있습니다.
  이 책 내용의 전부 또는 일부를 재사용하려면 반드시 양측의 서면 동의를 받아야 합니다.
\* 잘못된 책은 구입하신 서점에서 바꾸어 드립니다.

목차

8. 강릉, 명이 아가씨(2) ·················· 7
9. 달물결 위로 바치는 꽃 ·················· 43
10. 돋을볕이 오실 때까지 ·················· 95
11. 현명한 단념 ·················· 185
12. 은은한 달빛, 빛나는 햇살 ·················· 223
13. 향몽(香夢) ·················· 263

강릉, 명이 아가씨
(2)

같은 하늘 아래 이런 곳이 존재하고 있었을 줄이야!
 조금 전 소동을 새까맣게 잊은 은명은 반쯤 벌어진 입을 다물지 못했다.
 거리의 소음은 지나치게 시끄러워 귀가 따가웠다. 아이들은 셀 수도 없이 많아, 망아지처럼 이리저리 우르르 뛰어다니며 흙먼지를 일으켰다. 은명은 익숙지 않은 흙바람을 들이켜며 눈물이 쏙 빠지게 콜록거렸다. 그럼에도 모든 것이 새롭고 신기해 눈을 떼지 못했다.
 각양각색의 점포와 생동감 넘치는 사람들, 신명나는 놀이판. 물건 구경, 사람 구경, 재주 구경, 음식 구경 등등 그야말로 별천지가 따로 없는 세상이었다.
 이곳을 구경하고 있으니 어린 시절 보령에서 보았던 저자는 저자가 아니었던 것 같다. 은명은 벌어진 입을 다물지 못하고 눈동자를 쉴 새 없이 움직이며 앞으로, 앞으로 나아갔다. 이대로 끝도 없이 나아갈 수 있을 것 같은데 뒤에서 난이가 다다닥 튀어나와 양팔을 옆으로 크게 벌리고 은명의 앞길을 완벽히 차단했다.

"뭐 하는 것이냐?"

"제발 이 이상은 가지 마십시오. 오늘 하루에 다 볼 수 있는 곳이 아니옵니다. 이미 멀리까지 오셔서 돌아가시는 데만도 시간이 한참 걸릴 것이옵니다."

기분이 한껏 고조된 터라 이대로 돌아가고 싶은 마음은 추호도 없었다. 하나 울 것 같은 난이를 보니 은명도 마음이 쓰였다. 어디로 튈지 모르는 상전 때문에 온종일 안절부절못했는지 얼굴이 퀭한 것이 보기에 딱할 지경이었다.

"알았다. 오늘은 이만 돌아가자꾸나. 대신 돌아갈 땐 저 골목으로 빙 돌아서 갈 것이다. 저쪽으로도 가는 길이 있겠지?"

"예?"

큰길을 따라 일직선으로만 걸어왔던 은명은 골목 사이사이로도 꽤 많은 점포가 있음을 눈여겨보았다. 난이와 군관이 기절초풍하는 데도 은명은 부푼 기대감을 안고 지체 없이 골목으로 들어섰다.

안쪽은 밖에서 보았던 것과 달리 또 다른 풍경이 펼쳐졌다. 사람들이 모여 생담배를 피우는 절초전, 장정들이 땀을 흘리며 음식을 먹고 있는 개장국집, 일어서서 술을 마시고 있는 목로

술집까지. 그 생경한 광경에 또다시 정신이 팔린 은명은 자신도 저런 곳에 들어가 뭐라도 하나 해보고 싶다는 욕망이 살금살금 피어올랐다. 마침 보령에서 경험한 바 있었던 주막이 떠올랐다.

"이 근처에 주막도 있을까?"

"주막이요? 제발 고정하시옵소서."

"그게 무슨 소리냐, 고정하라니? 나는 그저 주막에 들어가 국밥이나 한 그릇…… 엇!"

고양된 기분을 감추고 지엄하게 윗사람 노릇을 하고자 할 때였다. 뒤에 따르던 군관이 느닷없이 튀어나와 은명을 향해 거칠게 달려오던 작은 물체를 재빨리 막아냈다.

돌발상황에 깜짝 놀란 은명은 사태가 진정되자 군관의 등 뒤에서 고개를 빼꼼 내밀어 보았다. 가장 먼저 눈에 들어온 건 땟물이 줄줄 흐르는 자그마한 사내아이였다. 뭐가 그리 서러운지 아이는 바닥에 쪼그리고 앉아 홍수 같은 눈물을 주룩주룩 흘렸다.

"어디를 다친 것이냐?"

아이 앞으로 다가간 은명이 걱정스럽게 물었다. 고도로 훈련된 군관이었는지라 아이가 다치진 않았는지 마음이 쓰였다. 아이는 고개를 가로저으면서도 울음을 그치지 않았다.

"한데 왜 그리 우는 것이냐? 많이 놀란 것이로구나?"

"우리 형아가 맞고 있습니다. 제발 우리 형아를 살려 주세요!"

"맞고 있다고? 누구한테? 어디에서?"

"저쪽입니다. 저기에 있습니다!"

지체 높아 보이는 아가씨가 관심을 보이자 아이가 울음을 뚝 그쳤다. 자리에서 발딱 일어나 필사적으로 은명의 소매를 잡아당겼다. 눈물을 머금은 아이의 눈에는 도움을 받을 수도 있겠다는 희망의 빛이 넘실거렸다.

군관이 제지하려 나서자 은명은 그를 만류한 뒤 아이를 따라가 보았다. 골목을 두어 번 돌고 돌아 얼마간 걸어가니 아수라장이 나타났다. 울음소리와 앓는 소리, 거기에 호통까지 범벅되어 눈앞의 풍경은 그야말로 난장판이었다.

자세히 살펴보니 양반으로 보이는 한 중년의 사내가 열 살쯤 되어 보이는 사내아이를 사정없이 발로 짓이기는 중이었다. 그 옆에 자지러지게 울고 있는 갓난아기를 업고, 무릎을 꿇은 채 두 손을 싹싹 빌며 용서를 구하는 앳된 용모의 소녀도 있었다.

"용서해 주십시오, 나리! 우리 영수를 용서하여 주십시오!"

"이 도둑놈의 새끼, 은혜를 원수로 갚아도 유분수지! 이런 새끼는 쓴맛을 똑똑히 보여 줘야 한다!"

"잘못했…… 잘못했습니…… 다."

쓰러져 있는 사내아이는 힘없이 잘못했다는 말만 반복했다. 코와 입술이 터져 피범벅이 되었고, 얼굴은 제 모습을 알아보지 못할 만큼 부어올랐다. 아이의 상태가 그 지경인데도 사내의 잔인한 발길질은 멈출 줄을 몰랐다.

사람들 역시 말릴 생각은 않고 멀거니 구경만 하고 있었다. 살벌하고 끔찍한 그 미친 광경에 은명은 사람들에 대한 분노와 노여움이 치솟았다. 주위를 두리번거리다 종국엔 버럭, 고성을 질렀다.

"그만두어라!"

갑작스러운 호통에 사람들의 시선이 은명에게로 향했다. 그러나 폭력을 휘두르던 사내는 흘끗 보더니 가볍게 무시하고 발길질을 이어 갔다.

은명은 군관에게 신호를 보냈고, 그는 쏜살같이 달려가 아이를 짓밟고 있는 사내의 한쪽 다리를 낚아채 거칠게 밀쳤다. 사내가 힘도 쓰지 못하고 벌렁 자빠지자, 옆에서 빌고 있던 아이의 누이는 피투성이 된 어린 동생을 가슴에 얼른 안아 올렸다.

"영수야. 영수야! 괜찮으냐? 흐흑, 많이 아프지? 미안하다. 미안하다……."

바닥에서 나뒹굴던 사내는 종들의 부축을 받아 간신히 몸을 일으켰다. 앓는 소리를 내다가 신경질적으로 종들의 손길을 홱 뿌리쳤다. 그는 독이 바짝 오른 얼굴로 군관을 향해 고래고래 고함쳤다.

"네 이놈! 감히 여기가 어느 안전이라고……."

"그 입, 다물라!"

기세등등하던 사내는 맞은편에서 들려온 야무진 호통에 그대로 말문이 막혔다. 입술을 바르르 떨며 은명을 노려보았다. 옷에서부터 시작해 장신구와 당혜까지 샅샅이 훑는 게 느껴졌다. 신분과 재력을 가늠하는 낌새였다.

성질 같아선 발칵 뒤집고 싶으나 이쪽의 차림새가 만만치 않아 참고 있는 표정이었다. 사내는 숨을 거칠게 씩씩거리다 화를 간신히 억누르며 음산한 어조로 입을 열었다.

"어느 댁 규수인지 모르오나 이 나라 조정의 관리에게 함부로 막말해도 되는 것이오?"

"너 같은 게 조정의 관리였단 말이냐? 네 직책과 성명을 대 보아라."

"아니, 이게 무슨……!"

사내는 조금 전보다 갑절은 더 당황했다. 콧김을 팍팍 내쉬며 주변을 둘러보더니 신경질적으로 따지고 들었다.

"소저는 뉘시오? 뉘신데 이리 무례하게 군단 말이오?"

"보면 모르겠느냐? 백성을 괴롭히는 관리 하나쯤 간단히 처리해 줄 수 있는 분의 여식이니라."

말끝마다 돌아오는 태연하고 즉각적인 대답에 사내는 눈가에 황당함마저 띠었다.

"나라의 녹을 먹는 자가 연약한 아이에게 폭력을 행사하다니. 부끄럽지도 않은 것이냐?"

"저놈은 도둑놈이오. 사는 꼴이 하도 딱해 여러모로 보살펴 주었음에도 보은은커녕 남의 집 귀한 제사음식에 손을 댄 놈이란 말이오."

사내의 말에 아이의 누이가 냉큼 바닥에 엎드렸다.

"그건 소인의 잘못입니다. 소인의 어머니가 하도 굶어 젖이 모자랍니다. 그 바람에 막내가 배고파서 울다 경기를 한다고 동생한테 걱정의 말을 하였더니……. 이 아이는 저희를 위해서 그랬던 겁니다. 제발 소인이 대신 벌을 받게 하여 주십시오."

"무엇을 훔친 것이냐?"

"저기……."

짠해진 은명이 측은한 마음에 묻자 아이의 누이가 검지를 들어 어딘가를 가리켰다. 그곳엔 지짐이 두 장이 땅바닥을 뒹굴고 있었다. 고작 저런 것 때문에 아이에게 그토록 끔찍한 매질을 가하였다니. 은명은 열이 뻗쳐 오르는데 사내는 뻔뻔하게 이죽거렸다.

"저것은 조상님들께 올리려던 거였소. 그 어떤 음식보다 내게는 귀한 것들이오."

"아이를 죽일 뻔하였다. 죽은 사람을 위한 음식이 산 사람의 목숨보다 더 중하다는 것이냐?"

"에헴, 흠!"

사내는 헛기침을 하고는 싸늘한 눈길로 아이의 누이를 내려다보았다.

"오늘은 이만 돌아갈 것이나 기한이 나흘밖에 남지 않았으니 빨리 선택하도록 하여라. 내 이번 것까지 달아 둘 것이다."

사내는 욕정이 밴 음흉한 눈길로 아이의 누이를 훑더니 이내 표정을 감추고 반대편으로 몸을 돌려 빠르게 멀어졌다.

사내의 찐득한 눈빛을 똑똑히 목격한 은명은 소름이 돋았다. 그의 시선은 거슬릴 정도로 불쾌하고 매스꺼웠다. 저 기분 나쁜 눈빛은 대체 무슨 의미였는지. 은명은 찝찝한 기분에 휩싸여 있는데 인파 속에서 토실하게 살이 오른 한 여인이 울먹이며 뛰쳐나왔다.

"미안하다, 아정아. 이를 어쩌면 좋으냐. 다 내 잘못이다."

여인은 방금 전 그 사내의 반빗아치였다. 이야기를 들어 보니 영수라는 아이는 사내의 집에서 자질구레한 심부름을 해 주고 음식을 조금씩 얻어 오는 처지였다. 아이들의 딱한 사정을 알게 된 반빗아치는 마침 오늘 남은 것이 있어 음식을 조금 건네 주었고, 영수는 어머니를 위해 감사해하며 받았다.

그런데 어떻게 알았는지 집에 도착하기도 전에 사내가 쫓아와 마구 행패를 부렸다. 훔친 것은 아니었으나 혹시라도 반빗아치가 화를 입을까, 아이는 입을 다물고 고스란히 그 매를 감당했다.

나이도 어린 것이 어쩜 저리도 속이 깊을까. 처절한 광경에 가슴이 미어진 은명은 동생을 안고 훌쩍이는 아정을 애처로운 눈길로 내려다보았다.

"네 이름이 아정이냐?"

"예. 허가 아정이라 합니다. 도움을 주셔서 감사합니다, 아가씨."

"아까 그자가 무슨 소리를 한 것이냐? 기한이라니?"

"별일 아니니 신경 쓰지 마십시오. 오늘 도와주신 것만으로 충분합니다."

"저 아이를 업게."

은명이 군관에게 영수를 업으라 하자 아정이 붉어진 눈으로 올려다보았다.

"뼈가 상했을 수도 있다. 내가 의원을 불러 줄 것이니 걱정하지 말고 앞장서거라. 너희 집이 어디쯤이냐?"

은명은 아정이 생각할 틈을 주지 않았다. 일사불란하게 명을 내리고 아이들을 챙겨 근처에 있다는 그들의 집으로 향했다. 의원을 불러 치료를 받게 하고 집안 형편도 들여다볼 작정이었다. 대체 얼마나 어렵기에 남매들이 하나같이 비쩍 말라 비실대는 것인지. 조급한 마음에 은명의 걸음은 더욱 빨라졌다.

"온종일 사람들 구하고 다니느라 아주 바쁘시구먼."

익정의 빈정거림에 곁에 있던 참군이 설핏 웃음을 흘렸다. 훗날 만나게 될지도 모른다더니 정말 한 시진도 안 되어 다시 만나게 되다니.

치안에 문제가 생기면 그건 한성부의 관리가 게으른 탓이라는 여인의 말이 신경 쓰였다. 괜한 꺼림칙함에 한성부로 돌아가던 익정은 방향을 틀어 오랜만에 직접 시찰에 나섰다.

근처를 지나다 소동이 일어난 걸 발견했고, 곧바로 정리에 나서려고 하였다. 그런데 입을 떼기도 전에 여인의 당찬 목소리가 끼어들었다. 익숙한 음성에 눈이 동그래져 돌아보았더니 짐작대로 조금 전 만난 그 여인이 정의감을 발휘하고 있었다.

이번에는 어찌하려나. 익정은 호기심이 일어 나서지 않고 지켜보았다. 그랬더니 여인은 현장을 말끔히 정리하고 아이들의 뒷수습까지 해 주려는 모양이었다.

"하여간 오지랖은……."

멀어지는 여인을 바라보며 익정은 고개를 저었다. 질린다는 표정으로 발길을 돌리면서도 기이하게 자꾸 여인을 돌아보게 되는 것은 어찌할 수 없었다.

구경의 대상이었던 아이들이 사라지니 모여 있던 사람들도 뿔뿔이 흩어졌다. 순식간에 주변이 횅해지고 여인과 아이들도 점차 멀어지자 또 다른 사내가 서서히 모습을 드러냈다. 외진 담장에 붙어 지금까지의 일을 전부 지켜본 그는 여인처럼 곱상한 외모가 돋보이는 의천상단의 대방 강준혁이었다.

그의 시선은 공주의 뒷모습에 붙어 떨어질 줄 몰랐다. 이제는 거리가 제법 멀어져 거의 보이지 않는데도 공주를 지켜보는 그의 눈가엔 따사롭고 애잔한 기운이 물씬 풍겼다.

청월관 쪽으로 어슬렁어슬렁 걸어가던 준혁은 갑자기 소리 없는 웃음을 지었다. 참으로 바쁘고 알차게 보낸 공주의 일과를 떠올리자 기가 막혀 웃지 않을 수 없었다. 공주는 직설적이고 솔직한데다 성미가 불같은 면이 있어 지켜보는 재미가 상당히 쏠쏠했다.

특히 만나는 상대가 흥미로웠다. 사헌부 지평, 김서율. 단순한 사제지간은 아닌 듯한데 공주와 어떻게 이어진 사이인지 궁금했다.

한 달 전, 현법사까지 몰래 쫓아갔다가 공주와 함께 있는 사내를 보고 매우 놀랐다. 목숨을 빚지고도 주막에서 국밥만 먹고 헤어졌던 바로 그 선비였다. 궁금한 마음에 은밀히 알아보니 그는 소문이 자자한 좌의정 김대원 대감의 차남이었다.

공주와 좌상의 차남. 결코 자연스러운 조합이 아니었다. 그래서 더 관심이 갔는데 오늘 공주께서 보인 과감한 행보의 첫 방문지 역시 사헌부의 김서율이었다. 멀리 있었기에 대화 내용은 알 수 없으나 둘 사이에 흐르는 분위기가 예사롭지 않았다.

공주에 대해 골몰하던 준혁은 문득 누군가의 시선을 느꼈다. 고개를 들어 정면을 주시하니 자신을 보고 있는 낯익은 얼굴이 있었다. 순간 멈칫했던 준혁은 반색하며 다가가 먼저 말을 걸었다.

"선비님 아니십니까!"

"……."

"반갑습니다. 소인을 기억하시겠습니까?"

준혁의 알은체에 서율은 별다른 대꾸가 없었다. 그를 알아보는 것 같으면서도 냉담한 눈빛을 빛내며 말끄러미 보고만 있었다.

두 사람은 근처 소박한 분위기의 한 요릿집에 방을 잡아 들어앉았다. 계속 말을 아꼈던 서율은 상대가 탁주 한 사발을 들이켜자 묵묵히 지켜보다 입을 열었다.

"그때 그 값비싼 물건은 잘 팔았는가?"

처음 만났을 때 꽤 영리한 인상을 주었던 준혁은 머뭇거리지 않았다.

"한양 분점의 도방은 사사로이 제게 외숙이 되십니다. 오랫동안 자녀를 갖지 못한 선친께서 오십이 넘어 첩실을 들였는데 그분의 아우이시지요. 귀중품은 그자가 주문을 받아 부탁한 것들이었습니다."

"해서 자네는 아는 것이 없다?"

"비녀의 행방은 알 길이 없습니다. 하나 연적과 황모필은 얼마 전 선혜청 한 6품 관리의 손에 넘어간 것으로 확인되었습니다. 아시다시피 그런 자가 감당할 수 있는 물건이 아니지요. 상단의 회계장부에 숫자를 맞춰 놓긴 했지만 알아보나 마나 조작되었을 겁니다."

직접적인 연관은 없으리라 추측하고 있으나 그래도 자신이 이끄는 상단이 연루된 일이다. 어느 정도 비호할 거라고 예상했는데 뜻밖에도 준혁은 모든 것을 가감 없이 털어놓았다.

"그리 나온다고 해서 책임을 면피할 수 있을 거라 여긴다면 오산일세."

"소인은 책임이나 면하자고 이러는 게 아닙니다."

"선친께서 일궈낸 상단이니 어떻게든 지키고는 싶겠지."

"많이들 오해하는 부분이 있습니다. 우리 같은 사람들은 목숨보다 재물을 더 중히 여긴다고 생각하는 것이지요. 살아서 숨 쉬지 못한다면 부귀영화가 무슨 소용 있겠습니까."

"단지 살고 싶어 이리하는 것이다?"

서율의 간단한 정리에 준혁은 강하게 긍정했다.

"예. 장사치들이란 본래 생존본능이 무서울 정도로 강한 족속입니다. 그중에서도 특히 저는 삶에 대한 애착이 강한 편이지요. 지금은 진실만을 말해야 할 때다 머릿속에 경종이 울렸고, 소인은 본능에 충실하고 있는 겁니다. 어쨌든 나리께서는 현재 저를 의심하고 있진 않으시니까요. 안 그렇습니까?"

"직접적인 연관은 없을 것으로 보고 있네. 그랬다면 아무리 은인일지라도 그런 물건을 함부로 내보이진 않았겠지. 그건 그렇고, 아까 그 기방에는 무슨 볼일이었는가?"

"대방인 저도 모르게 의천상단에서 기방을 운영 중이라기에 가보았습니다."

"청월관이 의천상단에서 운영하는 곳이었단 말인가?"

뜻밖의 정보에 서율은 날카롭게 반응했다.

"별감 하나를 내세우긴 했지만, 그 뒤에 한양 분점의 도방, 양병수가 있는 게 틀림없습니다."

"그랬군."

"지금 무언가를 수사 중이십니까? 청월관이 그 일과 연루되어 있다, 이리 보고 계신 것인지요?"

"아직은 아무것도 밝혀진 것이 없네. 선혜청 6품 관리가 평소 그곳을 자주 들락거렸다기에 가보았던 것이네."

"그곳이 요즘 도성뿐 아니라 근교에 있는 재물까지 죄다 쓸어모으고 있다 들었습니다. 그 막대한 부가 누구의 손으로 흘러가고 있는지 궁금하신 모양입니다."

강준혁은 대화하는 재미가 느껴질 만큼 눈치와 머리 회전이 빨랐다. 외양은 곱상하니 여려 보여도 거대상단의 대방이라 그런지 결코 만만히 여길 수 있는 상대가 아니었다.

공주, 선비를 탐하다 2

"한 가지만 약조해 주신다면 제가 큰 도움이 될지도 모르겠습니다."

"큰 도움이라……. 자신만만하군."

"소인 또한 청월관에 무척이나 관심이 많은 사람입니다. 자칫하다간 선친께서 평생을 바쳐 일궈 온 우리 상단이 허망하게 무너질 수도 있으니까요. 후에 양병수가 범죄와 연루된 사실이 드러난다고 해도 우리 상단 전체를 상대로 문책하지 않겠다, 약조해 주십시오. 그리만 해 주신다면 어떤 일이든 나리께 기꺼이 협조하겠습니다. 소인이 꽤 유용할 것입니다."

흥미로운 제안에도 서율은 이렇다 할 감흥 없이 마지막 점검에 나섰다.

"이利를 취하기 위해서라면 무엇이든 하는 게 장사치들의 속성이지. 하물며 자네는 손꼽히는 거대상단의 대방일세. 뒤에서 저들과 야합을 도모하지 않을 거라 내 어찌 믿을 수 있단 말인가?"

"초반에 말씀드렸듯 소인은 죽고 사는 일에 극히 예민합니다. 무조건 오래 살고 싶은 사람이지요. 쓸데없는 욕심으로 수명을 단축하는 어리석은 짓, 소인으로선 상상도 할 수 없는 일입니다."

서율이 듣기에도 빈말 같지는 않았다. 재물을 불리는 일보다 장수에 더 무게를 두는 장사치가 있었다니. 특이하긴 해도 말이 안 된다 여길 정도는 아니다.

따지고 보면 서로에게 전혀 손해 날 게 없는 계약이었다. 서율의 입장에서 보자면 도리어 큰 수확을 올린 것과 마찬가지다. 오늘만 해도 존재조차 몰랐던 양병수란 대어까지 낚았으니 앞으로 준혁의 도움을 받는다면 수사는 급물살을 타게 될지도 모를 일이다. 결심이 선 서율은 주저 없이 그의 제안을 받아들였다.

"약조하지. 의천상단 내, 범죄와 연루된 자들만 처벌할 것이고 불법으로 착복된 재산에 한해서만 몰수할 것이네."

생각지도 않은 곳에서 우연히 만나 의기투합한 두 사람은 대화가 끝나는 즉시 음식에는 손도 대지 않고 자리에서 일어났다. 값을 치르고 요릿집을 나서는데 새끼줄을 꼬아 둥글게 돌돌 말린 것이 데구루루 굴러와 준혁의 발끝을 톡 하고 건드렸다.

그것이 굴러온 방향을 돌아보자 아이들 한 무리가 더위에 빨갛게 익은 얼굴로 준혁을 바라보고 있었다. 준혁은 피식 웃으며 그것을 줍기 위해 허리를 구부렸다. 그러자 목에 걸고 있던 장식물 하나가 밖으로 달랑 튀어나왔다. 거북 모양의 청보석이었다.

우연히 청보석을 목격한 서율은 이루 형용할 수 없을 만큼 표정이 묘하게 바뀌었다. 장식물에 고정된 눈동자가 충격에 흔들리면서도 시선을 돌리지 못했다. 공을 던져 주고 뒤늦게 그의 시선을 의식한 준혁은 어색한 미소를 지으며 가슴팍에 있던 장식물을 다시 옷 속으로 집어넣었다.

"어릴 적부터 지니고 있던 거라 없으면 허전합니다."

준혁은 멋쩍게 웃으며 덧붙였다. 서율은 순식간에 표정을 지웠으나 꼭 말아 쥔 주먹은 미세한 떨림을 멈추지 못했다.

어느 쓰러져 가는 초가집 앞. 옻칠을 해 윤기 나는 겉면에 은빛의 매화꽃이 촘촘하게 새겨진 가마 하나가 멈춰 섰다. 근처에 있던 사람들은 물론 지나던 이들까지 걸음을 멈추고 쳐다볼 정도로 보통의 것보다 훨씬 크고 호화롭게 제작된 가마였다.

문이 열리자 맑고 영민해 보이는 외모에 기품 있는 복색을 갖춰 입은 한 규수가 조심스레 그 모습을 드러냈다. 보모상궁의 잔소리와 꾸지람을 꿋꿋이 견디며 아정네를 다시 찾은 은명이었다.

기한이 나흘밖에 남지 않았다던 사내의 끈적끈적한 눈빛을 도저히 잊을 수가 없었다. 내내 찜찜해하던 은명은 그로부터 나흘째인 오늘, 더는 참지 못하고 몸소 찾아오기에 이르렀다.

불길했던 예감은 적중했다. 가마에서 내려 겨우 두세 발짝 걸었을 때 구경꾼들 틈에서 한 아낙이 은명을 알아보고 쏜살같이 달려왔다.

"아이고, 아가씨! 며칠 전 저 길가에서 영수 구해 주신 분 맞으시죠?"

"그렇네만."

흘긋 돌아봤던 은명이 아예 몸을 틀어 아낙과 마주 섰다.

"아이고, 살았네. 아이고, 살았어!"

"무슨 일이 있었는가?"

"큰일 났습니다. 아가씨께서 주신 가락지와 엽전꾸러미 때문에 아정이랑 영수 어미가 지금 절도죄로 포청에 잡혀갔습니다."

"절도라니? 그건 내가 준 것이네."

"그걸 누가 믿어 주겠습니까. 곽 봉사奉事 나리께서 절도죄로 발고하여 포졸들을 데려왔는데 아가씨께서 어느 댁 분이신지도 모르고 증명할 길이 없어 그대로 끌려갔습니다."

"곽 봉사라면 그날 영수에게 폭력을 가했던 그놈인가?"

"예, 맞습니다. 그분이 이 집에 곡식을 빌려 줬습죠. 기한 내 못 갚으면 아정이를 첩으로 들이려 했는데 계획대로 안 되니까 앙갚음을 한 것입니다."

보기만 해도 징그러웠던 사내가 이제 열넷, 어린 아정을 첩실로 들이려 했다니. 은명은 더 들을 것도 없이 곧장 가마에 올라 포청으로 향했다.

나흘 전, 아이들을 따라 그들이 사는 집에 가보았던 은명은 처음으로 가난의 끔찍함을 직접 목도했다. 부엌에는 아무리 눈을 씻고 찾아봐도 음식이라고 부를 만한 것이 하나도 없었다. 아이들은 우물물을 길어다 배를 채웠고, 그 어미는 유복자를 낳은 뒤 조섭을 제대로 못 해 시들고 있었다.

형편이 그 지경인데 모르는 척할 수 없었다. 쌀을 사다 독을 채워 주고, 가지고 있던 엽전꾸러미와 끼고 있던 가락지까지 전부 빼서 손사래를 치는 아정의 손에 억지로 쥐여 주었다.

공주, 선비를 탐하다 2    25

그런데 오늘, 곽 봉사 그자가 포졸들을 불러와 집 안을 수색하는 만행을 저질렀다. 빌려 준 것을 돌려받을 수 없을 거라 여기고 아정을 데리러 왔다가 영수 어미가 엽전꾸러미를 내밀자 심술을 부린 것이리라. 은명은 노여움에 열불이 치솟아 머리끝까지 후끈 달아올랐다. 파렴치한 그 작자를 절대로 가만두지 않을 생각이었다.

화를 누르며 포청에 당도했을 때 가장 먼저 눈에 띈 건 눈물로 범벅된 영수와 그의 아우 영재였다. 갓난아기를 등에 업은 영수는 포청에서 막 나오던 곽 봉사의 다리를 부여잡고 애걸복걸했다.

"나리, 정말 훔친 게 아닙니다. 며칠 전 그 아씨께서 저희를 딱히 여겨 주고 가신 것입니다. 제발 저희 어머니와 누이를 살려 주십시오!"

"시끄럽다! 너 같은 도둑놈을 키운 어미와 딸년인데 안 봐도 뻔하지. 정 억울하거든 그 처자를 찾아와 증명해 보이거라. ……비키거라, 이놈아. 어디서 그 더러운 몸뚱이를 들이대는 것이냐!"

곽 봉사는 갓난아기를 업은 영수의 가슴을 냅다 걷어차고 더러운 게 묻었다는 듯 신발을 땅바닥에 벅벅 문질렀다. 그 모습을 지켜본 은명은 옛 기억이 새록새록 떠올라 마치 자신이 억울한 일을 당한 것처럼 울분이 솟았다.

그 옛날 보령에서 정씨 여인의 횡포에 억울하고 서러워 눈물까지 쏟았다. 김서율과 홍치경이 아니었다면 은명도 그날 꼼짝

없이 도둑으로 몰려 화를 당했을 터였다. 더는 생각할 필요도 없었다. 저놈은 정씨 여인보다 더 그악한 악질이었다. 곱고 우아한 차림의 은명은 그 자태에 걸맞지 않게 치맛자락을 움켜쥐고 씩씩거리며 사내 앞으로 다가갔다.

개똥이라도 밟은 양 땅에 신발 바닥을 비비적거리던 사내는 가까이서 기척을 느꼈는지 언뜻 고개를 들었다. 은명과 눈이 마주치자 얼굴을 알아보고 기겁하여 비틀거렸다. 그는 아무것도 기억나지 않은 척 도망가기 위해 슬그머니 몸을 돌렸다.

"너어……."

그런다고 순순히 보내 줄 은명이 아니었다. 목소리에 분노를 담아 곽 봉사를 부르자 그는 흉포한 빛을 띠고 은명을 돌아봤다. 어린 규수의 밑도 끝도 없는 반말에 성이 났는지 미간에는 굵은 주름이 진하게 잡혔다. 충돌이 일어나기 일보 직전인데, 엉엉 울던 영재가 은명을 알아보고 쏜살같이 달려왔다.

"아씨!"

눈물이 가득 차오른 영수도 이제는 살았구나 싶은 얼굴로 은명을 붙잡고 호소했다.

"아씨, 제발 우리 어머니랑 누이를 살려 주십시오!"

짠한 마음에 은명이 아이들을 달래 주고 있는데 약이 오를 대로 오른 곽 봉사가 대뜸 소리를 질렀다.

"이보시오, 소저! 대체 뉘시오? 대관절 어느 댁 여식이기에 조정의 관리를 이리 함부로 대한단 말이오? 오늘은 소저의 부친이 뉘신지 내 꼭 알아야겠소."

"시끄럽다! 감히 어느 안전이라고 소리를 지르느냐!"

사내의 호통에 은명도 발끈했다. 곧장 쏘아붙이려 했으나 미처 입을 떼기도 전에 최 상궁이 새끼를 보호하는 어미 새처럼 튀어나와 사내보다 더 큰 소리로 으르렁거렸다.

정5품 보모상궁이 종8품 봉사에게 호통을 칠 수도 있는 일. 불행히도 이러한 사실을 알 리 없는 곽 봉사는 몰려든 포졸과 사람들에게 개탄의 목소리를 높였다.

"세상에 이런 법이 어디 있단 말이오! 아무리 대가 댁 규수라 해도 그렇지, 조정의 벼슬아치에게 맘대로 너라 칭하고, 그 아랫것이 덩달아 호통을 쳐대다니. 이럴 수는 없는 일인 것을!"

"파렴치할 뿐 아니라 분수도 모르는 자로구나."

곽 봉사의 엄살을 은명은 그대로 두고 보지 않았다. 한마디도 지지 않고 꼬박꼬박 토를 달았다.

"제 잘못은 생각 않고 남의 부친 함자를 궁금해하다니. 사사로운 감정으로 무고한 이들을 옥에 가둬 놓은 주제에 꼴에 관리라고 대접은 받고 싶은 것이냐! 긴말할 필요 없다. 내가 지금 포청으로 들어가 아정이와 아정 어미의 무죄를 입증하고 너를 무고죄로 발고할 것이다."

은명의 면박에 곽 봉사는 눈가를 씰룩이며 입술을 파르르 떨었다. 살면서 이런 치욕은 처음이라는 듯한 표정이었다. 당장에라도 호통을 칠 것처럼 눈을 부라리다가 코앞에 있는 포청과 주위에 몰려든 인파를 번갈아 훑고는 입을 다물었다. 약이 올라 얼굴이 푸르스름하게 변해 가던 그는 갑자기 무슨 꿍꿍이속인지 능글맞은 미소를 지었다.

"그러시오. 어차피 이렇게 된 거, 포도청에 불려가 문책을 받기 전 나는 규수가 어느 댁 여식인지 그거라도 꼭 알아야겠소. 도대체 어느 대가 댁에서 여식 훈육을 이리 훌륭하게 하셨는지 나뿐 아니라 여기 있는 모두가 궁금할 것이오."

사내의 비아냥거림에 은명은 새삼 주위를 둘러보았다. 한바탕 말싸움에 포청에서 뛰어나온 포졸들을 비롯해 길 가던 행인까지 멈춰서 구경 삼매경에 한창이었다.

대가 댁 규수가 지엄한 포도청 앞에서 벼슬아치와 험악하게 싸우는 모습은 흔히 볼 수 있는 광경이 아니다. 얼마나 흥미진진했으면 포졸들까지 신분을 망각한 채 넋을 놓고 눈동자를 반짝거리고 있을까.

최 상궁과 난이가 민망함에 얼굴을 붉혔다. 그사이 성질머리를 간신히 누른 곽 봉사는 보는 눈을 의식해 최대한 이치에 맞게 따지고 들었다.

"부친께서 어느 관직에 올라 계신지는 모르오나 그건 어디까지나 부친의 품계일 뿐. 소저가 벼슬을 하는 것도 아닌데 엄연히 품계가 있는 이 사람에게 어찌 이리 무엄하게 굴 수 있단 말이오. 무턱대고 하대할 게 아니라 그래도 되는 분인지 아닌지, 신분을 제대로 밝혀 보시오."

높고도 고귀해 품계를 초월한 존재인 공주. 신분을 밝힌다면 모든 소동은 단번에 정리될 것이나 길바닥에서 실컷 싸워 놓고 지존의 여식이라 나설 수는 없었다. 어지간한 일에 눈치 같은 건 전혀 안 보는 은명일지라도 그러기엔 다소 부끄러웠다.

더군다나 공주가 포청 앞에서 싸움질을 했다는 소문이 돌아 이번 일이 동궁전과 대전에까지 알려진다면 상황은 걷잡을 수 없었다. 까딱하다간 화경궁에서의 생활도 끝장날 것이다. 은명은 위기를 모면하기 위해 대책을 궁리하는데 어디선가 낯설지 않은 목소리가 날아왔다.

"여기서 또 뭘 하는 것이오?"

소리를 따라 돌아보니 나흘 전 말씨름을 벌였던 한성부의 판관이 그날 같이 있었던 참군을 대동하고 이쪽을 주시하고 있었다.

살았구나!

은명은 순간적으로 안도했다.

"낭자께서는 참으로 바쁘게도 돌아다니……."

"판관 나리!"

속히 잔소리를 틀어막고 재빨리 다가갔다. 방긋방긋 웃으며 친한 척을 했더니 한성부의 판관이 흠칫 놀라 주춤거렸다. 이 여인이 왜 이러나, 황당한 표정인데 은명은 꿋꿋했다. 체면이고 뭐고 따질 계제가 아닌지라, 만면에 반가운 기색을 띠고 나지막한 목소리로 소곤거렸다.

"그것 보십시오. 곧 다른 곳에서 뵙게 될 수 있다 하지 않았습니까."

사근거리는 의도를 파악한 판관은 기막혀 하는 표정이었다. 은명은 단도직입적으로 말했다.

"지난번에 아껴 놓았던 그 빚, 깔끔히 갚을 기회를 드리겠습니다."

"어느 선까지 도와주면 되는 것이오?"

사내는 곽 봉사를 흘끔거리곤 흥정하듯 물었다.

"더도 덜도 말고 판관 나리의 배포와 아량만큼만 도와주십시오."

은명의 방긋 웃음에 한성부의 판관은 "이건 뭐…… 한도 끝도 없이 퍼 달라는 소리신가?" 하고 혼잣말처럼 중얼대더니 귀찮은 티를 팍팍 풍겼다. 그러면서도 의리는 확실하게 지켰다. 눈살을 잔뜩 찌푸린 채 은명이 시키는 대로 포도청 종사관까지 불러내 착실히 일 처리에 나섰다.

윗선이 움직이자 아정과 아정의 어미는 금방 풀려났다. 어린 영재가 기뻐서 방방 뛰어다녔지만 포청 안은 갈수록 험악한 분위기를 띠었다. 은명과 곽 봉사가 서로를 쏘아보며 싸움을 이어 갔기 때문이다. 곽 봉사는 여전히 부친의 함자를 대라며 어깃장을 놓았고, 은명은 포청 종사관에게 사내를 장형에 처하라 주장했다. 곽 봉사는 이를 바득바득 갈았다.

"어디 누가 이기나 끝까지 한번 해보시지. 나는 여기서 한 발짝도 움직이지 않을 테니, 그 댁에서 소저를 데리러 올 때까지 이러고 있자고!"

"너는 절대로 포청을 멀쩡히 걸어서 나가지 못하게 될 것이다."

"이, 이 규수 말버릇 좀 보십시오!"

곽 봉사는 거보라며 포청의 관리들에게 호응을 얻어내려 애썼다. 그 와중에 최 상궁은 주먹을 말아 쥐고 부르르 떨었다. 당장이라도 저놈을 옥에 처넣고 싶지만 나서지 말라는 공주의 하명에 득도하는 심정으로 이 상황을 참아냈다. 포청 종사관과 포도부장들도 대가 맥 어린 규수와 나이 많은 말단 벼슬아치의 싸움에 끼어 곤란한 눈치였다.

보다 못한 익정이 자발적으로 수습을 시작했다. 은명을 조용히 잡아끌어 조금 떨어진 곳으로 데리고 가 타이르듯 말했다.

"다들 무사히 풀려났으니 이제 그만하시오. 저리도 초라한 자들이 그 귀한 밀화 가락지를 지니고 있었으니 의심을 사는 것은 당연하지 않겠소."

"어찌하여 그것을 당연하다 하십니까?"

익정에게 귀를 기울이던 은명은 의아해했다.

"귀중품을 훔쳤다는 정황도, 증인도 없었습니다. 그럼에도 불구하고 정직하게 살아온 저들이 의심을 받는 게 당연합니까? 행색이 남루하기 때문에 의심을 받아야 한다면 형편이 어려운 자들은 전부 잠재적 죄인이 되는 겁니까?"

성급했던 익정은 삽시에 두 뺨이 화끈거렸다. 문제를 빨리 매듭짓고자 편견에 기대는 실수를 저질렀다.

"제가 만약 행색이 남루하였다면 판관께서는 오늘 저를 돕지 않으셨을 겁니까?"

갑작스럽게 날아든 질문엔 말문이 탁 막혔다. 규수의 새까만 눈동자와 시선이 얽히자 시야가 아득해지는 듯도 하였다. 가까스로 중심을 잡고 답을 하려고 하니 조용히 지켜보던 시선이 먼저 말을 꺼냈다.

"판관이시라면 기꺼이 도우셨을 겁니다."

너무도 확신에 찬 결론에 익정은 할 말을 잃었다. 은명은 그대로 돌아서 포청 종사관에게로 걸어갔다.

"묻겠습니다. 제가 파렴치한 저자에게 하대한 것이 국법에 어긋나는 일입니까?"

"엄밀히 따지자면 국법을 어긴 것은 아니지요."

"하면, 아무런 증좌 없이 무고하여 죄 없는 이에게 해를 입힌 행위는 국법에 어긋나는 겁니까?"

"무고죄는 국법으로 엄히 다스리게 되어 있습니다."

왕실의 비빈도, 사대부가의 높은 벼슬아치도 하루아침에 모든 것을 잃고 사사될 수 있을 만큼 엄히 다스려지는 죄가 무고죄였다. 죄질의 심각성을 공공연히 강조하고자 부러 질문을 던졌던 은명은 만족스럽게 입꼬리를 올렸다. 종사관은 정확히 듣고 싶은 대답을 들려주었다.

"그렇다면 질질 끌 필요가 무에 있겠습니까? 그저 국법대로만 처리해 주십시오."

은명의 완고한 태도에 종사관도 더는 버틸 재간이 없었다. 각을 세울 게 아니라 좋게 말로 끝내라는 제안을 더는 하지 않았다.

"알겠습니다. 포청 종사관으로서 모든 일을 국법에 따라 엄

중히 처리하겠다, 약조를 드리지요. 죄인은 법에 따라 장형에 처해지게 될 겁니다."

"종사관 나리의 말씀을 믿겠습니다. 그럼 죄 없는 이 선량한 백성은 이만 돌아가 보도록 하겠습니다."

다짐을 받은 은명은 마지막으로 안색이 핼쑥해진 곽 봉사를 노려보았다. 부들부들 떨고 있는 그에게 걸어가 한 타래 자비 없이 야무지게 쏘아붙였다.

"꽤 아플 것이다. 네 일그러진 우월감이 빚어낸 일이니 겸허히 받아들이도록 하여라. 또한, 오늘부터 사람을 붙여 아정이네 식구를 살필 것이다. 해코지라도 하다 걸리는 날엔 네가 그토록 원하는 내 부친의 함자를 듣게 될 것이다. 차라리 몰랐다면 좋았을 걸, 땅을 치고 후회하는 일이 없기를 바란다."

서릿발 같은 경고를 마친 은명은 쌀쌀맞게 돌아섰다. 보란 듯이 아정의 가족을 챙겨 포도청 정문을 당당하게 빠져나갔다. 그 모습에 포도부장 하나가 휴, 긴 숨을 내쉬었다.

"참으로 당돌한 규수가 아닙니까."

한성부의 참군 역시 고개를 절레절레 저었다. 그런데 돌아오는 대답이 영 생뚱맞았다.

"명자도 묻지 못하였구나."

"예?"

"저 규수 말이다. 명자도 묻지 못하였어."

참군이 어리벙벙하여 흘긋대는데 익정은 멀어지는 규수에게서 시선을 떼지 못했다.

공무로 포청에 들렀다 돌아가던 길, 정문 앞에 사람들이 박작대고 있는 것을 발견했다. 무슨 일인가 싶어 다가가 보았더니 누군가 다툼을 벌이는 중이었다. 감히 어느 간 큰 것들이 포청 앞에서 싸움질을 한단 말인가. 혼찌검을 내러 쫓아갔던 익정은 소동의 당사자를 목격하고 잠시 지켜보기로 했다.
 싸움의 원인은 사흘 전 있었던 그 사건의 연장선이었다. 여인이 상대하는 사내는 권위의식이 뼛속 깊이 박혀 있는 자였다. 상황이 얄궂긴 했으나 남의 일에 함부로 끼어들면 어찌되는지 임자를 만나 된통 당해 봐야 한다고 냉소했다. 익정은 끝까지 규수를 외면하려고 했다.
 그런데 이해할 수 없는 일이 일어났다. 막상 여인이 곤혹스러워하자 근원을 알 수 없는 불편함이 속에서 꿈틀거렸다. 여인이 입을 닫고 중년 사내가 득의양양해 하는 게 그렇게 꼴 뵈기 싫을 수가 없었다. 익정은 혼자서 사내를 노려보다 애초의 다짐을 잊고 스스로 끼어들어 싸움을 중단시키고야 말았다.
 왜 그렇게까지 했을까, 그 이유는 알 수 없다. 다만, 멀어지는 저 여인을 이대로 영영 만날 수 없다고 생각하니 못내 아쉬웠다.

---

 아정네 식구와 집에 도착한 은명은 사람을 시켜 시전에서 먹을 것부터 구해 오게 했다. 종일토록 울었을 아이들과 혼비백

산한 그 어미를 위해 푸짐하게 차린 한 상을 내놓았다.

 그들이 먹는 것을 지켜보고 며칠간 두고 먹을 수 있는 식재료와 집 안에 필요한 다른 물건도 꼼꼼히 챙겨 주었다. 그러다 보니 시간이 훌쩍 흘렀다. 더는 지체할 수 없어 집을 나서자 아정네 식구들도 덩달아 대문까지 쫓아 나왔다. 특히 앙상하게 마른 아이들 어미가 은명을 배웅하며 눈물을 글썽거렸다.

"은혜에 감읍하여 무슨 말씀을 올려야 할지 모르겠습니다. 감사합니다, 아가씨."

"그런 말 말게. 생각이 짧아 자네와 아정이를 고생시켰으니 내가 더 미안하네."

 은명은 아이들 어미를 위로하고 아정을 보았다.

"네가 고생이 많았다."

"그런 말씀 마십시오. 소인과 소인의 가족에게 아가씨는 하늘과 같은 은인이십니다."

"앞으로 무슨 일이 있으면 화경궁으로 오도록 하여라."

"화경궁이요?"

"그래. 화경궁이 어디에 있는지 알고는 있느냐?"

 아정과 그 어미가 화들짝 놀라 멀거니 은명을 응시했다. 잔뜩 겁먹은 얼굴로 더듬더듬 대답했다.

"거, 거기는 공주방인데……."

"내가 빈궁 마노라의 친척이란다. 사정이 있어 당분간 거기에 기거할 것이니 무슨 일이 있거든 주저하지 말고 찾아오도록 하여라."

"아아, 그러셨군요."

은명이 미리 준비해 둔 말을 읊자 아정은 고개를 끄덕이며 긴장을 풀었다.

"예, 알겠습니다, 아가씨. 정말 감사합니다!"

두 모녀가 허리를 숙이자 영수와 영재도 얼른 고개를 조아렸다. 은명은 그런 모습을 짠하게 바라보다 발길을 돌렸다.

포청에서 돌아온 지 약 두 시진. 곽 봉사의 일로 화가 많이 난 은명은 여전히 가슴이 쿵쾅거렸다. 이상하게 속이 울렁거려 덩을 물리고 걷는 쪽을 택했다. 장옷으로 얼굴을 반쯤 가리고 골목을 빠져나와 큰길에 들어섰다.

다른 때 같으면 주변을 구경하느라 정신이 없었을 테지만 오늘은 달랐다. 궁인과 군관이 흘깃거릴 정도로 은명은 어두운 얼굴로 수심에 잠겼다.

"무슨 근심이라도 있으시옵니까?"

"저들이 끼니를 거르지 않게 하려면 어떡해야 하나, 궁리하는 중이었다."

최 상궁의 걱정에 은명은 담담히 말했다.

"혹 내가 챙겨 주지 못한다고 해도 알아서 생계를 꾸려 갈 수 있도록 대책을 마련해 주고 싶다."

이번 일은 원만하게 마무리가 되었으나 근본적인 문제는 전혀 해결되지 않았다. 당장에야 옆에서 돌봐 주면 된다지만 미래는 누구도 알 수 없는 일이다. 은명은 저들이 타인의 도움 없이 자립하여 살아갈 수 있도록 구체적인 방안을 마련해 주고 싶었다.

하지만 아무리 머리를 쥐어짜도 묘수가 떠오르지 않았다. 어미는 병색이 짙고 영수와 영재, 갓난아기는 너무도 어렸다. 결국 생계를 책임질 수 있는 사람은 아정이밖에 없는데, 겨우 열넷밖에 안 된 여자아이가 어디서 무슨 일을 할 수 있단 말인가.

"화경궁에 불러다 일을 시키는 건 지나치게 단순한 발상일 터……."

"그리도 마음이 쓰이시옵니까?"

"아정이를 보고 있으면 내 동생이 떠오른다."

무심코 중얼댄 공주의 말에 난이와 군관이 고개를 갸웃했다. 이복형제까지 다 합쳐도 공주께서는 연치 가장 어리신데, 누구를 말씀하시는 것인지. 혹여 잘못 들었나, 혼란스러운 기색이었다. 오직 최 상궁만이 공주의 말뜻을 알아듣고 사색이 되었다.

서이현.

한 살 아래의 여동생이 생겼다며 머리도 빗겨 주고, 손도 잡아 주며 공주께서 예뻐하셨던 그 아이. 공주는 지금 아정을 보며 어린 시절 화경궁에서 잠시 함께 살았던 외사촌동생을 떠올리고 있었다.

가슴이 덜컥 떨어진 최 상궁은 난이와 군관의 눈치를 살폈다. 요행히 두 사람은 아무것도 알아채지 못한 듯 보였다. 그렇다면 이대로 시치미를 떼는 것이 최선이라 최 상궁은 무심히 표정을 지우는데 누군가 옆을 지나다 기우뚱 쓰러졌다. 상대는 빠르게 중심을 잡았지만, 최 상궁과 이미 충돌한 뒤였다. 공주가 돌아보았고, 난이와 군관이 최 상궁을 부축했다.

"결례를 용서하십시오."

"괜찮습니다."

방갓을 쓴 사내가 재빨리 사죄했다. 한 무리의 사내들이 인파 속을 우악스럽게 파고들다 그 여파에 떠밀린 것이었다. 상대의 잘못이 아니니 최 상궁도 따지고 들지 않았다. 간단히 대답한 뒤 공주를 모시고 서둘러 번잡한 그곳을 떠나갔다.

"정말 괜찮은가?"

"예. 괜찮사옵니다."

공주의 걱정에 나긋이 대답하면서도 최 상궁은 흘끔 뒤를 돌아보았다. 조금 전 자신과 부딪혔던 상대는 어디에도 보이지 않았다. 목소리에서 젊은이일 거라고 짐작은 했으나 방갓 아래로 슬쩍 보인 외모는 웬만한 여인보다 훨씬 곱상한 사내였다. 최 상궁은 몇 번 더 시선을 움직이다 복작거리는 거리 풍경이 어지러워 곧 고개를 바로 했다.

중간에 잠시 덩에 올랐던 은명은 화경궁 근처에 다다라 또다시 세우라 명했다. 생각이 많은 탓인지 오늘따라 멀미가 심해 중저혈을 아무리 꾹꾹 눌러도 소용없었다. 은명은 속도 가라앉힐 겸 덩을 포기하고 얼마 남지 않은 거리를 천천히 걸었다.

어느새 정문이 코앞. 얼른 들어가 눕고 싶은 마음에 걸음을 빨리하는데 지척에서 말 울음소리가 들렸다. 은명을 비롯해 일행 전체가 돌아보았고 저마다 얼굴에 미세한 동요가 일었다.

몇 시진 전 포청에서 보았던 한성부의 그 판관이 말에서 훌쩍 뛰어내리고 있었다. 은명을 알아보고 말을 멈춘 듯 땅에 발을 딛자마자 순식간에 가까이 다가왔다. 뜻밖의 만남이 반가워 은명은 활짝 웃으며 인사했다.

"여기서 또 뵙습니다."

"그대가 어찌 여기에 있는 것이오?"

사내는 반가움과 동시에 의아함을 띠었다. 은명이 멈춰 선 곳은 화경궁의 정문으로 통하는 계단 앞. 누가 봐도 공주방으로 들어가고 있는 모양새였다.

"그러는 나리께선 여기까지 어쩐 일이십니까?"

"화경궁의 경비를 순시하고 가던 길이었소."

"저는 이곳에서 지내고 있습니다."

은명의 대답에 판관은 대번에 눈이 휘둥그레졌다.

"그게 무슨 뜻이오? 소저는 강릉에서 오셨다 하지 않았소?"

"빈궁 마노라께서 저희 외가 쪽 육촌이 되십니다. 마노라의 주선으로 도성에 머무는 동안 이곳에서 지내게 되었습니다. 그럼 살펴 가십시오."

거짓말이 술술 잘도 튀어나왔다. 그것이 거북스러워 은명은 더 큰 거짓말을 피하고자 서둘러 돌아섰다. 최대한 빨리 사라지려 하는데 판관의 다급한 목소리가 발목을 잡았다.

"내가 누구인지 기억하시오?"

"물론입니다. 한성부의 판관이 아니십니까."

몸을 틀어 돌아본 은명이 간단히 답했다.

"직책과 함께 내 명자도 말씀드렸소만."

그랬나?

기억을 더듬어 보지만 명자는 생각나지 않았다. 은명이 아리송한 표정을 짓자 사내는 그럴 줄 알았다는 듯 빙긋 웃으며 자신을 소개했다.

"나는 송가 익정이라 하오. 이 사람의 명자 정도는 기억해 주시오."

"알겠습니다."

"나에게!"

은명이 대답만 하고 돌아서자 또다시 사내의 목소리가 날아왔다.

"그대의 명자조차 알려주지 않을 셈이오?"

막 발을 떼었던 은명은 마지막으로 사내를 돌아보며 옅은 미소를 지었다.

"……명이. 저는 명이라 합니다."

짧은 대답을 끝으로 은명은 서둘러 계단을 올랐다. 최 상궁의 명을 받고 먼저 달려간 난이의 부름에 화경궁의 육중한 문이 특유의 소리를 내며 서서히 열리기 시작했다.

달물결 위로 바치는 꽃

오랜 침묵이 이어졌다. 의천상단의 대방 강준혁에 대해 보고를 마친 치경은 상전의 말이 떨어지길 기다렸다. 평소 같으면 벌써 꼬치꼬치 캐물으며 자세한 지시를 내렸어야 했다. 한데 상전은 긴 시간이 흐르도록 가타부타 조용하다. 화경궁으로 가셔야 할 시간이 촉박한데도 서두르기는커녕 외려 혼자만의 세계로 점점 빠져들었다.

확실히 이상해지셨다. 근래 들어 상전은 생각에 잠겨 있는 시간이 부쩍 늘었다. 오늘만 해도 그랬다. 평소보다 일찍 퇴청하셨기에 강론 준비를 하시려나 보다 짐작하였는데, 보고를 하러 들어와 봤더니 우두커니 상념에 잠긴 채였다.

무슨 일이 벌어지고 있는 것인가. 치경은 시선을 들어 상전의 얼굴을 살폈다. 충분한 수면을 취하지 못한 듯 눈 밑은 그늘지고, 얼굴은 까칠해졌으며, 전체적인 분위기는 어두웠다.

……설마?

상전을 관찰하던 치경이 눈썹을 꿈틀했다. 혹여 다시 악몽을 꾸기 시작한 게 아닌지 염려되었다. 몇 년간 평온하셨으니 그럴 리 없다고 여기면서도 어쩐지 불안했다. 치경의 눈가에 안타까움이 스치는데 침묵을 지키던 서율이 강준혁에 관해 확인했다.

"다 죽어가던 그를 살려내 아들로 삼았단 말이지?"

"첩실을 들여도 자식을 가지지 못해 크게 상심해 있었던 모양입니다. 송도 어디쯤 산길에 쓰러져 있던 강준혁을 거두고, 사람들에게 하늘이 보내준 아들이라고 소개하였다 합니다."

"날랜 자들로 교체해 뒤를 밟았는데도 번번이 강준혁을 놓쳤다고?"

"도련님의 지시대로 뛰어난 자를 추려 뒤쫓게 하다가 실패했습니다. 지금은 고도로 훈련된 자를 붙였습니다."

"무예가 그리 뛰어나단 말인가?"

"예사롭지 않은 것만은 확실합니다."

처음 만났을 때 실력이 월등하다고는 느꼈으나 그 정도인 줄은 몰랐다. 당시 도적 떼를 상대하느라 준혁의 움직임을 제대로 파악하지 못하고 속단한 게 잘못이었다.

"앞으로도 계속 강준혁과 양병수의 행적을 쫓되 절대로 모습을 드러내선 아니 되네. 어디를 가고, 누구를 만나는지 하나도 놓쳐서는 아니 될 것이야."

"예, 알겠습니다."

그것으로 끝이었다. 수고했으니 오늘은 이만 쉬라는 인사치레 뒤 상전은 조금 전과 같이 깊은 사념에 잠식되었다. 그러고 보니 며칠 새 그의 얼굴은 눈에 띄게 야위었다.

아무리 넋을 놓고 있어도 할 일은 칼같이 해냈다. 지켜보는 이를 불안하게 만들었던 서율은 시각에 맞춰 자리를 털고 일어났다. 말을 이용할까 하다가 이대로는 사고를 일으킬 것 같아 오늘은 화경궁까지 걸어가기로 했다.

몸도, 머리도, 눈꺼풀마저도 무거웠다. 특히 요 며칠 잠자리가 뒤숭숭해 섭식에 유의하지 않았더니 두통이 떨어지질 않았다. 서율은 통증을 참으며 현재 조사 중인 선혜청 관리의 배후와 강준혁에 대해 생각했다. 그것은 얼마 못 가 흐지부지 흩어졌고 지난 며칠 종종 그래 왔듯 공주와 송 판관의 다정한 모습이 떠올랐다.

그러면 속에서 뜨거운 무언가가 울컥 솟구쳤다. 안 그래도 또다시 시작된 악몽으로 내내 심란한데 원인을 알 수 없는 거슬림이 가슴을 짓눌렀다.

얼마 전, 준혁의 행적을 짚어보다 한 가지 사실을 깨달았다. 그를 놓친 지점이 각각 달랐으나 그곳이 전부 화경궁의 주변이라는 점이다. 서율은 경비 상황을 둘러보고 군졸에게 몇 가지 질문을 하기 위해 화경궁에 갔다.

거의 도착했을 무렵 우렁찬 말발굽 소리가 울렸다. 누구인가 봤더니 말이 채 멈추기도 전에 훌쩍 뛰어내린 이는 송 판관이었다. 그는 어디론가 허겁지겁 달려갔는데 그 도착지점에 공주가 있었다. 익히 알고 지낸 사이인 듯 공주는 그를 보며 반갑게 미소까지 지었다.

순간 뜬금없는 불쾌감이 속을 발칵 뒤집으며 치솟았다. 두 사람이 어떻게 알고 지낼 수가 있는지 이해할 수 없었다. 화경궁을 경비하는 군졸의 우두머리로서 공주께 인사를 드린 적이 있었던가.

만약 그렇다면 묵묵히 안 보이는 곳에서 순시만 할 것이지, 대놓고 쫓아가 아는 척하는 송 판관이 못마땅했다. 공주도 그러했다. 내외법이 엄연한데 송 판관이 법도도 잊고 쫓아와 말을 걸면 적당히 거리를 두고 잘라야지, 도리어 웃어주고 대화까지 나누다니. 경학이 아닌 내훈부터 익히시라, 따끔히 권해야 하는 게 아닌지 서율은 심히 고민스러웠다.

자신만 보면 찬바람을 쌩쌩 날리면서 다른 이에겐 한없이 관대한 행동도 마음에 들지 않았다. 갑자기 찾아와 변하지 않는 산과 같다고 할 땐 언제고, 그날 일에 관해 생각은 하시는지 안 하시는지.

서율은 지금껏 경험하지 못한 짜증을 최근 들어 종종 느꼈다. 수양이 부족한 탓인가 싶어 경서를 펼쳐도 도무지 집중이 안 됐다. 그러다가도 한편으론 도대체 무엇이 문제인가 싶었다. 수사야 지금처럼 하면 되는 것이고, 강준혁은 치경이 빈틈없이 도맡을 것이며, 공주는 원래 은근 오지랖이 넓은 분이었다. 누구를 어떻게 대하시든 그가 상관할 바 아니다.

고민에 잠겨 한참을 걸었더니 어느덧 화경궁이 저 앞이다. 서율은 걸음을 멈추고 복잡한 마음을 정리했다. 일일이 신경 쓸 것 없이 맡은 바 임무에만 충실하자, 재차 다짐했다. 머릿속에 남아 있는 불필요한 잡념을 깨끗이 털어내고 다시 걸음을 옮겼다. 어리석게도 그동안 이러한 과정을 수도 없이 반복하고 있었음을 미처 깨닫지 못했다.

무려 달포하고도 보름 만에 강론이 재개되었다. 서율이 시각에 맞춰 화경궁에 모습을 드러내자 난이와 수비를 비롯해 최 상궁까지 줄줄 뛰어나와 그를 반겼다.

특히 최 상궁은 그동안 보였던 무뚝뚝함을 지우고 최대한 웃으려 노력했다. 갑작스러운 환대에 서율이 경계의 빛을 띠어도 상냥한 미소를 지우지 않았다. 목적은 하나, 김 지평을 친절히 맞아들여 그가 되도록 강론을 빼먹지 않게 할 작정이었다.

뒤늦게 알고 보니 한성부의 판관은 우상의 자제였다. 그 사실을 듣자마자 가슴이 벌렁거려 급히 안채에 아뢰었다. 공주께서도 많이 놀라신 낯빛이었다. 행여 신분이 탄로 날까 외출을 자제하는 대신 서율이 오기만을 손꼽아 기다렸다.

기다리는 내내 식사도 못 하시고 하늘만 쳐다보며 어찌나 한숨을 쉬어대시던지. 어린 시절의 상사병이 재발하는 게 아닌가 하여 더럭 겁이 났다. 이러한 때에 김 지평이 이레에 한 번 꼬박꼬박 화경궁에 얼굴을 내밀어 준다면 공주께 더없는 위안이 될 터였다.

"오셨습니까! 실로 오랜만에 걸음하셨습니다."

"그간 잘 지내셨습니까?"

최 상궁은 답지 않게 친절한 미소를 함빡 머금고 인사했다. 제법 자연스럽게 지평을 맞았다고 뿌듯해하는데 난데없이 수비가 끼어들어 산통이 깨졌다.

"말도 마십시오, 지평 나리. 자가께서 그동안 애타게 기다리셨습니다."

노골적인 나인의 호들갑에 잠시나마 훈훈했던 분위기는 어색하게 급변했다. 서율이 아무런 대꾸 없이 안으로 쓱 들어가자 최 상궁은 얼굴에 노기를 띠었다. 수비를 노려보며 날카롭게 쏘아붙였다.

"정신이 있는 게냐, 없는 게냐? 면전에서 그런 말을 하면 어찌하누!"

"사실이지 않습니까. 오늘만 해도 지평 나리가 오신다니까 하루 종일 경대 앞에 붙어 계셨습니다."

"그렇다고 그런 말을 서슴없이 한단 말이냐? 공주 자가의 위신을 생각했어야지!"

"송구합니다, 마마님. 소인은 그저 지평 나리가 우리 자가의 마음을 조금이라도 알아주시길 바랐습니다. 생각이 모자라 실수하였습니다."

마음이 급했음을 인정한 수비가 용서를 구해도 최 상궁은 노여움이 가시지 않았다. 이상하게도 무언가 미묘하게 엇나가는 느낌이었다. 공주께서는 어쩐지 다급해 보였고, 늘 공손했던 지평은 오늘따라 눈빛이 메말라 있었다. 알 수 없는 불안감에 최상궁은 두 분이 함께 계시는 방문으로 자꾸만 고개가 돌아갔다.

사헌부에 다녀온 뒤 하루하루 힘들게 기다려 온 시간이다. 은명은 긴장되면서도 경상 서랍에서 작은 면경을 꺼내 얼굴을 요리조리 비춰 보았다.

밖에서 두런두런 말소리가 들리는 것으로 보아 그가 안채로 들어서는 듯했다. 곧이어 지평께서 오셨다는 난이의 씩씩한 목소리가 울렸다. 은명은 서둘러 면경을 치우고 출렁이는 가슴을 진정시켰다.

그에게 마음을 고백하고 처음으로 마주하는 자리였다. 떨리기도 하고 기대가 되기도 했다. 혼자서 안절부절못하는 사이 문이 열리고 서율이 안으로 들어섰다. 그간 일이 고되었는지 눈에 띄게 수척해진 모습이다.

은명의 고집으로 처음부터 발은 드리우지 않았다. 서율은 그것이 법도에 맞지 않음을 몇 번이나 강조했지만, 이제는 어쩔 수 없이 순응하고 있었다. 맞절하여 인사한 후 미리 준비된 서안 앞에 그가 자리를 잡았다. 은명은 떨리는 마음을 간신히 건사하며 안부부터 챙겼다.

"바쁜 일은 잘 마무리하셨습니까?"

"쉽게 해결될 일은 아닙니다."

"고단해 보이십니다."

"괜찮습니다. 그럼 강론을 시작하겠습니다. 서찰로 미리 언질을 드렸듯 오늘은 대학의 팔조목 중 성의誠意에 관해 이야기해 보도록 하겠습니다."

은명은 부풀었던 가슴이 맥없이 식는 것만 같았다. 지난번 일과 관련해 특별한 말을 해주길 바랐던 건 아니지만 오랜만에 봤으니 조금 더 담소를 나누고 싶었다. 그 정도는 할 수 있는 사이라고 생각했다. 하지만 그는 간단한 안부조차 번잡스럽다는 듯 곧바로 본론에 들어갔다. 풀이 죽은 은명은 야속한 마음을 뒤로하고 그를 따라 서책으로 시선을 내렸다.

"주자는 격물치지에 힘써 이치를 깨우쳤어도 그것만으로 삿된 뜻이 일어나는 걸 막을 순 없다 하였습니다."

"문제는 외부에서 빚어져 생겨나기 때문이지요."

"하여 그러한 문제를 성의와 정심正心으로 극복해 실천해야 한다고 주장하였습니다. 여기서 성誠이란 무엇을 뜻하는 것이겠습니까?"

"진실무망眞實無妄. 참되고 망령됨이 없음을 뜻합니다."

오늘따라 시간은 더디게 흘렀다. 묻는 대로 대답은 하고 있으나 은명은 다른 때처럼 부당하다고 느낀 부분을 반박하지 않았다. 서율 또한 그런 은명을 내버려두었다. 굳이 토론을 벌이고, 각자의 주장을 세우고, 온갖 이론을 끌어다 근거로 제시하는, 여태껏 그들이 지향해 온 분위기를 조성하지 않았다. 이전 같으면 벌써 정신 차리시라며 주의를 주고도 남았을 터인데.

평상시와 다르게 모든 게 조금씩 엇나가고 있는데 은명은 그것을 알아채지 못했다. 꼬박꼬박 대답하면서도 시각이 얼마만큼 흘렀을까 혼자서 가늠하느라 정신만 분산되었다.

 강론이 끝나는 시각에 맞춰 최 상궁이 다과를 들여오기로 했다. 그렇게라도 해서 어렵사리 마주한 그를 조금 더 이곳에 잡아두고 싶었다. 그동안 감정을 숨기느라 유독 딱딱하게 굴었던 것을 사과하고 싶은 마음도 있었다.

 그런데 서율과 이렇게 마주하고 있으니 조바심이 생겼다. 강론이 끝나면 언제나 칼같이 일어서는 그였다. 오자마자 잡담을 삼가고 곧장 강론에 들어간 걸 보면 오늘도 예외는 없을 것이다. 시각을 못 맞췄다간 붙잡는 시늉조차 하지 못하고 떠나보낼 게 뻔했다. ……우려는 현실이 되었다.

 "이것으로 강론을 마치겠습니다."

 밖에선 아무런 기척도 없는데 서율은 이미 볼일을 끝냈다. 잔칫상을 차리라는 것도 아니고 간단하게 준비하면 될 것을 뭘 이렇게 뜸을 들이나, 애가 달았다. 당장에라도 그가 자리에서 일어날 것 같아 은명은 급한 대로 다짜고짜 질문부터 던졌다.

 "매화차를 좋아하십니까?"

 서책을 정리하던 그가 은명을 보았다.

 "아시다시피 화경궁엔 매화원이 있습니다. 매년 매화를 따다 그늘에 말려 차로 즐기고 있지요. 매화차는 향이 그윽하고 피부와 머리를 맑게 해주는 효능이 있다고 합니다. 강론이 끝났으니 스승님께 그 차를 대접해드리고 싶습니다."

 수줍은 제안에 대답이 없었다. 서율은 은명을 가만히 보고만 있었다. 예감이 좋지 않음에도 은명은 최선을 다했다.

"어찌 그리 보기만 하십니까. 매화차가 싫으십니까? 그러하시면 국화차도 있습니다. 어머니께서 매화와 국화를 특히 좋아하시어 화경궁을 온통……."

"공주 자가."

말을 끊는 그의 음성이 매우 차가웠다. 은명은 그 싸늘함에 가슴이 서걱 쪼개졌다. 그에게서 뿜어져 나오는 냉기가 심상치 않았다.

"다시 예전으로 돌아가주십시오."

"그게 무슨 말씀입니까?"

"자가께서는 지금까지 잘해 오셨습니다. 강론에 임하시매 중심을 잃지 않으셨고 저를 한낱 스승, 그 이상도 이하도 아닌 감정으로 대해 주셨습니다."

"그건 진심을 드러내지 않았기 때문이었습니다."

"그럼 진심을 드러내지 마십시오."

그러고 보니 오늘 그가 이상했다. 이전에도 그리 살가운 편은 아니었지만, 이 정도로 팍팍하게 대응하진 않았다. 은명은 그를 똑바로 응시했다. 까칠하게 마른 얼굴과 어딘지 황폐해 보이는 눈빛. 무언가 잘못되고 있음을 직감하면서도 은명은 감정을 누르며 그 연유부터 물었다.

"왜 그래야 합니까?"

"그래야 편해지기 때문입니다."

"그러지 않겠습니다."

"그러셔야 합니다."

은명의 완고한 거절에 서율은 그보다 더 엄격하게 받아쳤다. 끝내 밀어내기로 했구나, 헤아리면서도 이대로 포기할 수 없어 은명은 고집을 부렸다.

"제 마음을 강요하지 마십시오. 저는 마음이 시키는 대로만 따라가겠습니다."

"자가께서는 잔인하고 못된 분입니다. 이기적인 철부지이십니다."

감정 없이 되받아치는 그의 말에 은명은 눈가가 따끔거렸다. 목 안 깊숙이에서 뜨거운 응어리가 울컥 솟구치는 것도 느꼈다.

"제가…… 그렇습니까?"

"마음이 시키는 대로만 따라가겠다. 그 말이 무슨 뜻이겠습니까. 상대의 의중, 기분, 상황 그 무엇도 아랑곳없이 자가께서 내키시는 대로만 행동하겠다, 그런 뜻이 아니십니까."

보름 동안 노심초사, 이제나저제나 그를 기다렸다. 그가 하루빨리 화경궁으로 찾아와 주길, 눈앞에 나타나 주길. 하지만 정말 그것이 전부였을까.

"자가와 저는 같은 곳을 바라볼 수 없는 사람들입니다. 연이 닿지 않는 것을 뻔히 아시면서도 끊임없이 마음을 표현하려 하십니까."

"그러면 안 됩니까?"

"안 됩니다."

지난 세월, 혹시라도 그가 찾아오면 어떻게 대해 줄까, 불을 끄고 침수에 들어 밤을 하얗게 지새우도록 온갖 상상을 해 왔다. 돌이켜보면 그것은 분명 기다림이었다. 겉으로 드러내지 않았을 뿐 지난 6년, 단 하루도 그를 기다리지 않은 적이 없다. 이런 마음도 모르고 야멸치게 구는 그가 섭섭해 은명의 시야가 뿌옇게 흐려졌다.

"정말 냉정하십니다."

"서운하셔도 할 수 없습니다. 제 마음이 열리는 것보다 낫지 않겠습니까. 혹여 그런 일이 생겨 자가 외에는 다른 누구도 눈에 들어오지 않는다, 고집을 부리면 어찌하시렵니까?"

"그럴 수는 있는 겁니까?"

"그럴 수도 있습니다. 저는 한 번 한다면 하는 사람입니다. 이 마음이 열리고 자가 한 분만이 눈에 들어온다면 가문이고 관리로서의 장래고 그 무엇도 상관치 않을 겁니다. 모든 것을 버리고 의빈으로 들어앉겠다, 나설 테지요."

다가가도 되겠느냐 허락을 구하면서도 무작정 꿈에 부풀 수만은 없었던 이유. 가장 현실적인 이유 앞에 은명은 할 말을 잃었다.

"그렇게 의빈이 되어 시간이 흐르면 어떻게 될 것 같습니까? 팔다리가 모두 잘려 아무것도 할 수 없는 처지를 한탄하며 저는 후회하게 될 겁니다. 하나 스스로 저지른 일이기에 내색조차 못 하고 속으로만 앓겠지요. 그렇게 곪고 곪아 뼛속까지 썩는다면 그다음은 어찌되겠습니까? 저는 제 자신뿐 아니라 공주 자가까지 원망하며 끔찍이 싫어질 것입니다."

팔과 등에 오슬오슬 소름이 돋았다. 이제는 정말 끝이구나,

인정해야 할 것 같아서. 은명은 얼굴이 하얗게 질려 입도 벙긋 못 하는데 서율은 작심이라도 하고 온 듯 마지막 일격을 가했다.

"다행히도 지금의 저는 공주 자가께 단 한 자락의 연정도 품고 있지 않습니다. 그러나 자가께서 계속 이러신다면 제 마음이 언제 열릴지 아무도 모르는 것입니다. 다가오지 마십시오. 자꾸 두드리지 마십시오. 품고 있는 감정을 몰아내시고 저에게는 손톱만큼의 마음도 내어주지 마십시오."

"……."

"차는 마신 것으로 하겠습니다."

말을 마친 서율은 정중하게 인사를 올리고 자리를 떠났다. 쌩하니 돌아서는 것보다 갑절은 더 거리가 느껴졌다. 무정한 그의 뒷모습을 눈으로 좇으며 은명은 괴어오르는 눈물을 자제하지 못했다.

하나부터 열까지 가까이하면 안 되는 이유만이 존재하는 사람, 그런 자가 바로 김서율이었다. 하지만 은명이 잡고 있는 건 좌상의 아들이자 사헌부의 관리인 서율이 아니다. 그 옛날 푸른달 초순, 누더기를 걸친 계집아이의 손을 잡아 주었던 어린 선비의 손. 그때의 그 따뜻했던 온기를 은명은 도저히 놓을 수가 없는 것이다.

그에게 어여쁜 안사람이 생길지도 모른다는 말을 들었을 때 투기심이 화마처럼 솟구쳐 가슴을 삼켰다. 강하게 밀려드는 서운함에 초조하고 불안했다. 어느 겨울, 보령에 두고 왔던 여자아이를 그가 영영 잊어버릴 것 같아서. 침수에 들어 그가 찾아오는 상상을 다시는 하지 못하게 될까 봐. 하여 정한군을 붙들고 말도 안 되는 소리를 주절거렸다.

그는 모른다.

은명은 그를 절대로 미워할 수 없음을, 원망하지 않을 것임을. 설령 조금 전보다 더 험한 말을 쏟아낸다고 한들, 그보다 더 불경한 짓을 저지른다고 한들 어린 공주에게 그러했듯 어느새 성장한 열여섯의 공주에게도 그는 여전히 하늘이요, 단 하나의 영웅이라는 사실을.

뜨겁게 넘쳐흐른 눈물로 은명의 두 뺨은 어느새 흥건하게 젖어들고 있었다.

서율은 화경궁을 나서 곧장 월류지로 향했다. 이 상태, 이 기분으론 아무렇지 않은 척 멀쩡한 얼굴로 귀가할 수 없었다. 넓은 보폭으로 민가를 벗어나 한적한 외길로 들어섰다.

하나부터 열까지 틀린 말은 없었다. 공주는 선을 넘었고, 그는 마땅히 저지해야 했다. 공주의 스승으로, 인생의 연장자로, 좌의정 김대원의 자식으로.

공주의 눈에 눈물이 맺히도록 입바른 소리를 해댔으니 그의 마음이 좋을 리 없었다. 왕실의 신하 된 자로서 주군의 적녀가 신경 쓰이는 건 지극히 당연했다. 그러나 이렇게까지 속이 쓰리고 괴로울 거라곤, 심지어 저 자신마저 싫어질 거라곤 생각지 못했다.

곤혹스러움을 넘어 배신감을 느꼈다. 언제나 중심을 지켰다,

자만심에 가득 찼던 이 가슴에 철저히 기만당한 기분이었다. 서율은 스스로에게 화가 났다. 조금만 더 자기감정에 겸손했더라면, 주의를 기울였더라면 이렇게까지 깊어지도록 놔두지는 않았을 것이다.

분명 징조는 있었다. 보령에서의 이별 후 정식으로 재회한 첫 수업에서 그는 무의식중에 공주에게 철벽을 내둘렀다. 세월이 흘러 공주의 구혼은 무의미한 옛일에 지나지 않건만 왜 그렇게까지 했을까. 불필요한 감정이 의아했는데, 이제 와 돌이켜보니 그가 경계했던 건 공주가 아닌 자기 자신이었다.

조금이라도 고삐를 풀면 감당할 수 없을 만큼 마음이 차고 넘칠까 봐. 그리하여 지난 6년 공주에 관해서라면 듣지도, 입에 올리지도 않았던 것인지도 모르겠다.

언제부터, 어떻게 쌓여 온 마음인지 알 수 없어 서율은 두렵고 답답했다. 혹여 이 마음이 어린 시절, 무방비한 상태에서 열린 것이 아니었을까 하여. 한 번도 겪어보지 못한 첫정이란 감정에 아주 오래전부터 점령당한 것이 아니었을까 하여.

무작정 걷고 또 걸었더니 어느새 물가에 다다랐다. 쌀쌀한 늦가을의 바람에 억새가 흔들리고 잔물결이 이는 곳. 석양이 퍼지며 붉게 물든 물결은 다홍빛 들꽃이 흐드러지게 만발한 들판을 보고 있는 듯했다.

서율은 노을에 잠긴 월류지를 바라보며 마음을 다잡았다. 차라리 이렇게라도 알게 되어 다행이라고. 이쯤이라면, 이쯤에서 사태의 심각성을 깨닫고 정리한다면, 모든 것은 순리에 따라

각자의 위치로 돌아갈 거라고.

 뒤늦게 깨달은 자신의 마음을 애써 위로하면서도, 벗어날 수 없는 악연의 고리가 버거워 서율의 눈가엔 켜켜이 붉은 기운이 번졌다.

 그날 이후 서율은 은명에게 한층 거리를 두며 예를 지켰다. 은명 역시 더는 그에게 다가가려 하지 않았다. 서로 서책만 내려다보며 강론을 진행하다 마칠 시간이 되면 서율은 지체 없이 자리에서 일어났다.

 오늘도 그는 눈길 한 번 주지 않고 깍듯하게 돌아섰다. 바늘 하나 비집고 들어갈 틈 없이 철저히 예로써 대하는 그가 서운해 은명은 힘이 빠졌다. 코끝이 시큰거려 숨을 곳을 찾아 보료에 몸을 뉘었다.

 병풍을 향해 돌아누워 속상한 마음을 달래 보지만 울렁이는 마음은 쉬이 진정되지 않았다. 돌아갈 수 없는 옛 시절이 안타까워 눈가에 쓸쓸한 기운만 더해졌다. 서율이 지나치게 단호하게 굴고 있다면, 은명은 나아가야 할 방향을 완전히 상실했다.

 저 하늘의 해님과 달님은 오늘도 이 세상을 비추시건만 어찌하여 우리 님은 나를 옛날처럼 대해 주지 않으실까요. 어찌해야 님의 마음 잡을 수 있을까요, 나를 거들떠보지도 않으시는데.

 저 하늘의 해님과 달님은 오늘도 이 세상을 비추시건만 어찌하여 우리 님은 나를 좋아해 주지 않으실까요. 어찌해야 님의 마음 잡을 수 있을까요, 내게는 말도 하지 않으시는데.

저 하늘의 해님과 달님은 오늘도 동녘에 떠오르시건만 어찌하여 우리 님은 따뜻한 말 한마디 해 주지 않으실까요. 어찌해야 님의 마음 잡을 수 있을까요, 당신을 잊을 수가 없는데.

어찌해야 님의 마음 잡을 수 있을까요, 내게는 못된 짓만 해대는데…….

―'시경, 해님과 달님' 중에서―

이듬해 4월, 성상의 환후로 그동안 미루어졌던 왕과 왕비의 가례가 성대하게 거행되었다. 윤씨 처녀가 중전으로 간택되어 별궁에 입궁한 지 자그마치 일곱 달 만에 치러진 국혼이었다. 이로써 올해 열아홉, 윤가 보희는 문무백관들의 하례를 받으며 공식적인 왕의 비가 되었다. 조선에서 가장 높고 가장 귀한 여인으로 등극한 것이다.

내외명부의 여인들이 모두 한자리에 모여 새로운 중전마마께 하례를 올렸던 이날, 화경궁의 공주만은 모습을 드러내지 않았다. 병환 중이라 거동이 불편하다는 이유에서였다.

다른 이가 그랬다면 천인공노할 대불경죄라 하여 처벌받았을지도 모를 일. 공주에 한해선 그럴 줄 알았다며 모두가 당연시하는 분위기였다. 더 나아가 일부는 오히려 안도의 숨을 내쉬었다.

공주가 대궐에 모습을 드러낸 건 그로부터 정확히 열흘이 지난 후였다. 오랫동안 앉혀 놓고 말없이 바라보기만 하는 부왕이 부담스러워 은명은 일부러 주강晝講 시간에 맞춰 아슬아슬하게 대전에 들었다. 그럴듯한 잔꾀였으나 소득은 없었다. 이번에도 일각이 넘도록 임금의 시선을 고스란히 혼자 받아야 했다.

언제부터인지 왕과 시선을 마주치지 않게 된 은명은 어머니의 비밀을 알고 난 후 용안을 뵙는 것이 더욱더 힘들었다. 해서 오늘도 시선을 아래로 내리고 눈 한 번 마주치지 않고 있었다.

"병치레를 했다더니 얼굴이 많이 상하였다. 당분간은 취연당에서 지내도록 하여라."

침묵이 이어지던 중 불쑥 들려온 말이었다. 흠칫한 은명은 저도 모르게 고개를 번쩍 들었다. 부왕과 시선이 마주치자 곧바로 두 눈을 다시 내리떴다.

"싫으냐?"

"황공하옵니다. 분부 받잡겠사옵니다."

그것으로 끝이었다. 한 식경 동안 이루어진 부녀간의 만남에서 대화는 고작 서너 마디가 전부, 덤으로 벌까지 받게 되었다.

얼마간 꼼짝없이 궁에서 지내야 한다는 생각에 은명은 기분이 바닥까지 떨어졌다. 만사가 짜증스러웠지만, 내전에 들러 중궁께 하례를 올리는 일이 아직 남아 있다. 솟구치는 역정을 꾹꾹 누르며 은명은 서둘러 중궁전으로 출발했다.

약 1년 전, 궐에서 마주친 공주에게 깊이 고개 숙여 예를 올렸던 보희는 이제 상석에 앉아 그녀의 큰절을 받았다.
"어서 오세요, 공주. 많이 미령하였다 들었습니다. 좀 어떻습니까?"
"이제 쾌차하였습니다. 하례가 늦어 송구하옵니다, 중전마마."
"아닙니다. 무탈하시다니 다행입니다."
웃는 낯으로 살갑게 말을 건넨 보희는 조심히 공주를 살폈다. 이렇듯 가까이서 공주와 대면하는 건 오늘이 처음이었다. 소문은 요란해도 과연 일전에 직접 보고 느낀 대로 공주는 어디 하나 흠잡을 데 없이 기품이 넘쳤다. 피부가 맑고 선이 고와 만약 사대부가의 규수로 태어났다면 명문가 자제들의 마음을 꽤 애태웠을 것 같다.
그런 듯 아닌 듯 조심스레 공주를 뜯어보던 보희는 갑자기 흠칫하였다. 사대부가 자제들을 잠 못 들게 했을 것 같다는 생각을 하다가 불현듯 현법사에서의 일이 떠오른 것이다. 서율의 답호를 입고, 그의 부축을 받으며 산에서 내려오던 공주의 그때 그 모습이.
별안간 멍해졌던 보희는 재빨리 머릿속을 비웠다. 공주를 향해 상냥한 미소를 지으며 차와 다식을 들이라 상궁을 재촉했다. 얼마 되지 않아 찻상이 준비되었다. 보희는 본곁에서 들여온 향긋한 목련차를 입에 머금었다. 코끝이 살짝 화해지며 머릿속이 맑아졌다. 흡족하게 찻잔을 내리며 저도 모르게 슬쩍 공주의 눈치를 살폈다.

이제 처음으로 말을 나눈 사이인 데다 아직 어렵기만 한 공주이다 보니 솔직히 무슨 말을 이어 가야 할지 막연하기만 했다. 보희는 속으로 궁리를 하다가 며칠 전 외명부 부인들과의 대화 중 잠시 거론되었던 공주의 혼사 이야기를 떠올렸다. 마침 할 말도 없겠다, 공주와 대화하기에 가장 무난한 주제인 것 같아 그것을 화제로 삼았다.

"공주께서도 이제 길례를 올리셔야지요."

"소녀는 아직 길례에 뜻이 없사옵니다."

뜻밖에 공주는 스스럼없이 거부 의사를 표했다. 보희는 의아해하였다.

"그게 무슨 말씀입니까. 공주께서는 올해 열일곱이 되셨습니다. 늦어도 열둘에는 하가했던 왕녀들의 전례에 비추어 보았을 때, 늦어도 한참 늦으셨습니다."

"왕실 법도에 따르자면 늦은 것이 사실이나, 사가로 치면 아직 한창인 나이입니다. 이왕지사 늦은 거 세속의 나이에 맞춰 하가해도 좋다, 전하께서도 이미 허하셨나이다."

"어찌하여 그렇게까지······."

무슨 말을 들어도 납득할 수 없었다. 몸이 허약해 어려서부터 피접을 자주 다녔다 하나 기실 그것은 핑계에 불과하였음을 별궁에서 지내며 알게 되었다. 썩 건강한 편이 아닌 건 사실이지만 공주가 피접을 다니는 진짜 이유는 사가에서 나고 자라 대궐을 답답해하기 때문이었다고.

그렇다면 길례를 미뤄야 할 치명적인 이유가 있는 것도 아닌데 굳이 왕실의 법도까지 어기며 버티는 건 무엇이란 말인가. 도저히 수긍할 수 없어 공주를 멀뚱히 바라보던 보희는 돌연 미간에 옅은 주름을 그었다. 혹시 공주가 저러는 게 서율과 관련이 있는 것이 아닐까, 그런 의심이 머릿속을 치고 들어왔다.

지나친 억측이라고 부정하면서도 물꼬를 튼 상상은 억제가 안 됐다. 정한군의 사저에서, 현법사의 뒷산에서 공주를 애틋하게 바라보던 서율의 눈빛까지 연이어 떠올랐다. 사헌부 소속인 그가 공주의 스승이 되어 화경궁을 드나드는 것도 이제 와 따져보니 매우 이상했다.

보희는 가슴에 찌릿한 아픔을 느꼈다. 고작 의빈 따위나 되려고 자신과의 혼담을 무시했다고는 생각지 않는다. 그런 일은 절대로 일어나지 않으리라는 것도 알고 있었다. 그런데도 어딘가 불편했다. 하필이면 서율이 공주와 얽혀 있다는 게, 그들 사이에 존재하는 절대로 끼어들 수 없는 어떠한 분위기가 굉장히 불쾌했다.

어느새 보희는 서율을 포기하게 했던 결정적 이유가 바로 눈앞의 공주였다는 사실까지 떠올리고 있었다. 참으로 얄궂은 첫 대면이었다.

보름달이 휘영청 밝은 4월의 어느 밤, 별채로 향하던 기생 몇몇이 걸음을 멈추고 두 눈을 반짝거렸다. 어디서나 눈에 띌 법한 훤칠한 외모의 두 사내가 눈앞에서 청월관의 대문을 들어서고 있었다.

최소 사대부가의 자제들로 추측되는 그들은 한량기가 넘치지도, 거만함이 몸에 배지도 않은, 그윽한 묵향을 풍기는 선비들이었다. 특히 마음에 드는 건 마냥 점잖고 샌님 같은 풍모가 아니라는 점이었다.

키가 크고 어깨가 반듯하게 넓은 것이 저들이 깨끗한 백지에 붓질을 한다면 굵고 힘 있는 글자가 마치 살아 움직이는 것처럼 생생히 그려질 것 같았다. 오랜만에 안목을 충족시킨 사내들의 등장에 어둠 속에 몸을 숨긴 기생들의 시선은 집요하고 노골적으로 변해 갔다.

자신들이 누군가의 눈요기가 되고 있는 줄도 모르고 서율과 희립은 안내를 따라 안으로 들어섰다. 건물의 전체적인 규모를 가늠하려 시선을 바삐 움직이면서도 선을 넘지 않았다. 그저 처음 오는 자들이 흥미롭게 외관을 구경하듯 정도를 지키며 주변을 둘러보았다.

오늘 밤, 청월관의 문턱을 넘기까지 상당한 시간을 기다렸다. 선약을 걸지 않으면 올 수도 없는 데다 대기 인원 역시 적지 않았다. 두 사람은 청월관에 기별을 놓은 지 약 석 달 만에 가까스로 방문할 수 있었다. 어렵게 들어온 곳이니만큼 처음부터 의심을 살 필요는 없었다.

다만 걱정되는 부분이 있기는 했다. 규율이 엄격하기로 소문난 사헌부와 책 속에 파묻혀 먹물 냄새나 맡으며 지내온 그들이었다. 과연 기생들과 어울려 자연스럽게 이곳을 누빌 수 있을지 의문인데 천만다행히도 적당한 이들이 나타났다.

"자네들이 여긴 어쩐 일인가?"

중전의 오라비들과 그곳을 찾은 익정이었다.

서율은 그와의 우연한 만남이 반갑지 않았다. 얼굴을 보자마자 몇 달 전, 공주와 웃고 있는 그가 떠올라 속이 뒤틀렸다. 집안끼리 쌓아 온 친분이고 뭐고 냉랭히 무시하고 싶지만 어쨌든 지금은 공무 중이었다. 부수찬과 둘이서 노련한 기생들을 상대하느니 저들 틈에 섞여 묻어가는 게 여러모로 유리했다.

"지평, 자네가 이제 기방 출입도 다 하는가?"

익정은 꽤 놀란 얼굴이었다. 기방은 고사하고 관원들이 주막에서 술을 마시는 것조차 엄히 제한하는 곳이 사헌부였다. 그러한 규율을 누구보다 잘 아는 서율이 도성 최고의 기방에 버젓이 출입하였으니, 그 신분을 알고 있는 자라면 누구도 놀라지 않을 수 없었다.

"아니면 혹…… 지금 공무 중이신가?"

"고위관리들도 종종 오가는 곳인데 저와 부수찬이라고 못 올리 있겠습니까. 명성이 하도 자자하기에 어떤 곳인지 궁금해 와 봤습니다."

서율의 대답은 뻔뻔했다. 익정은 그 말을 믿지 않았지만 그렇다고 심각하게 받아들이지도 않았다.

"그걸 지금 믿으라고 하는 소리인가? 워낙에 주목받는 곳이니 꼬투리 잡을 게 뭐 있을까 싶어 와 봤겠지. 그렇다면 기방 출입은 오늘이 처음이자 마지막일 터, 따라오게. 내 오늘 기방 구경 확실하게 시켜 주지."

성질 급한 익정은 대답도 듣지 않고 앞으로 먼저 훅 치고 걸어갔다. 순진한 희립은 같이 온 지기의 눈치를 살폈고, 때때로 영악해지는 서율은 제자리에 서서 머뭇거리는 시늉을 하였다. 이대로 쫄래쫄래 쫓아 들어가기엔 왠지 속을 빤히 내보이는 것 같았다. 다행히 괄괄한 익정이 본의 아니게 손발을 착착 맞춰 주었다.

"뭐 하는가? 굳이 그렇게 초짜 티를 팍팍 내야 하겠는가! 어서 들어오게."

"자, 자, 이렇게 만난 것도 기념일세. 어차피 다 아는 얼굴들인데 부끄러워하지 말고 함께 술이나 한 잔씩 하세."

한성부의 판관이 휙 돌아보며 채근하자 중전의 오라비들도 덩달아 독촉했다. 그렇게 제법 원하는 모양새가 갖춰졌다. 적당히 뜸을 들인 서율은 그쯤에서 못 이기는 척 익정과 중전의 오라비들을 따라 안으로 들어갔다.

중전의 본곁 식구들과 동행하니 대우도 남달랐다. 일행은 청월관에서 가장 큰방 중 하나라는 곳에 자리를 잡았다. 상차림이 나오기 전 간소한 안주와 약주가 먼저 준비되었다. 서율과 희립은 눈치껏 번갈아 밖을 드나든 뒤 본격적으로 앉아 술잔을 기울였다.

머지않아 문이 활짝 열리고 정식으로 차려진 상차림이 들어왔다. 윤기가 도는 음식에 소담스러운 과실까지, 눈이 돌아갈 만큼 먹음직스럽고 푸짐한 차림이었다.

뒤이어 화려하면서도 도도한 품새의 한 여인이 아리따운 기생 여럿을 이끌고 안으로 들어섰다. 특별히 지목해서 데려온 모양인지 누구 하나 빠짐없이 미색이 출중했다. 수기생은 기생들에게 자리를 지정해주고 자신은 익정과 서율 사이로 다소곳이 들어앉았다.

"자네들 오늘 정말 운수대통일세. 청월관에 오자마자 농월이를 만난 이는 자네들이 아마 처음일 게야."

한 상 가득 차려진 음식을 보느라 여념이 없던 서율은 이판의 장남 현석의 말에 옆에 앉은 농월이란 기생을 돌아보았다. 도성 최고의 일패기생이자 청월관의 수기생이라는 여인은 가히 절색이었다. 본연의 아름다움에 호화로운 치장을 적절히 조합해 눈에 띄면서도 과하지 않은 모습이 매력적이었다.

농월은 서율과 희립을 흘끔 보고는 인사도 하지 않고 팽 토라졌다.

"이런 모욕은 처음입니다. 귀한 분들이 오셨다기에 청월관 최고의 아이들을 데리고 왔건만 음식 쪽으로 눈길을 빼앗기다니요. 고고한 선비님께서 그리 식탐이 있어 뵈진 않는데 말입니다."

"불쾌하였다면 사과하겠소. 단지 신기해서 그랬을 뿐이오."

"뭐가 그리 신기하신가요? 이런 음식을 처음 보십니까?"

"작년과 올해, 기근으로 농작물의 피해가 컸다고 들었소. 한데 이리 품질 좋은 음식이 쏟아져 나오니 그저 신기할 수밖에."

서율의 진지한 대답에 방 안의 어린 기생들이 저희끼리 눈을 맞추며 웃음을 흘렸다. 이판의 삼남인 현철이 대신 설명을 해줬다.

"원래 청월관은 최상품만 내어놓는 것으로 유명하네. 그렇기에 값도 다른 곳에 비해 월등히 비싼 것이지. 아마 이 근방 엽전은 여기서 죄다 쓸어가고 있을 걸세. 오늘은 중전마마의 책봉식을 기념해 우리가 한턱내는 것이니 마음껏 먹고 마시게나."

현철은 두 사람에게 술을 가득 따라 주었다. 그때, 맞은편에 앉아있던 현석이 할 말이 있는 듯 서율을 보았다.

"그러잖아도 자네를 한번 찾아갈까 하던 참이네."

"이 사람을 말입니까?"

"듣기로 자네가 공주 자가의 강론을 맡고 있다 하던데, 그 말이 사실인가?"

"이레에 한 번 화경궁으로 찾아뵙고 있습니다."

"그럼 혹시 그곳에 거처하는 빈궁 마노라의 육촌아우도 본 적이 있는가?"

갑자기 화경궁이 거론되자 익정이 솔깃해하며 끼어들었다.

"저는 짧은 시간만 머무를 뿐입니다. 공주 자가와 측근 궁녀들 외엔 아는 바가 없습니다."

"그런가?"

익정은 낙심하여 어깨를 축 늘어뜨렸다. 다들 무슨 일인가 하여 그를 보는데 눈치 빠른 농월이 알 만하다는 미소를 지었다.
"혹 저번에 말씀하신 그 여인 말입니까?"
"무슨 소리인가?"
"운종가 입구에서 만나 나리를 당황하게 했다던 그 여인 말입니다. 판관 나리를 만난 이후 술자리에서 다른 생각을 하신 건 그때가 처음이었습니다. 그런데 그 여인, 진정 빈궁 마노라의 육촌이 맞기는 합니까?"

여인과 관련한 이야기가 무안했는지 익정은 대답 대신 술잔만 들이켰다. 서율은 그런 익정을 묘한 눈길로 바라보았다. 그가 관심을 보이는 여인이 공주 자가가 아닌 빈궁 마노라의 육촌아우라는 게 의외였다.

하면 그날 공주께 달려간 이유가 그 여인 때문이었나?

의문을 띠던 서율은 순간 목덜미가 선득하였다. 설마 공주께서 본인을 그리 소개하신 것은 아니겠지, 의심이 생겼다.

그분이 어디 보통 분이신가. 영 없을 만한 일이 아니라 상당히 불길한데, 곧 지나친 상상이라며 자신을 질책했다. 요리조리 짚어 보아도 공주께서 굳이 신분을 속이고 사대부가의 사내를 만날 이유가 없었다. 정히 찜찜하면 공주께서 화경궁으로 돌아와 강론을 재개하는 즉시 궁녀들을 통해 확인해보면 될 일이다.

순간적으로 신경을 바짝 곤두세웠던 서율은 도로 평온을 찾는데 중간에 말이 끊겼던 현석이 그에게 걱정거리를 털어놓았다.

"이보시게, 지평, 우리 중전마마 말일세. 나이 차는 얼마 나지 않아도 이제 중전이 되셨으니 어쨌거나 공주께는 어머니가 아니신가. 화경궁에 우리 중전마마를 잘 좀 부탁드린다고 자네가 아뢰어 주시게. 그럴 리야 없겠지만 마음에 안 찬다고 공주께서 버럭버럭 성을 내지 않으실까 내 걱정되어 그런다네."

"그런 분이 아닙니다."

공주에 대한 나쁜 소리가 듣기 싫었다. 서율은 즉각 두둔했지만 방 안의 분위기는 순식간에 장난스럽게 돌변했다. 흥미로운 말거리가 하나 걸렸다는 듯 기생들이 저마다 우스갯소리를 늘어놓았다.

"공주 자가의 성정이 괄괄하신 건 도성 안 사람들 전부가 아는 사실 아닙니까."

"괄괄? 포악하신 게 아니고?"

"그래서 여태 시집도 못 가셨다잖아. 받아주는 데가 없어서."

거침없는 웃음이 터져 나왔다. 그것도 모자라 한마디씩 더 종알거릴 판인데 흥겨운 분위기를 단번에 깨부수는 굉음이 울렸다. 깔깔거리던 이들이 갑작스러운 소음에 소스라쳐 일제히 서율 쪽을 바라보았다. 방 안에 정적이 흘렀다.

상이 부서져라 술잔을 내려놓은 서율은 분노로 말아 쥔 주먹이 약하게 떨리기까지 하였다.

"감히 일국의 공주 자가를 함부로 들먹이며 욕을 보이고 있다니!"

"그런 것이 아니오라……."

"나서지 마라."

서율의 격노에 농월이가 분위기를 진정시키려 하자 익정이 그녀를 제지했다. 잔칫집 같던 분위기는 순간 싸늘하게 급변했고 서율의 분노는 끝 간 데 없이 치솟았다.

"분명 너희도 같이 듣고 있었다. 나는 공주 자가의 스승이고, 여기 계시는 이분들은 이제 자가의 외숙들이 되신다. 그런 우리 앞에서 공주 자가를 화제 삼아 서슴없이 욕을 보였으니 너희가 우리의 면전에다 침을 뱉은 것과 무엇이 다르다 할 수 있겠느냐! ……아니 그렇습니까?"

기생들을 대차게 야단친 서율은 날카로운 눈빛을 중전의 오라비들에게 던졌다. 그들은 서율의 물음에 냉큼 동의하면서도 얼굴을 붉히며 민망해했다. 공주를 깎아내리는 농담을 들으며 생각 없이 웃다가 외숙이라는 호칭에 뒤늦게야 정신이 번쩍 들었다. 서율이 격분한 진짜 이유가 본인들임을 아는지 모르는지, 그들은 헛기침만 연발했다.

서율은 어린 기생들보다 저들이 더 괘씸했다. 중신의 자제요, 글자깨나 읽었다는 분들이 왜 저 모양 저 꼴인지. 사태의 심각성을 깨달은 기생들이 시무룩한 얼굴로 고개를 숙였다. 서율은 더욱 냉랭한 빛을 쏘아댔다. 어차피 볼일도 끝났겠다, 앞으로 행동에 유의하라는 경고의 취지로 저들이 질리도록 깽판이나 치고 이곳을 나가기로 했다.

"고관대작들만 상대한다는 자들의 말버릇이 고작 이 정도의 수준이었다니. 혹 그분들이 너희의 이런 농지거릴 들으며 낄낄대었던 것이냐?"

"아닙니다, 나리. 소인들이 무지몽매하여 허언을 하였으니 용서하여 주십시오."

"한양 최고의 기방이라 하여 와 봤건만 진심도, 생각도 없는 것들이 모여 앉아 남의 주머니나 터는 곳이었구나."

엄격한 꾸지람을 쏟아낸 서율은 익정과 중전의 오라비들을 바라보았다. 현석의 형제들은 귓불까지 빨갛게 물들어 있었다.

"흥을 깨트려 송구합니다. 하나 저는 더 이상 이곳에 머무를 수 없습니다. 조만간 다시 뵙겠습니다."

서율은 말을 마치고 자리에서 일어나 쌩하니 그곳을 나갔다. 희립도 얼른 그를 따라갔다. 지금까지 도도하게 앉아 자리를 지키던 농월도 공주에 관한 이야기가 마음에 걸려 자리에서 일어나 부랴부랴 두 사람을 쫓았다.

"뭘 또 저렇게까지……."

"하여간, 누가 사헌부 지평 아니랄까 봐 까탈스럽기는."

흥이 깨져버린 방 안, 풀이 죽은 현석의 형제들은 께름칙한 표정으로 투덜거렸다. 김서율이 기생들에게 쏟아붙였던 한마디 한마디가 비수처럼 가슴에 쏙쏙 박혀들어 술맛이 다 떨어졌다. 입을 잘못 놀려 호되게 된서리를 맞은 기생들도 울상이 되었다.

그야말로 폭풍이 지난 듯 폐허가 된 분위기인데 그 와중에 여유롭게 술을 홀짝이는 사람이 있었다. 씁쓸하게 흐릿한 미소를 걸친 익정이었다. 기생들이 공주를 희롱거리 삼아 떠들었을 때 한성부의 판관으로서 듣고만 있어야 하나, 순간 고민했다. 안

듣는 데선 나라님 욕도 하는 판에 공주라고 피해 갈 수 있으랴. 자리가 자리인지라 잠깐의 고민 후 모르는 척 넘어가 주었다.

그런데 서율이 술잔을 부술 듯 내리치며 잘못된 점을 따끔히 지적했다. 이판의 자제들은 융통성이 없어 저런다고 불평하지만 익정은 의견이 달랐다. 언제 어디서나 그른 것을 그르다고 말할 줄 아는 서율이 기특했다. 그에 반해 소극적이었던 자신의 태도가 조금은 후회되었다.

"나리! 지평 나리!"

다른 방으로 들어가고 있는 상차림까지 꼼꼼히 훑으며 밖으로 나왔다. 서율은 서둘러 기분 나쁜 이곳을 나가려고 하는데 농월이 거기까지 쫓아 나와 그를 불렀다. 감히 공주를 들먹인 데 대해 어떠한 변명도 듣고 싶지 않지만, 저이가 무슨 잘못이 있나 싶어 돌아보았다.

"용서하십시오, 나리. 저희 같은 천한 기생년이 무슨 뜻이 있어 그런 말을 하였겠습니까. 저 아이들도 지금 혀를 깨물고 싶을 것입니다. 저도 반성하는 중입니다."

"천하다?"

불빛이 약해 농월은 보지 못했으나 서율은 별안간 여릿한 감정을 드러냈다. 무심코 귀에 들어온 그녀의 말이 기억 속에 묻혀 있던 한 여자아이를 되살렸다.

'신분이 천하다 하여 그 본색이 천한 것은 아니라 하였다. 또한, 신분이 귀하다 하여 그 본색까지 귀한 것도 아니라 하였다.

양반이라 해도 그 사람됨이 비루하게 천할 수 있고, 천민이라 해도 그 됨됨이가 얼마든지 귀할 수 있다!'

대과에 급제해 처음으로 도착한 부임지에서 어디선가 불쑥 튀어나온 그 아이. 쪼그만 게 어찌나 맹랑한지 애어른에 가까웠던 서율과 덩치 큰 무사 치경을 작은 손에 틀어쥐고 이리저리 흔들었다.

이제는 웃음만 나는 옛 기억에 서율은 조금은 꿈을 꾸는 듯 아련해진 눈으로 농월을 보았다.

"너는 무엇을 반성하고 있느냐?"

"아이들을 단속하지 못하여 조금 전 사달을 일으켰으니 당연히 소인부터 반성해야 합지요."

"그래. 잘못을 했다면 지금처럼 반성하고 용서를 구하면 된다. 굳이 하지 않아도 될 천하다는 말로 무조건 스스로를 낮추거나 비하하진 말거라."

"예?"

"진정 너 자신이 천하다고 생각하는 것이냐?"

"나리……."

"아마도 넌 입버릇처럼 그런 말을 하는 것이겠지."

조용하면서도 허를 찌르는 그의 말에 농월은 멈칫하였다. 지체 높은 양반들은 참을성이 없어 조그만 일에도 벌컥벌컥 자주 성을 냈다. 그러면 일단 화부터 달래어 그 순간을 모면하고자 무작정 스스로를 낮추곤 했다. 단 한 번도 생각해 보지 않았으나 선비의 말대로 그것은 입버릇과 같았다.

"너 자신을 먼저 귀히 여기거라. 스스로를 귀히 여기면 말과 행동에서 기품과 진심이 저절로 우러나온다. 그러다 보면 주변 사람들도 너를 존중하고 있을 것이다. 신분이 천하다 하여 그 사람의 본색까지 천한 것은 아니라 하더구나."

서율은 그 말을 끝으로 돌아섰다. 벼락이라도 맞은 듯 멍해 있던 농월은 뒤늦게야 번뜩 정신을 차렸다. 선비는 이미 저만치 멀어지고 있었다. 보내고 싶지 않았다. 한자리에 마주 앉아 그와 더 많은 이야기를 나눠 보고 싶었다. 아쉬운 마음에 농월은 다급히 외쳤다.

"나리, 다음에 꼭 다시 들러 주십시오. 사죄의 뜻으로 이년이 모시겠습니다!"

대답은 돌아오지 않았다.

"사실 나는 몇 번 더 나가 봐야 할 줄 알았네."

희립은 서율과 나란히 밤길을 걸으며 감탄을 연이었다.

"그 짧은 시간에 거길 다 어떻게 둘러본 것인가? 겉으로 보기보다 별채도 많고 상당히 복잡하던데."

오늘 청월관에 갔던 이유는 단순했다. 기방의 내부 구조를 세밀히 둘러보고 기억하는 것. 머릿속에 약도를 암기해 돌아가면 며칠 내 고도로 훈련된 무사를 들여보내 곳곳을 은밀히 살펴볼 계획이었다.

귀동냥을 통해 구조가 단순하지 않다는 건 알고 있었다. 그래도 그 정도일 줄은 몰랐다. 근방의 재물이 몰리는 곳답게 청월관은 예상보다 건물이 많고 구조까지 복잡해 희립은 꽤 당황스러웠다.

서율이 잠시 자리를 비운 시각은 단 일각. 물론 대책 없이 박차고 나왔을 것이란 불안은 털끝만큼도 없었다. 서율은 돌아가는 대로 그 복잡한 곳을 눈앞에서 보고 그리듯 소상히 그려낼 것이다. 그런 그의 능력이 대단하다 여기면서도 가끔은 부럽기도 하였다. 괜히 심술이 난 희립은 어딘가 얼이 빠진 친우에게 장난삼아 핀잔을 던졌다.

"무슨 생각을 그리 골똘히 하는가? 설마 농월이의 미모에 정신이 팔린 것은 아니겠지?"

"쓸데없는 소리."

망연히 상념에 잠겨 있던 서율은 희립의 타박에 정신이 들었다. 아무렇지 않은 척 자연스레 받아치면서도 머리와 가슴은 여전히 무섭게 들끓고 있었다. 누더기를 걸치고도 당당했던 어린 공주가 우후죽순 떠올라 미칠 것 같았다.

먹빛의 눈동자가 해맑았던 아이는 머릿속에서 쑥쑥 자라 수줍음을 담고 자신을 바라보는 성장한 공주로 변모했다. 촉촉한 피부와 고아한 미소, 마주 앉을 때면 가슴을 울렁거리게 하는 매화향까지 생생히 떠올랐다.

너무나 한심했다. 혹독하게 공주를 몰아세울 땐 언제고, 정작 자신은 좀처럼 그분에게서 헤어나질 못하고 있으니. 서율은 가슴을 쫙 펴고 소소히 불어오는 봄밤의 바람을 맞았다. 아직은 쌀쌀한 춘사월의 바람이 뜨겁게 달아오른 두 뺨과 가슴을 냉정히 식혀주길 바랐다.

---

"하아…… 살았다."

하옥되었다 방면된 이들의 기분이 이러할까. 궐에서 달포 만에 풀려난 은명은 화경궁 근방에 다다르자 더는 참지 못하고 덩에서 뛰쳐나와 신나게 걸었다. 싱그러운 5월의 향기를 마음껏 들이마시고, 산들산들 불어오는 훈훈한 미풍을 피부로 느꼈다.

"그리도 좋으십니까?"

"숨이 확 트인다. 이제야 살 것 같아."

아이처럼 좋아하는 공주를 바라보며 최 상궁과 나인들도 흐뭇한 웃음을 흘렸다.

부왕의 명으로 은명은 지난 달포, 취연당에 갇혀 맛도 정체도 알 수 없는 온갖 시커먼 탕약을 있는 대로 들이켜야 했다. 엄격한 규제와 감시 속에 가슴은 답답하고 해야 할 건 또 어찌나 많던지. 무엇보다 아침마다 대전과 내전에 들어 웃전께 문후를 올리는 게 고역이었다. 전하께서는 숨 막히는 침묵을 유지하셨고, 중전께서는 처음과 달리 바라보는 시선이 달갑지 않았다.

정확히 설명할 수 없는 중전의 시선이 떠오르자 은명은 입가의 미소가 사라지는데 저 앞에 낯익은 소녀가 보였다. 크고 또렷한 눈망울, 야무진 입매, 홀쭉하니 연약해 보이는 체구, 영락

없는 아정이었다. 채반 하나를 옆에 끼고 터덜터덜 걷고 있는 아이는 어딘지 넋이 빠진 얼굴이었다. 반가운 마음에 은명은 아정의 상태를 살피지 않고 빠르게 다가가 알은체했다.

"아정아!"

"에구머니!"

초점이 흐려져 있던 아정은 은명을 알아보고 기절초풍하였다. 다짜고짜 땅바닥에 엎드려 고개를 숙였다. 무슨 일인지 온몸을 사시나무 떨듯 벌벌 떨기까지 하였다.

"왜 그러느냐? 또 무슨 일이 있었던 게야?"

"주, 죽을죄를 지었습니다. 소인이, 소인이, 공주 자가를 알아뵙지 못하고……. 요, 용서하여 주십시오!"

아무래도 아이는 방금 화경궁에 다녀오는 길인 듯싶다. 그래도 그렇지 이토록 겁을 먹다니. 은명의 얼굴에 난감함이 떠올랐다.

아정은 화경궁의 안채에서도 맨바닥에 코를 박고 있었다. 편히 앉으라, 아무리 권해도 한사코 움직이지 않았다. 은명은 불편해 보이는 아정을 애처로운 눈길로 바라보면서도 입가엔 미소가 떠나질 않았다. 참으로 귀여운 아이다.

때마침 난이가 소반을 들고 방으로 들었다. 아정이 가져왔다는 녹두지짐이를 다시 모양 좋게 썰어 공주 앞에 내놓았다. 따뜻하게 데웠기 때문인지 고소한 냄새가 방 안 가득 퍼지며 식욕을 자극했다.

은명은 젓가락을 들어 음식을 맛보았다. 아정이 조심스레 흘긋거리는 게 곁눈으로 느껴졌다. 자신과 어머니가 만든 음식이 공주의 입으로 들어가고 있는 게 믿어지지 않는다는 표정이었다.

 감사의 마음을 표할 길이 없어 순진한 모녀가 소박하나마 정성껏 음식을 장만했다. 그것을 들고 용기 내어 화경궁으로 찾아왔더니 강릉에서 왔다는 명이 아가씨는 빈궁의 육촌이 아닌 이 나라의 공주 자가시란다.

 궁노로부터 우연히 그 사실을 듣게 된 아정이 얼마나 놀랐을지 짐작이 되고도 남았다. 사전에 입단속을 해뒀다지만 주인이 달포나 집을 떠나 있었더니 그 부분을 신경 쓰지 않은 듯했다. 은명은 아이가 진정되기를 기다리는데 조금은 괜찮아졌는지 아정이 개미만 한 목소리로 더듬거렸다.

 "그, 그런 것을 가져와…… 소, 송구하옵니다."
 "마침 출출하였는데 솜씨가 제법이구나. 아주 맛있다."

 안 그래도 배가 고팠던 은명은 깨작거리지 않고 맛있게 음식을 먹었다. 아정은 어느새 고개를 쳐들고 그런 모습을 신기해하며 바라보았다.

 "내 얼굴에 뭐가 묻었느냐?"
 "아, 아니옵니다. 소인은 그저 자가께서 소문이랑 다르신 것 같아…… 아, 아니, 죽을죄를 지었습니다. 잘못하였습니다!"

 순순히 대답하던 아정은 곧 화들짝 놀라 몸을 떨었다. 은명은 재미있게 웃으며 젓가락을 내려놓았다.

"소문이 아주 잘못되었다고 할 수는 없다. 그중에 절반은 맞는 말이니까. 그렇지 않아도 네가 일을 시작하였다기에 궁금해서 한번 부르려 하였다. 한 상단에서 서기 일을 한다고?"

"예. 의천상단이라는 곳인데 거기 대방 어르신이 감사하게도 소인에게 일을 주셨습니다. 아직 아무것도 모르오나 분점에서 일을 배우고 있습니다."

"그 대방이란 자가 수상하거나 음흉해 보이지는 않더냐?"

은명은 음험했던 곽 봉사가 떠올라 걱정이 앞섰다. 그 마음을 아는지 아정은 차분하게 대방이라는 자를 옹호했다.

"그렇지는 않사옵니다. 아직 미취하였는데 외모도 소인보다 더 곱상합니다."

"그리 젊은 자란 말이냐?"

"예. 올해 스물하나로 선친의 자리를 이어받았다고 합니다. 선하고 좋은 사람입니다."

"그래? 어쨌든 네가 전보다 건강해 보여 마음이 놓이는구나. 그런데…… 상단에서 그런 일을 해도 괜찮겠느냐?"

은명은 마음에 걸렸던 부분을 묻지 않을 수 없었다. 아무리 몰락하였다 하나 아정은 반가의 여식이다. 노동이 천한 것은 아니지만 나이와 신분을 고려했을 때 걱정이 되는 것도 사실이었다.

극히 조심스러워했던 아정이 이때만큼은 확신을 담아 말했다.

"공주 자가를 만나기 전 소인은 정말 막막하였나이다. 하루하루 기한이 다가오며 곽 봉사에게 끌려가는구나, 낙담하였지요. 소인은 그대로 끌려가 빚을 갚은 다음 죽으려고 하였습니다. 그리 결심하고 보니 죽으면 만사가 끝인데 허무하다는 생각마저 들었습니다. 진작 이렇게 밖으로 나가 일을 해서 생계를 꾸렸다면 지금처럼 마음 편히 웃으면서 살 수 있었을 텐데 말입니다. 넉넉하진 않지만 이제 우리 가족은 다음 끼니를 걱정하지 않게 되었습니다. 소인은 더 바랄 게 없을 정도로 행복합니다."

"……죽으면 모든 게 끝이다."

아정의 한마디가 은명의 가슴에 깊은 여운을 주었다. 맞는 말이었다. 은명도 비슷한 생각을 한 적이 있었다. 어머니의 유품에서 서찰을 발견한 뒤 인간의 삶이 덧없고 허망하다는 걸 가슴 깊이 절감했다. 하여 죽을 때 후회를 남기지 않겠다고 해놓고 김서율의 쓴소리에 바보같이 휘둘리고 있었다.

은명은 뜻하지 않게 잊고 있던 다짐을 돌아보았다. 그리고 그것을 가능케 해준 아정을 기특하게 바라보았다. 어리고 약하지만 강단 있는 아이, 은명은 그런 아정이 장하고 대견스러웠다.

"일도 시작하였으니 내가 옷을 지어주마."

"아니옵니다! 지금까지 받은 것만으로도 차고 넘치옵니다."

"내가 해주고 싶어서 그러는 것이다. 모친과 동생들 것도 같이 보내줄 것이니 사양하지 말거라. 대신, 내가 공주라는 건 너만 알고 있어야 한다."

"공주 자가……."

아정은 눈물까지 글썽이며 고개를 떨어트렸다. 자신이 공주에게 어떠한 영향을 미쳤는지 꿈에도 모르는 얼굴이었다.

＊　＊　＊

의천상단에서 알아챈 것인가?

치경은 눈이 가려진 채 어딘가로 끌려가고 있었다. 미행 붙인 자들을 단속하고 돌아가던 중 눈 깜짝할 새 날아든 그물에 걸려들었다. 검 한 번 빼보지 못하고 포획된 자신이 한심했지만, 기척도 내지 않고 순식간에 일을 해치운 저들도 만만한 상대는 아니었다.

어디로 가는 중인지 감도 잡히지 않았다. 확실한 건 이대로 죽는 한이 있어도 상전이 하시는 일에 걸림돌이 되진 않으리라는 점이다. 각오를 다지며 걷기를 한참, 삐걱대는 소리 후 조용하고 서늘한 실내로 들어온 느낌이다.

그렇다면 앞으로 펼쳐질 일은 둘 중 하나였다. 고신을 당하든, 일정 기간 이곳에 갇혀 지내든. 기회를 엿볼 수 있게 차라리 후자 쪽이길 바라는데 저들이 억지로 무릎을 꿇렸다.

전자구나.

치경은 긴장감에 손마디가 하얘지도록 주먹을 그러쥐었다. 시야를 가렸던 천이 풀려나가자 흐릿해진 초점을 맞추기 위해 눈을 여러 번 깜박거렸다. 쾨쾨한 곰팡내가 나는 것으로 보아 외딴 곳에 위치한 어느 광에 들어와 있는 듯했다. 대낮인데도 어둑어둑한 실내, 눈앞에 보이는 여인의 고운 치맛단…….

치맛단?

헛것이 보이나 싶어 두어 번 눈을 감았다 뜨는데 위에서 여인의 권태로운 목소리가 울렸다.

"더 기다려야 하느냐?"

"고, 공주 자가!"

믿을 수가 없었다. 별의별 상상을 다 해봤으나 공주 앞에 끌려왔을 거라곤 티끌만큼도 짐작지 못했다.

"이놈을 끌고 오라 명하신 분이 공주 자가이시옵니까?"

"나의 명이었다."

"소인이 자가께 큰 죄라도 지은 것이옵니까?"

"지금부터 네게 빚을 받으려 한다."

"빚이라 하심은…… 소인이 자가께 빚을 지었사옵니까?"

아닌 밤중에 홍두깨라더니 속을 알 수 없는 공주의 언행에 치경은 얼이 빠졌다. 이 무슨 감벼락 같은 말씀이신지 도통 짐작되지 않았다.

"어찌 그리 아무것도 모른다는 얼굴을 하고 있느냐. 정말 모르는 것이냐?"

"황공하오나 소인, 자가께 무슨 빚을 지었는지 정녕 모르겠사옵니다."

"너는 나를 버린 적이 있다."

"소인은……."

즉각 반박하려던 치경이 말끝을 흐렸다. 공주께서 보령에서의 일을 언급하고 계심을 뒤늦게 인지한 것이다. 6년 전 헤어졌다 상전의 일로 공주와 재회한 지 어언 1년이 되어 간다.

다른 이 같았으면 그동안 뭐 하시고 이제 와 과거를 들먹이시느냐, 억울해하겠지만 우직한 치경은 그러지 못했다. 당시의 일을 여전히 마음의 빚으로 담아두고 있기에 죄스러움을 담아 고개를 수그렸다.

"그때의 일은 진실로 송구하옵니다. 사정이 여의치 않아 그리되었지만 변명하지 않겠습니다."

"네 죄를 알고 있으렷다?"

"어떠한 벌을 내리셔도 소인 달게 받겠습니다."

"하면 말해 보라. 어찌하면 내가 스승님과 은밀히 만날 수 있겠느냐?"

"예?"

뚱딴지같은 소리가 믿기지 않아 치경은 고개를 번쩍 들었다.

당황스러운 건 주위의 궁녀와 군관들도 마찬가지였다. 공주의 표정과 목소리가 하도 근엄하시어 모두가 숨을 죽이고 처벌을 기다리던 차였다. 조금 전과 같은 분위기라면 최소 피 튀기는 엄벌을 내려도 이상할 게 없었다. 한데 공주께선 엄숙한 모습은 유지하시되 듣는 이가 당황스러울 정도로 이질적인, 그러니까 중벌도 뭣도 아닌 개인적인 질문을 던지고 계셨다.

"그분은 벌써 반년째 나와 사적인 얘기를 나누려 하지 않으신다. 그동안 내가 소극적으로 물러나 있던 것도 사실이다. 그렇지만 깊이 깨달은 바가 있어 더 이상 주눅 같은 건 들지 않기로 했다. 이왕 결심한 거 당장에 지평을 뵙고 싶으나 강론이 재개되기까지 닷새나 남아 있다. 해서 너에게 묻는다. 내일 안으로 조용히 지평과 만날 방법이 없겠느냐?"

"자가……."

치경은 굉장히 혼란스러운데 공주는 심각하고 도도했다. 조금은 뻔뻔스러운 것 같기도 했다.

"답을 내놓지 않고 뭘 그리 멍하니 보고만 있느냐. 그물로 잡혀 온 게 언짢아서 그러하냐? 군관과 너를 다치지 않게 하기 위함이었으니 쓸데없는 불평 말고 성심껏 돕도록 하라."

"공주 자가, 제발 고정하시옵소서!"

"어허, 끼어들지 말라."

보다 못한 최 상궁이 잔소리를 하려 하자 공주는 발끈하며 맞섰다. 멍해 있던 치경은 어이가 없어 헛웃음이 나면서도 마침 좋은 소식 하나를 알려드렸다.

"날을 기가 막히게 맞추셨사옵니다."

"그게 무슨 소리냐?"

최 상궁을 꾸짖던 공주가 재빨리 치경에게 귀를 기울였다.

"오늘 밤 해시쯤, 월류지로 가보시옵소서. 줄기를 깨끗하게 잘라낸 꽃 몇 송이도 꼭 챙기셔야 하옵니다."

"월류지? 꽃은 무엇에 쓰는 것이냐?"

"오늘 밤 친히 확인해 보소서."

공주의 눈망울에 궁금증이 잔뜩 돋아났다. 치경은 부드럽게 미소하면서도 일면으론 걱정스러웠다. 이래도 되는 것인지 확신이 없었다.

월류지로 접어드는 입구에서 서율은 우뚝 두 발을 멈췄다. 처음에는 환영인 줄 알았다. 그러나 환영에 궁녀와 군관의 얼굴까지 저리 세세히 보일 리 만무했다.

그렇다면 야밤에 공주께서 이 으슥한 곳을 돌아다니고 있다는 건 의심할 수 없는 사실이었다. 물론 그 이유가 자신 때문이라는 것 역시 서율은 잘 알고 있었다. 언제나 예상치 못한 방법으로 사람을 놀라게 하는 공주가 이제는 신통방통하기까지 했다.

"여기는 어쩐 일이십니까?"

"오랜만에 뵙는 겁니다. 할 말이 그것밖에 없으십니까?"

"……그간 강녕하셨는지요."

"엎드려 절 받기란 이럴 때 쓰라고 있는 말이었군요. 되었습니다. 월류지로 가시지요? 저도 동행하겠습니다. ……스승님과 긴히 나눌 말이 있으니 너희는 예서 기다리고 있거라."

"저는 드릴 말씀이 없습니다."

서율은 둘만의 시간을 딱 잘라 거절했다. 무엄하다 싶을 만큼 냉정하게 잘랐는데 공주는 끄떡하지 않았다. 그럴 줄 알았다는 듯 오히려 태연하게 물었다.

"하면 여기서 들으시겠습니까? 저는 상관없으니 스승님께서 선택하십시오. 지금 여기서 제 말을 들으시겠습니까, 아니면 단둘이 있을 때 조용히 들으시겠습니까?"

한동안 생기를 잃었던 공주는 또다시 단단해져 있었다. 그

새 심정적으로 변화가 생겼고 무언가 결심하신 게 틀림없었다. 특히 저런 얼굴을 하고 있을 땐 아무도 말릴 수 없었다. 공주의 성정을 익히 알고 있기에 서율은 자포자기한 심정으로 먼저 걸음을 옮겼다.

"이리 주게."

은명은 최 상궁에게서 꽃송이가 든 비단꾸러미를 건네받아 얼른 지평의 뒤를 따랐다. 그의 손에도 비단꾸러미가 들려 있었다. 아마도 꽃송이를 가져온 것이리라. 그것의 용도가 무엇일지 은명은 점점 더 궁금했다.

얼마간 말없이 걸었다. 서율은 등화를 높이 들어 은명의 앞길을 밝혀 주었을 뿐 뒤를 돌아보거나 괜찮으시냐며 말을 걸지 않았다. 길이 험하고 그를 따라가기가 쉽지 않아도 은명은 한숨 한 번 뱉지 않고 열심히 걸었다.

한참을 그렇게 걷다 보니 이윽고 시원한 물가가 눈앞에 펼쳐졌다. 바람의 소리도, 피부로 체감되는 기온도 입구에 있었을 때와 판이하게 다른 곳이었다.

은명은 간신히 숨을 돌리는데 서율은 늘 해 온 일인 듯 꾸러미의 매듭부터 풀었다. 극히 신중한 손놀림이었다. 내용물이 상하지 않도록 조심조심 보자기를 활짝 풀어헤치니 소담스레 새하얀 함박꽃이 아름다운 자태를 드러냈다. 동시에 황홀한 꽃향기가 바람에 실려 사방으로 잔잔하게 퍼져 나갔다.

기분 좋게 향취에 빠져 있던 은명은 서율의 다음 행동에 자그마한 탄성을 터트렸다. 달이 환하게 투영된 월류지에 그가 줄기를 깨끗하게 잘라낸 꽃송이를 하나씩 띄우기 시작했다. 달빛이 은은히 비낀 물결에 수십 송이의 꽃들이 두둥실 떠가는 광경은 장관이었다.

꽃을 가져오긴 했지만 무엇을 위한 것인지 짐작조차 못 했던 은명은 그것을 꿈결인 양 바라보았다. 어쩌면 일평생 보지 못했을 광경, 이 밤을 함께할 수 있어 다행이었다.

은명은 서율을 흘끗 보는데 그는 한자리에 서서 가만히 눈을 감고 있었다. 마치 소원을 비는 듯한 모습이었다.

"무엇을 하신 겁니까?"

잠잠히 지켜보던 은명은 그가 눈을 뜨자 조심스레 호기심을 드러냈다. 대답은 곧장 돌아오지 않았다. 그는 달물결 위로 떠가는 꽃송이를 망연히 바라보다 한참 뒤에야 입을 열었다. 어디선가 들려오는 풀벌레 소리는 아련했고 은백색 달빛 아래, 서율의 표정은 어쩐지 처연했다.

"누님이 한 분 계셨습니다. 여덟 살이 되던 해, 어디서 들었는지 달이 머무는 이곳에 가끔 월궁항아님이 내려온다고 믿기 시작하셨습니다. 누이는 명절이 되면 다른 곳으로 놀러 가는 대신 이곳으로 와 달물결 위로 꽃을 바치며 소원을 빌었지요. 아름다운 꽃을 받은 항아님께서 감동해 한 가지 소원을 들어줄 수도 있다, 그리 믿었기 때문입니다. 그 믿음은 어리석을 만큼 굳건해 열다섯 어린 나이로 세상을 뜨기 전까지 가장 아름다운 꽃을 따다 열심히 바치셨습니다."

"누님이 빌었다는 그 한 가지 소원은 무엇이었습니까?"

"저도 궁금합니다, 그 소원이 무엇이었는지."

그에게서 슬픈 기운이 전해졌다. 좌상 댁 정경부인이 외동딸을 잃고 오랫동안 병석에 누워 있다 조카딸을 데려다 키웠다는 것은 익히 알려진 사실이었다. 그 이야기를 처음 들었을 땐 무심히 넘겼는데 슬픔이 짙게 깔린 그를 보고 있자니 은명도 가슴이 아릿했다.

"어떻게 돌아가셨습니까?"

"둘째 형님께 찾아온 마진이 옮았습니다. 두 분이 함께 가셨으니 먼 길 외롭진 않으셨을 겁니다."

서율이 본래 좌상의 차남이 아닌 삼남이었다는 건 처음 듣는 소리였다. 아마도 형님께서 관례도 치르지 못하고 돌아가시어 사람들 입에 오르내리지 않는가 보다고 은명은 추측했다.

"하여 그 이후로 누님이 하시던 일을 대신 해 오신 겁니까?"

"자주는 못 합니다. 일 년에 한 번 누님의 생일날이 되면 이렇게 찾아오고 있습니다."

"오늘이 누님의 생일이었군요."

애석해하던 은명은 씁쓸함을 담아 질문했다.

"누님처럼 소원을 비셨습니까? 어떤 소원을 비셨습니까?"

"누님이 혹시라도 환생하시면 그토록 바랐던 그 한 가지 소원을 꼭 이루어 달라, 빌었습니다."

가만히 듣고 있던 은명도 곧 조신하게 움직였다. 손에 들고 있던 비단보자기의 매듭을 풀고 그 안에 준비된 화려한 모란을 달빛이 쏟아지는 물결에 띄워 보냈다. 두 눈을 감고 소원을 비는 것도 잊지 않았다.

 달님의 힘이었을까. 잠시 후 은명이 눈을 뜨니 한결 부드러워진 그의 목소리가 귓가를 에워쌌다.

 "소원을 비셨습니까?"

 "스승님과 제가 연을 맺게 하여 주십사……."

 은명은 흘긋 바라본 서율에게서 순간적으로 냉랭한 기운이 뻗어 나옴을 놓치지 않았다.

 "……빌었을까 겁이 나셨습니까?"

 "그걸 농이라고 하시는 겁니까?"

 서율이 기막혀하자 은명은 몸을 돌려 그를 정면으로 마주 보았다. 어둠 속에서 서율의 시선을 강하게 붙들고 야무지게 대답했다.

 "스승님께서 저를 헷갈리게 하지 말아 달라 빌었습니다."

 "헷갈리게 하다니요?"

 "헷갈리게 하지 마십시오. 어찌나 언변이 좋으신지 스승님의 말씀에 제가 결심했던 것들을 줏대 없이 홀딱 잊어버리고 말았습니다. 그것도 반년이 넘도록 말입니다. 잔인하고, 못되고, 이기적인 철부지라 하셔도 어쩔 수가 없습니다. 상대를 위해 제 마음을 외면하고 부정하는 그런 요상한 행동, 저는 하지 않을 겁니다."

 "공주 자가, 대체……."

 "마음이 열리면 어찌할 것인지 물으셨습니다. 하면 저도 묻겠습니다. 그러다 제가 내일 죽으면 저는 어찌해야 합니까?"

"무슨 그런 말씀을 하십니까!"

"스승님이야 신하 된 도리로 공주가 죽었으니 조금 안타까워하다 마시겠지요. 하지만 이리저리 눈치만 살피다 제 마음을 부정한 채 죽어야 하는 저는 얼마나 후회되고 억울하겠습니까?"

"비약이 지나치십니다."

"그래서 저는 스승님을 향한 이 마음을 접을 수가 없습니다. 응답해 달라, 돌아봐 달라, 떼쓰지 않겠습니다. 오늘 밤 이후로 제 감정을 고백하여 스승님을 자극하는 일도 없을 겁니다. 절대로 의빈이 되지 마십시오. 스승님같이 훌륭한 인재가 의빈이 되는 건 저도 반대입니다."

서율은 답답한 마음을 표할 길이 없었다. 그럼 어쩌자는 거냐고 울컥 한마디가 튀어나올 것 같은데 깜찍하게도 공주는 해답마저 알아서 읊었다. 그것이 비록 어이없고 기가 차는 답일지라도.

"저는 저대로 드러내지 않고 스승님을 연모할 테니, 스승님께서는 지금까지처럼 제게 흔들리지 마시고 한결같은 마음을 지키십시오."

"자가!"

"마음껏 저를 미워하십시오. 싫어하십시오. 하나 제 마음을 강요하진 마십시오. 제 마음은 제 것입니다. 살면서 후회를 남기지 않겠다는 그 말, 꼭 지키고 싶습니다. 이 말씀을 드리고 싶어 오늘 뵙고자 한 것입니다."

숨도 쉬지 않고 퍼부어댄 공주는 눈에 힘을 주고 그를 바라보았다. 그에게서 잔소리가 나오면 즉시 받아치기 위해 만반의 준비를 하는 듯했다.

앞일을 미리 대비하는 건 좋은 자세였으나 안타깝게도 서율은 그럴 생각이 전혀 없었다. 그저 숨을 죽이고 어둠 속에서 하얀 얼굴을 물끄러미 보기만 하는데 그것이 어색했는지 공주가 참지 못하고 먼저 침묵을 깼다.

"어찌 그리 빤히 보고만 계십니까?"

"앞에 계시니 시선이 가서 보고 있는 것입니다."

"예?"

"금지옥엽의 옥안이시니 이리 바라보는 것 자체가 무엄한 일입니까?"

"그런 것이 아니오라……."

공주는 말끝을 흐리다 민망해하며 입을 삐죽였다.

각자의 마음은 각자 알아서 하자는데 무슨 말이 더 필요할까. 하나 그것이 서율의 입을 다물게 한 결정적 이유는 아니었다. 그윽이 풍겨 오는 매화향. 반대편에서 하늘하늘 훈풍이 불 때마다 공주에게서 은근한 암향부동이 전해져 그의 방어막이 자꾸 무너져 내렸다.

……어두운 밤이라 보고 있는 것입니다. 밝은 대낮엔 감히 이리할 수 없으니, 지금이라도 이렇게 오래도록 당신을 바라보고 싶습니다.

달빛이 눈부시게 쏟아지는 5월의 어느 밤. 시무룩하게 입을 다문 공주는 그의 눈가가 더없이 다정하고 애잔한 빛을 띠고 있음을 끝내 눈치채지 못했다.

돈을볕이 오실 때까지

보희는 충격과 고통으로 다리가 후들거렸다. 달빛에 취해 서로를 응시하는 두 남녀를, 그들만의 견고한 유대감을 도저히 담담하게 바라볼 수 없었다. 가슴이 두서없이 출렁대 어지럼증을 느꼈다.

다른 욕심이 있어 찾아온 건 아니었다. 오늘이 무슨 날인지 알기에 꽃을 띄우는 그의 모습을 마지막으로 멀리서나마 지켜보고 싶었다. 초조한 기다림 끝에 마침내 근 아홉 달 만에 김서율을 볼 수 있었다. 속없이 가슴이 부풀었으나 곧 뾰족한 칼끝이 푹 찌르며 들어와 벅차오르던 감정을 통증으로 집어삼켰다.

누님의 생일날, 혼자서 꽃을 바치러 오는 걸 불문율처럼 여기던 그가 쉽사리 누군가의 동행을 허하였다는 게 믿어지지 않았다. 그의 외사촌누이가, 혹시나 싶어 자신 역시 합세해 한 번만 데려가 달라고 그토록 애원해도 못 들은 척하더니.

게다가 공주는 그를 향한 연정을 당당하고 솔직하게 고백까지 하고 있었다. 아름다웠다. 눈이 부셨다. 주체할 수 없을 만큼 부러워 시새움이 끓어올랐다.

나는 왜 저리하지 못하였을까?

보희는 후회가 막심했다. 오래전 어느 날 월류지에서 기다리겠다고 할 게 아니라 길을 막아서자마자 마음을 털어놓았어야 했다. 그리했다면 결과가 어찌되었든 이러한 통한도, 미련도 남기지 않았을 텐데…….

당장이라도 그리하고 싶지만, 불가한 일이었다. 조선에서 가장 귀한 여인에 오른 대가는 김서율을 포기하는 것. 스스로가 선택한 길이었다.

어쩌다가 이런 선택을 하였단 말인가.

영영 돌아갈 수 없는 곳까지 와버렸단 생각에 가슴이 미어졌다. 시야가 뿌예진 보희는 자신을 이리 몰아간 사람이 공주라도 되는 듯 그녀를 차갑게 쏘아보았다. 공주가 미웠다. 아무리 발버둥쳐도 다가갈 수 없었던 그 자리를 공주는 매번 너무도 쉽게 차지했다.

아니다! 저렇게 능동적이고 당당한 여인을 뉘라서 마다할 수 있을까?

그래서 더욱 주눅이 들었다. 자신과는 정반대인 공주가 미치도록 샘이 나고 예뻐 보였다.

눈물이 왈각 치솟는 걸 끝까지 참았다. 여기서 눈물까지 흘렸다간 자신이 너무도 초라하고 비참하게 느껴질 것 같았다. 보희는 마지막 자제심을 발휘해 그곳에서 빠르게 도망쳤다.

대궐까지 어떻게 돌아왔는지 하나도 기억나지 않았다. 그만큼 감정은 격해져 있었다. 그 어떠한 말도 지금은 하고 싶지도, 듣고 싶지도 않았다. 그런 보희의 바람과는 달리 중궁전 안마당엔 혜빈과 안빈이 초조하게 서성이고 있었다.

듣지 않아도 무슨 일인지 짐작하였다. 사냥을 나가신 전하께서 급작스럽게 환궁하신다는 전언이 있었을 터였다. 선대왕의 목숨을 앗아간 등창이 성상의 옥체에도 이미 깊게 뿌리내리고 있었다.

보희가 미복 차림으로 나타나자 후궁들은 경악을 금치 못했다. 안빈은 그저 침묵을 지킨 반면 혜빈은 성정대로 쓴소리부터 내질렀다.

"마마, 어디를 다녀오셨사옵니까? 전하께옵서 급히 환궁하신다는 기별을 받았사온데 내전이 비어 있어 황망하였나이다."

"잠시 나갔다 왔습니다."

"자중하시옵소서. 여기는 대궐이옵니다. 곤위에 계신 분이 볼일이 있다고 밤늦게 잠행을 나가는 건 있을 수 없는 일이옵니다."

"혜빈!"

안 그래도 성이 났던 보희는 짜증스럽게 소리쳤다. 늘 다소곳했던 중전의 분노에 혜빈과 안빈뿐 아니라 궁녀들도 깜짝 놀라 모두가 숨을 죽였다.

"지금 뭔가 착각하고 있는 거 아닙니까? 내명부의 웃전은 바로 이 사람입니다!"

"마마, 그런 것이 아니오라……."

"안빈은 끼어들지 마세요."

안빈이 중재에 나서려 하자 보희는 단칼에 저지했다. 그러곤 싸늘히 식어 있는 혜빈에게 거침없는 일갈을 날렸다. 어찌 보면 월류지에서 끓어오른 역정을 엉뚱한 곳에다 쏟아붓는 격일 수도 있었다.

"가끔 내명부의 수장이 누구인지 헷갈릴 때가 있습니다. 그동안 중궁전이 비어 있어 혜빈께서 수고해주신 것은 잘 알겠습니다. 하나 이제 곤위가 바로 섰으니 본분을 자각하고 분수를 지키셔야지요. 하고자 하는 말은 알았으니 그만 돌아가도록 하세요."

극도로 예민해진 보희는 어머니뻘 되는 후궁들을 남겨두고 안으로 휘익 들어갔다. 민망해하는 안빈도, 노기를 띠고 있는 혜빈도 그녀에게는 그저 관심 밖의 일이었다.

───

보희는 아침 일찍 화경궁에 기별해 공주의 입궁을 명했다. 갑작스러운 부름에 공주가 후원에 모습을 드러낸 건 해가 높아지고 있는 늦은 오전. 일찌감치 밖으로 나와 기다리던 보희는 저 멀리 바쁘게 걸어오는 공주를 싸늘한 눈으로 좇았다. 속이 뒤틀리고 가슴에서 울분이 치솟았다.

 내가 이리된 것이…… 공주, 너 때문일까?

 불현듯 솟아난 하나의 물음에 보희는 머릿속이 후끈 달아올랐다. 순식간에 고삐 풀린 감정은 아무렇게나 회오리쳐 심약한 가슴에서 원망을 분출시켰다. 보희는 공주를 향해 악을 쓰고 싶었다.

 어젯밤, 네가 있었던 그곳은 본래 나의 자리였다. 현법사에서도, 정한군 사저의 후원에서도 내가 있어야 할 그의 옆자리를 네가 차지하였다. 네가 나의 자리를 빼앗아 간 것이다. 너 때문에……! 내 모든 것은 엉망이 되었다!

 어느덧 가까이 다가온 공주는 법도에 따라 예를 올렸다. 까칠해진 보희의 안색을 살피며 걱정스럽게 문후도 여쭈었다.

 "마마, 옥체 미령하시옵니까?"

 "……."

 "혈색이 안 좋으십니다."

 그것이 꼭 공주 때문이 아니라고 해도 이제는 상관없었다. 자책으로 무너지기보다 차라리 누군가를 탓하는 게 낫다면, 보희는 공주를 원망하기로 했다.

 "중전마마."

 "자리를 비켜 주게."

 보희는 공주를 무시하고 뒤로 시립해 있던 상궁에게 궁녀들을 물리라 하명했다. 모두가 물러가고 둘만이 남게 되자 그제야 써늘히 알은척했다. 허울 좋은 인사말을 간단하게 줄이고 곧바로 본론에 들어갔다.

"오시느라 수고했습니다."

"무슨 일이 있으셨사옵니까?"

"듣자 하니 김 지평에게 강론을 듣고 계신다지요?"

"예. 틈틈이 좋은 가르침을 받고 있사옵니다."

"공주, 언제까지 지평을 괴롭히실 겁니까?"

은명은 황당하기 그지없었다. 아침부터 중궁전의 재촉을 받아 부랴부랴 입궁했다. 단아하던 중전의 얼굴에 이상하리만치 냉기가 흘러 처음엔 무슨 일이 터진 줄로만 알았다. 그런데 사람을 무시하고 궁녀부터 물리시기에 뭔가 틀어지고 있음을 직감했다. 그래도 이건 아니었다. 이렇게 설명도 없이 다짜고짜 김서율을 괴롭히고 있다니.

당황했던 은명은 순간 중전께서 자신이 그를 연모하고 있음을 아시는가 싶었다. 가슴이 철렁 내려앉아 표정을 감추고 자세한 설명부터 요구했다.

"황공하오나 소녀, 마마의 말씀을 헤아리기 어렵사옵니다."

"지평에게는 본래 다섯 분의 숙부가 계셨습니다. 지금은 그중 두 분만이 살아 계시지요."

그 말을 끝으로 중전은 입을 다물고 은명을 빤히 응시하기만 했다. 무슨 말이 하고 싶으신 것인지 가늠도 되지 않았다. 그의 숙부가 세 분이나 돌아가셨음을 알려주려 하신 것은 분명 아닐 것이다. 은명은 그다음 말이 궁금해 중전을 채근했다.

"무슨 말씀을 하고자 하시옵니까?"

중전은 얼굴을 싸늘히 굳힌다 싶더니 곧 소름 끼칠 만큼 아무렇지 않게 대답했다.

"나머지는 모두, 공주의 외조부가 죽였습니다."

"그…… 그 어인 말씀이시옵니까?"

충격으로 귓가의 솜털이 일제히 일어섰다.

"저희 외가를 무너트린 건 좌상과 그 세력이었습니다."

"공주의 외조부가 먼저 시작한 일이었습니다. 좌상이 밑바닥까지 추락했던 일을 알고 계시지 않습니까. 좌상은 스승이었던 부원군을 믿고, 따르고, 존경하였습니다. 하지만 부원군은 그의 부친에게 역모의 죄를 씌워 가문을 몰락시키고 피붙이들을 모조리 처단하였습니다."

머리로 벼락이라도 떨어진 듯 눈앞이 캄캄했다. 은명은 크나큰 충격에 숨조차 쉬어지지 않는데 중전은 너무나 태연하게 엄청난 말들을 쏟아냈다.

"어디 좌상뿐이겠습니까. 우리 집안과 우상, 그 밖에 조정의 수많은 대소 신료들이 그때의 모함으로 쫓겨나 사지에서 끔찍한 지옥을 맛보아야 했지요. 사람들은 그때의 사건을 최진욱, 그자가 주도했다고 믿고 있으나 최진욱이 뒤에는 서한철 대감, 그자가 있었습니다."

"그랬다면…… 지금까지 제가 모르고 있었을 리 없습니다."

온몸이 덜덜 떨리기 시작한 은명은 쥐어짜듯 간신히 목소리를 내보지만, 그마저도 중전에게 여지없이 짓밟혔다.

"아는 사람끼리 쉬쉬하고 있으니 모를 수밖에요. 공주가 조정의 일을 어찌 알겠습니까. 그저 예쁘고 좋은 것만 보고 자란 귀한 공주 자가가 아니십니까!"

"저는……."

"후에 무죄가 입증되어 가까스로 돌아올 수 있었지만 그게 무슨 소용이랍니까. 누명을 벗었다 한들 죽은 가족을 되살린 순 없었고, 정신을 놓아버린 자들도 정상으로 돌아오지 못하고 있습니다. 총명하다 소문이 자자했던 지평의 막내숙부를 보십시오. 그게 다 서한철, 그자가 만들어 놓은 상흔입니다."

현법사에 갔을 때 잠자리를 쫓아다니던 그의 숙부가 은명의 머릿속에 아슴아슴 떠올랐다. 비를 피하며 그에게서 들었던 이야기도 어슴푸레 기억났다.

'가문이 화를 입었을 때 조부님의 마지막을 눈앞에서 목격하셨다 합니다.'

'견디기 힘드셨을 겁니다. 무섭고 끔찍하셨겠지요.'

그 모든 원흉이 이제껏 불쌍하다 여기던 외조부 때문이었단 말인가. 믿을 수가 없었다. 나라와 왕실에 충성하며 평생을 청렴결백하게 살아온 무장이 바로 그분이었다. 은명은 금방이라도 쓰러질 듯 휘청거리는데 중전의 다그침은 계속 이어졌다.

"뿐인 줄 아십니까. 전하께서 보위에 오르자 또다시 그들을 내치려 하였습니다. 우리 쪽에서 먼저 손을 쓰지 않았다면 나도, 지평도 지금쯤 목숨을 잃었거나 관비로 살아가고 있었겠지요. 한 번씩 주고받았으니 서로 억울할 것도 없겠지만 그렇다고 가까이서 마주 보는 것은 껄끄럽지 않겠습니까. 이쯤에서 그만 강론을 접으세요. 더 이상 지평을 괴롭히지 말란 말입니다!"

세상이 빙글빙글 도는 것 같아 은명은 잠시 눈을 감고 숨을 골랐다. 여기서 이대로 울어버리진 않을 것이다. 힘겹게 마음을 가라앉힌 은명은 눈을 뜨고 중전을 직시했다.

"마마의 말씀을 곧이곧대로 믿을 거라 생각하신다면 그건 오산이시옵니다."

"공주, 웃전에게 그 무슨 말버릇입니까!"

"그렇게 엄청난 이야기를 확인도 하지 않고 덜컥 믿으라는 말씀이시옵니까? 더군다나 모두가 쉬쉬한다는 그 일을 마마께서는 아침부터 소녀를 불러 이리 말씀하고 계시옵니다. 일단은 잘 들었습니다. 더 하실 말씀이 없으시면 소녀는 이만 물러가겠나이다."

은명은 중전의 대답을 기다리지 않고 간단히 예만 올린 뒤 빠르게 돌아섰다. 좌상과 이판이 다가오고 있었지만, 사색이 된 은명의 시야에 다른 것이 들어올 리 없었다.

"마마, 공주 자가와 언짢은 일이라도 있으셨사옵니까?"

공주의 안색에 마음이 쓰인 이판은 중전에게 다가가 걱정스럽게 물었다. 중전의 얼굴도 벌겋게 달아올라 둘 사이에 무슨 일이 있었음을 짐작할 수 있었다.

"공주께서 아무것도 모르시기에 제가 옛날 이야기 좀 해드렸습니다."

"옛날 이야기라니요? 그게 무슨…… 설마, 부원군에 관한 일 말씀이시옵니까?"

"공주도 알 건 알아야 합니다."

"마마!"

이판은 딸자식의 경솔함에 대경실색하였다. 그러면서도 곁눈질로 좌상의 눈치를 살피는데 그는 표정 변화 없이 중전을 보고 있었다. 아버지가 식은땀을 뻘뻘 흘리며 당황하고 있음에도 이성이 뿌리 뽑힌 보희는 거침이 없었다. 평소 그리도 어려워하던 좌상을 똑바로 응시하며 울화를 터트렸다.

"좌상께서는 알고 계십니까? 까딱하다간 지평이 부마가 될 판입니다."

"그건 또 무슨 말씀이시옵니까?"

좌상은 침묵을 지키는데 이판이 도리어 더 크게 반응했다.

"아드님의 장래가 이대로 끝장나는 꼴을 그저 구경만 하시겠습니까?"

"마마, 그럴 리가 없사옵니다."

"아버님, 제가 아무 이유도 없이 이리 나섰겠습니까? 남녀 간의 일은 아무도 모르는 것입니다. 당장 강론부터 중단시키세요. 사전에 단속을 철저히 하시란 말입니다!"

고명딸의 성화에 이판은 식은땀을 닦아내느라 여념이 없었다. 그러나 보희가 정말 호응해 주길 원했던 좌상은 입을 다문 채 아무런 동요도 내비치지 않았다. 노회한 대신의 눈빛만이 차갑게 얼어붙고 있었다.


세자가 지평과 머리를 맞대고 있는 자선당은 또 다른 이유로

찬바람이 불었다.

"정녕 그 기방 창고에 궐로 들어왔어야 할 진상품이 가득했단 말인가?"

"생각보다 더 오랫동안 조직적으로 행해 온 듯하옵니다. 저들은 부당한 이익을 취하고, 그로 인해 발생하는 부족분을 진상하는 고을에 고스란히 덧씌우는 방식으로 비리를 저질러 왔습니다. 그곳의 백성들은 매해 진상품을 두 배로 준비하느라 이중고에 시달렸을 것입니다."

"어찌 이럴 수가!"

화가 머리끝까지 오른 세자가 주먹으로 서안을 거칠게 내리쳤다.

"흉년으로 백성들이 굶어 죽고 있는 판에 조정의 신료라는 것들이 상단과 지방의 말단 관료까지 끌어들여 사리사욕을 채웠다니!"

"빼돌린 진상품을 재물로 변환하는 곳은 청월관과 의천상단 한양 분점 외에도 여럿 있을 것으로 추정되옵니다. 또한 양병수가 청월관의 실소유자라 하나 그것은 사실이 아닐 겁니다. 분명 조정의 누군가가 그를 앞세워 나라와 왕실의 근간을 흔들고 있는 것입니다."

"그 낭청은 아직도 숨을 죽이고 있는가?"

"외부와의 접촉을 일절 끊고 근신 중입니다. 연적과 붓도 아직 그대로라고 하니 그자가 불안감을 씻고 다시 운신할 때까지 조용히 지켜보겠나이다."

"그렇다면 그 청월관에……."

긴급히 질문을 잇던 세자는 일순 미간을 찌푸렸다. 밖에서 소란이 일어 집중력이 분산되었기 때문이다. 중요한 일을 논의 중이니 주변을 전부 물리라 명했거늘 누가 감히 동궁의 명을 어겼단 말인가. 가뜩이나 성이 났던 세자는 못마땅한 심기를 여과 없이 드러냈다.

"밖에 웬 소란이냐!"

"그것이……."

세자의 호통에 황급히 들어온 내관이 머리를 조아렸다. 곧바로 상황을 고하려 하는데 무엄하게도 누군가 자선당의 문짝을 부술 듯 젖히고 들어왔다. 죽고 싶어 환장한 이가 누구인가 싶어 쳐다보니 너무도 뜻밖에 얼굴이라. 서율은 물론이거니와 세자 역시 놀란 눈을 하고 누이를 보았다.

"네가 기별도 없이 여길…… 궐엔 언제 들어온 것이냐?"

"믿기지 않는 이야기를 들었습니다. 확인하여 주십시오, 저하."

은명의 목소리는 굉장히 다급했다. 금방이라도 울 것 같은 얼굴에 치마를 쥐고 있는 두 손은 약하게 후들후들 떨리고 있었다.

세자는 서율에게 잠시 말미를 구했다. 모두가 물러가고 방문이 닫히자 은명은 오라버니 앞에 털썩 주저앉아 다그치듯 캐물었다.

"진실을 알려주십시오."

"무엇을 말이냐? 대체 왜 이러는 것이야?"

"최진욱 대감의 배후에 외조부님이 계셨사옵니까? 전하께서 보위에 오르신 직후 한 번 내쳤던 이들을 또다시 치려 하셨던 것입니까?"

세자의 얼굴에 놀라움과 곤혹스러움이 빠르게 스쳤다. 동시에 은명의 얼굴에도 절망이 깃들었다.

중전께서 하신 말씀이 아무래도 사실인 것 같았다. 강직하기로 명성이 자자했던 외조부께서 절대로 그럴 리 없다고 굳게 믿었건만. 지금까지 말도 안 되는 착각에 빠져 있었다는 사실에 봇물이 터지듯 눈물이 쏟아졌다.

"……사실이었군요."

"은명아."

"오라버니께서도 알고 계셨습니다."

"누가 그런 말을 하였더냐?"

"그게 중요합니까! 전 아무것도 모르고……."

쓰라린 자괴감에 가슴이 무너졌다.

"그리 간단한 문제가 아니다. 일방적인 피해자도, 일방적인 가해자도 없는 일이었다."

"정사 따위 저는 모릅니다. 왜 진실을 알려주지 않으셨습니까? 적어도 일방적인 피해자가 아니었음을 알려는 주셨어야지요!"

은명은 비참하고 가슴이 아파 자리에서 일어났다. 눈물을 대충 수습하며 재빨리 그곳을 벗어났다.

살상을 저지른 가해자였다니!

외조부로 인해 죄 없는 이들이 짓밟히고 목숨을 빼앗겼단 사실에 은명은 나락으로 떨어지는 기분이었다. 그런 것도 모르고 지금까지 저들을 원망하고 또 삿된 마음을 품었다. 이제 그 모든 것은 더 깊은 상처가 되어 은명에게 고스란히 돌아왔다. 차라리 죽도록 억울한 편이 백번 천번 나았던 것이다.

밖으로 나오다 대기 중이었던 서율과 마주쳤다. 그는 표정을 샅샅이 읽어내려는 사람처럼 이쪽을 주시했다. 언제나 그와 마주 보길 바랬는데 오늘만큼은 그를 똑바로 바라볼 수 없었다. 아니, 앞으로도 그와 당당히 눈을 맞추지 못할 듯했다.

강론 초반, 외가의 일로 독설을 퍼부었을 때 그는 묵묵히 듣고만 있었다. 이제 와 돌아보니 참으로 어리석고 편협한 행동이었다. 은명은 혀를 깨물고 싶은 충동을 참으며 모르는 척 그를 지나쳤다. 그를 올려다볼 면목이 없었다.

"은명아!"

뒤늦게 정신을 차리고 쫓아온 세자가 다급히 은명을 붙들었다.

"이리 가버리면 어찌하느냐?"

"더는 궐에 있고 싶지 않습니다. 오라버니도 뵙고 싶지 않으니 당분간 소녀를 찾지 말아 주십시오."

은명은 팔을 힘껏 뿌리치고 그곳을 떠났다. 가슴이 깊게 패여 속에서 비명을 내지르고 있었다.

사헌부로 돌아온 서율은 무엇에도 집중할 수 없었다. 눈물 자국이 선명했던 공주가 자꾸만 아른거려 심란하기 그지없었다. 그가 아는 공주는 엉뚱한 행동으로 궁인들을 경악시킬지언정 그들 앞에서 그토록 흔들릴 분이 아니었다.

마음을 차분히 가라앉히고 동궁전에서 뛰쳐나오던 공주를 다시 한 번 상기해 보았다. 분노의 감정은 아니었다. 경악스러움 위로 죄책감과 부끄러움, 약간의 수치심까지 언뜻 느껴졌다.

왜 그랬을까?

생각을 이어가던 서율은 갑자기 멈칫하였다. 자신과 눈이 마주쳤을 때 움찔하여 고개를 돌린 공주가 떠오르자 가슴이 꽉 막히며 통증이 일었다. 이대로 중궁전에 쫓아가 배알을 청하고 오늘 공주를 급히 부른 이유가 무엇인지 알아보고 싶은 충동까지 일었다.

"나리."

그때, 언제 들어왔는지 사헌부의 아전이 놀라운 소식을 가져왔다.

"화경궁에서 사람이 찾아왔습니다."

"화경궁?"

귀가 번쩍 뜨였다. 서율은 자리에서 일어나 가장 빠른 걸음으로 집무실을 나갔다. 부리나케 정문을 나서 앞쪽을 살펴보니 저 멀리, 화경궁의 나인 하나가 덩그러니 서 있었다.

고개는 저절로 사헌부와 병조 사이의 샛길로 돌아갔다. 혹시나 하는 마음에 열심히 들여다봤지만 화경궁의 군관이나 다른 궁녀들은 어디에도 없었다. 어느 초가을의 오후처럼 공주께서 직접 오시지 않았을까, 내심 기대했던 서율은 실망한 기색을 지우고 난이에게 다가갔다.

"지평 나리."

"항아님 혼자 오신 겁니까?"

"예. 공주 자가의 말씀을 전하러 왔습니다. 자가께서는 당분간 강론을 중단하겠다 하십니다."

피가 역류하는 것 같았다. 허한 가슴이 갈 곳을 잃고 파닥거리다 맥없이 바닥으로 쑥 꺼지는 느낌이었다. 날카롭게 치고 드는 조용한 파장에 서율은 말문이 막혔다.

마음을 끊어내라 다그친 건 자신이었다. 그분만 감정을 자제해 주시면 쉽지는 않겠지만 자신도 마음을 접을 수 있으리라 확신했다. 그런데 무엇인가. 막상 공주를 뵐 수 있는 정당한 자격을 잃게 되자 그가 먼저 휘청거렸다. 솟구치는 이율배반적인 감정에 서율은 당혹스러웠다.

"궐에서 무슨 일이 있었습니까?"

"거기까진 소인도 잘 모르겠습니다. 말씀을 전하였으니 저는 이만 가보겠습니다."

"잠깐."

난이가 돌아서려 하자 서율은 즉각 제지했다.

이대로 화경궁의 나인을 보내야 한다는 걸 알고 있다. 이를 계기로 공주와의 애매한 관계도 명확히 정리해야 한다는 걸 모르지 않았다. 하지만 생각은 생각에 국한된 것일 뿐 그는 아직 그럴 수 있는 준비가 되어 있지 않았다. 아직은…… 자신이 없었다.

"같이 가겠습니다. 자가를 직접 뵈어야겠어요."

"자가께서는 지금 화경궁에 아니 계십니다."

"어디를 가셨단 말입니까?"

"답답하시다며 후원에 계시다가 지금은 모전교 쪽으로 나가셨습니다."

"그럼 그쪽으로 가보지요."

서율은 지체 없이 방향을 잡으며 한 가지 어리석었던 사실을 정확히 깨달았다.

수도 없이 공주를 밀어냈으면서도 정작 자신은 그분을 떠나보낼 준비를 전혀 하지 않고 있었다. 어이하여 공주에게서 헤어나질 못할까, 그동안 매우 답답해했는데 알고 보니 저 자신이 그럴 마음이 전혀 없었다는 사실이 충격적이었다.

적나라하게 알게 된 공주를 향한 진심에 비틀거리면서도 서율은 최대한 걸음을 빨리했다.


남촌의 사건 현장을 둘러보고 한성부로 돌아가던 익정은 모전교를 건너다 시선이 한 곳으로 고정되었다. 하루에도 몇 번씩 머릿속에 나타나 가슴을 뒤흔드는 여인. 화경궁의 그녀가 저 다리 너머에서 며칠 전 쏟아진 비로 물이 한껏 불어난 개천을 하염없이 내려다보고 있었다.

다행히도 한양에 꽤 오래도록 머무는 모양이었다. 멀리 있어 알은척하지 못했으나 지난 3월에도, 며칠 전 오후에도 화경궁을 향해 걸어가는 명이 소저의 모습을 볼 수 있었다. 공무를 마치고 돌아가는 길이니 오늘도 아쉬워하며 지나치는 게 옳은 일이겠지만 그러기엔 오늘, 그녀가 지나치게 쓸쓸해 보였다.

이대로 지나면 온종일 신경 쓰여 아무것도 손에 잡히지 않을 것은 불 보듯 뻔한 일. 익정은 모전교를 건너자마자 관원들을 먼저 보내고 말 머리를 규수에게로 돌렸다.

바로 뒤에서 말 울음소리가 우렁차게 울려도 그녀는 아무런 관심을 나타내지 않았다. 익정은 개천가에 깊이 뿌리 내린 버드나무에 말고삐를 단단히 매어 놓고 규수에게 다가갔다. 파란 색감의 풍성한 치마가 그녀의 자태를 한층 깨끗하고 맑아 보이게 하였다.

"무슨 생각을 그리 골똘히 하시오?"

정적을 깨트리는 목소리에 규수는 콧날이 살짝 보일 정도로만 고개를 틀었다 다시 정면을 향했다. 그 이상의 다른 반응은 나오지 않았다. 물론 그런다고 기가 죽을 익정도 아니다.

"길에서 우연히 소저를 본 게 벌써 몇 번째인 줄 아시오? 그대는 규방 여인에 관한 나의 상식을 완전히 무너트리고 있소."

"……."

"지금도 보시오. 이렇게 사람을 무시하다니. 알은척도 안 할 생각이오?"

"오늘은."

여전히 등을 내보인 그녀가 익정의 말을 냉정히 차단했다.

"지금은, 제가 누군가와 말을 나눌 기분이 아닙니다. 송구하지만 그냥 이대로 저를 못 본 척 지나가 주십시오."

"내가 못 본 척 지나간다면 그대는 속상한 마음을 속으로 삭이기만 하겠지. 무슨 일인지는 모르겠으나 그런다고 그 울적한 마음이 조금이라도 덜어질 수 있겠소?"

"그럴 수는 없겠지요."

규수의 담백한 긍정에 익정은 입가에 미소를 그렸다.

"내 생각도 그렇소. 내가 파악한 소저의 성정대로라면 그럴수록 외려 역효과만 일어날 것이오. 어떻소, 나와 함께 가지 않겠소? 문제를 해결해 줄 순 없지만 답답한 그 속을 조금은 뚫어 줄 수 있을 것 같은데 말이오."

즉흥적인 제안에 그제야 규수가 뒤를 돌아봐 주었다. 그런데 어찌된 일이지 고요한 두 눈에 젖었던 흔적이 또렷이 보였다.

막연히 울적해하는 줄 알았는데 실은 울고 있던 거였나?

익정은 가슴이 덜컹 흔들렸다. 여인의 눈물이 자신에게도 이토록 안쓰럽게 다가올 수 있다는 게 너무도 놀랍고 생소했다.

"그 말에 책임질 수 있겠습니까?"

불시에 깨달은 낯선 감정에 그가 조금은 멍해져 있는데 규수에게서 메마른 음성이 흘러나왔다.

"물론 저는 무슨 수를 써서라도 답답한 이 마음을 조금이라도 뚫어 놓고 싶습니다. 하나 흔쾌히 나리를 따라나섰다 뜻을 이루지 못한다면 이대로 폭발할지도 모르겠습니다. 저는 그 모든 화를 나리께 고스란히 쏟아부을 것이고, 그래도 풀리지 않으면 제가 가진 모든 권력을 이용해 분풀이를 할 수도 있습니다. 나는…… 그대가 생각하는 것보다 훨씬 어리석은 철부지입니다. 상황이 이럴진대, 그래도 답답한 이 마음을 뚫어 주고 싶으십니까?"

규수의 말투는 꽤 공격적이었지만 익정은 여유를 잃지 않았다. 능히 짐작은 되었다. 아마도 규수는 빈궁 마노라의 육촌일 뿐 아니라 강릉에서도 손꼽히는 유력한 가문의 여식일 것이다. 평소의 행색이나 부리는 사람들, 공주의 말동무가 되어 화경궁에 머무는 것만 봐도 어느 정도로 귀하게 자랐는지 헤아릴 수 있었다.

하지만 자신은 또 누구인가. 촉망받는 한성부의 관리이자 명망 있는 송씨 가문의 장손, 그리고 조정 내 서열 세 번째에 빛나는 우상의 자제였다. 어떠한 분풀이도 넉넉히 감당할 수 있거니와 털끝만큼도 여인을 실망시키지 않을 자신이 있었다.

"자신이 없다면 애초에 그런 말을 꺼내지도 않았을 것이오."

"좋습니다. 기꺼이 나리와 함께 가도록 하지요."

규수는 고개를 틀어 다른 곳을 바라보았다. 같은 방향으로 고개를 돌려보니 저 멀찍이 몸종으로 보이는 아이와 일전에 보았던 호위무사가 이쪽을 지켜보고 있었다. 그들은 굉장히 살벌한 표정을 짓고 있었는데 특히 자신을 향한 눈길이 거의 노려보는 수준이었다. 상전이 도도하니 아랫것들도 분위기가 하나

같이 비슷했다.

익정은 그들을 가볍게 무시했다. 규수도 간단한 눈짓으로 따라오지 말라는 의사를 분명히 내비쳤다. 똑똑히 보여 주고 싶은 치기 어린 마음에 익정은 보란 듯이 규수를 이끌고 그곳을 떠나갔다.

내키진 않지만, 공주의 추상같은 명령에 항명할 순 없었다. 수비와 군관은 멀어지는 공주를 걱정스러운 눈길로 지켜보았다. 쉬이 발길이 떨어지지 않아 제자리에 서서 저 앞을 지켜보고 있는데 뒤에서 분노에 젖은 목소리가 넘어왔다.

"대체 무얼 하는 것인가?"

흠칫하여 돌아보니 공주의 스승이 믿을 수 없다는 표정을 하고서 그들을 보고 있었다. 화기가 머리끝까지 올라 있는 기세였다.

"지평 나리!"

"어찌하여 아무도 공주 자가를 따르지 않았던 것이야?"

"자가께서 따르지 말라 이르셨습니다."

"그렇다고 다른 사내와 단둘이 가시게 했단 말인가!"

서율의 격노에 긴장한 군관이 다급히 설명했다.

"보이지는 않으나 자가를 조용히 따르는 자가 있습니다. 자가께서도 알고 계십니다. 목적지에 당도하면 어디에 계시는지 연통이 올 것입니다."

서율은 공주가 사라진 방향을 응시했다. 노여움으로 두 눈에 핏발이 곤두서고 안색은 어두웠다. 이들의 잘못이 아니었다. 그럼에도 솟구치는 역정은 어쩔 수 없었다.

사헌부에서 모전교까지 정신없이 쫓아왔다. 돌다리가 보이기 시작할 즈음 가장 먼저 눈에 띈 건 송 판관과 떠나는 공주의 뒷모습이었다. 누군가에게 머리를 된통 얻어맞은 느낌이었다. 강론까지 중단하고 혼자 있길 바랐으면서 송 판관의 접근을 허하고 급기야 그와 함께 사라지는 공주를 어떻게 받아들여야 할지 모르겠다.

함께한 시간과 사적인 관계로 따져 보았을 때 오늘과 같은 날 공주가 의지해야 할 사람은 송 판관이 아닌 자신이어야 했다. 사헌부 앞까지 찾아와 사람을 놀라게 할 땐 언제고, 오늘처럼 힘든 일이 있을 땐 왜 자신을 찾아와 주지 않는지 화가 났다.

연모한다면서, 그리웠다고도 했으면서. 이토록 중요한 순간엔 어찌하여 기대고 싶은 마음이 조금도 안 생기시는 건지! ……안다. 그동안 야멸치게 굴었던 건 인정한다. 하지만 언제나 꿋꿋했던 공주가 아니었던가. 하다못해 제자의 신분을 앞세워 사내가 아닌 스승을 찾아와 줄 수도 있었다.

이번이 벌써 두 번째다. 공주께서 송 판관과 함께하는 모습을 뒤에서 멀거니 지켜보고만 있는 게.

서율은 속이 뒤집혔다. 사내답고 호탕함이 넘치는 송 판관이 지나치게 거슬려 명치끝이 쓰리고 괴로운데 문득 생각나는 것이 있었다. 이번에 강론을 재개해 화경궁을 방문하면 안채 식구 누구라도 붙잡고 확인하려 했던 바로 그것.

"화경궁에 빈궁 마노라의 육촌아우가 머물고 있습니까?"
"아닙니다. 그런 분은 아니 계시는……."
이럴 수가.

서율은 목이 콱 막혔다. 고개를 저으며 부인하던 난이가 뒤늦게 무언가 깨닫고 두 손으로 입을 가리는 게 아찔했다. 말도 안 되는 소리라 치부하였건만 정말로 신분을 속이고 송 판관과 교류하고 있었다니. 서율은 기가 막혀 차갑게 입을 뗐다.

"그동안 자가께서 마음대로 바깥출입을 하셨군요."
"그게……."
"일단 화경궁으로 가시지요."
"예? 사헌부로 다시 안 돌아가십니까?"

얼굴에서 핏기가 사라진 서율은 이미 화경궁을 향해 걸음을 내딛고 있었다. 신분도 모른 채 저자에서 만나 공주와 연을 맺은 사람이 자신이 유일하지 않다는 게 지독히 서운했다.

---

화살은 불안하게 날아가 과녁에 부딪혔다. 그럭저럭 꽂힌 것도 있었고, 힘이 부족해 그대로 튕겨 나간 것들도 있었다. 그래도 모든 화살은, 꼭 정중앙이 아니어도 과녁 어딘가로 정확히 날아갔다.

은명은 과녁을 불과 열 보 정도로 가까이 앞두고 활시위를 당겼다. 팽팽한 시위를 당길수록 팔과 손목의 통증이 심해져도 멈추지 않았다. 한 발 한 발 쏠 때마다 중전이 했던 말을 떠올리고, 일전에 제가 김서율에게 퍼부었던 말들도 떠올렸다. 정신없이 비실비실 웃음만 흘려대던 그의 막내숙부 또한 떠오른다. 은명은 이제야 깨닫고 있었다.

어머니…….

언제나 그윽한 매화향을 품었던 어머니는 살아생전 단 한마디, 원망의 말씀을 한 적 없으셨다. 화경궁에 갇혀 그 긴긴 세월, 세상의 공격을 오로지 침묵으로만 일관했다. 한 번씩 피를 토해낼 정도로 고통스러워하시면서도 조정의 잔인한 처분을 한결같이 담담히 감내해내셨다.

왜 화내지 않으실까. 어린 마음에 이해할 수 없었던 그때의 궁금증을 은명은 오늘에서야 속속들이 알게 되었다. 그래서 더 가슴이 아팠다. 아름다운 화경궁에서 어린 공주는 늘 행복하게 웃었다. 단 한 줄기의 그늘도 드리우지 않았다. 그 생지옥 속에서 혼자만 기쁘고 유쾌했다는 것이, 하루도 빠짐없이 즐거웠다는 것이 오늘의 아픔을 더욱 고통스럽게 만들었다.

어느덧 시야가 흐려진 은명은 마지막 화살을 허공에 날리고 눈물을 쏟았다.

활 쏘는 법을 가르쳐주고 뒤로 물러났던 익정은 가슴 한편이 뻐근해졌다. 여인의 흔들리는 두 어깨를 보는 건 적어도 저 규수에 한해서만큼은 쉽지가 않았다.

당장에 다가가 눈물을 닦아주고 당신의 시름과 걱정을 대신

해결해 주겠노라, 외치고 싶었다. 하지만 그랬다간 지켜보는 것마저 할 수 없게 될지도 모른다는 것을 직감적으로 알고 있었다. 지금으로선 이렇게 뒤에서 지켜보는 것 외엔 마땅한 도리가 없다는 것도.

한참 동안 어깨를 떨어대던 규수가 이만 돌아가겠다며 그에게 왔을 땐 언제 그랬냐는 듯 말짱한 얼굴이었다. 그러면서도 울었던 것과 관련해 아무 말도 하고 싶지 않다는 심사를 노골적으로 내보였다.

그 확고한 뜻을 받아들여 익정은 돌아오는 내내 입도 뻥긋할 수 없었다. 틈나는 대로 곁눈질하며 눈치를 살피다 어느 순간 자신의 처지가 볼품없음을 깨닫고 헛웃음이 나왔.

지금껏 살아오며 누군가에게 이토록 휘둘려본 적이 있었던가. 아무리 더듬어보아도 기억나지 않았다. 단언컨대 한 번도 없었을 것이다. 자신을 이토록 주눅 들게 할 수 있는 여인이 있다는 게 익정은 제법 재미있기까지 하였다.

"내일이면 손목과 팔, 어깨 위까지 뻐근할 것이오."

"모든 일에는 대가가 따르는 법이지요."

하도 새침해 있기에 대꾸도 안 해 줄 줄 알았는데. 의외로 규수가 대답을 주자 익정은 대화를 계속 이어 갔다.

"원한다면 다음에도 활을 쏘게 해 주겠소."

"괜찮습니다. 방법을 알았으니 후원에 따로 과녁을 마련할 겁니다."

"그건 별로 좋은 생각이 아니오. 그냥 나에게 부탁하시오."

"어째서 그리해야 합니까?"

"그래야 우리가 또 만날 수 있으니까."

여인은 가던 길을 멈추고 익정을 보았다. 그는 기회를 놓치지 않았다.

"소저와 만날 수 있는 핑계를 내게 양보해 주시오."

"그럴 수는 없습니다."

규수의 대답은 빠르고 단호했다.

"혹 정혼자가 있소?"

"정혼자는 아니지만 저는 이미 마음에 품고 있는 분이 있습니다. 어릴 때부터 시작된 감정이라 그 누구도 그분을 대신할 수 없습니다."

익정은 머릿속 생각이 하얗게 지워지는 것을 생애 처음으로 경험했다. 마음을 얻는 것이 쉽지는 않겠다고 어느 정도 예상하고 있었지만 그래도 그렇지, 이토록 속전속결로 거절당할 줄이야.

그녀의 대답엔 한 치의 여지도 없었다. 고민하는 시늉이라도 해 주면 좋으련만 단칼에 자르는 솜씨가 아주 수준급이었다. 충격받은 사내의 마음은 아랑곳없이 규수는 서둘러 마무리에 들어갔다.

"저는 어리석고 못된 사람입니다. 나리께 거짓말을 한 것도 있습니다."

"무슨 말을 하려는 거요?"

"그러니 이 못난 사람을 품으셨다면 마음에서 빨리 지워 달라는 소리입니다."

"나는 안 되는 것이오?"

"퉁명스러워 보이지만 사려 깊고 다정한 분이시니 너그러이 이해해 주시리라 믿습니다. 저 모퉁이를 돌면 사람들이 많이 다니는 큰길이 나옵니다. 여기서부터는 혼자 가겠습니다. 오늘은 진심으로 감사했습니다."

여인은 고개 숙여 감사를 표한 뒤 그대로 돌아섰다. 저 멀리까지 가도록 한 번 돌아보는 법이 없었다. 규수에게 완벽히 거절당했음을 실감한 익정은 가슴이 묵직했다. 세상에 태어나 처음으로 품었던 연정이었다. 그 마음을 표현하자마자 거절당했으니 제아무리 씩씩한 기상으로 뭇 사내의 존경과 흠모를 한몸에 받아 온 그라 해도 괜찮을 리 없었다.

그나마 아직 정혼자가 없다는 데 안도해야 할까. 말하는 분위기로 보아 규수는 누군가를 홀로 사모하고 있는 듯했다. 그렇다면 기회는 아직 열려 있다. 익정은 복잡한 심경을 그렇게 정리하고 막 귀퉁이를 돌고 있는 여인의 뒷모습을 끝까지 응시했다.

품었다면 빨리 지우라는 것은 말도 안 되는 소리였다. 이러한 감정은 의도적으로 지운다고 마음대로 지울 수 있는 성질이 아니었다. 지나치게 매몰찬 규수가 섭섭하면서도 익정은 여전히 그녀를 보는 게 설레고 좋았다.

서율은 긴긴 시간 화경궁의 안채에서 일말의 미동 없이 한자리에 머물렀다. 공주께서 송 판관에게 옆자리를 내준 사실은 그에게 먹먹한 충격으로 다가와 아직까지 평정을 찾기가 힘들었다. 속이 부글거려 신경이 한껏 예민해져 있는데 밖에서 두런거리는 소리가 나더니 문이 조심성 없이 열렸다. 주인이 돌아왔다는 신호였다.

마침내 모습을 드러낸 공주는 그의 옆을 무심히 지나쳐 보료로 가 앉았다. 그가 줄곧 기다렸다는 귀띔을 받았을 텐데도 별다른 반응을 보이지 않았다. 반갑지도 놀랍지도 않다는 듯 지친 기색으로 몇 마디 건네는 게 전부였다.

"당분간 강론은 듣지 않겠습니다. 기별을 받았으면 그러려니 하고 넘어가 주시지 바쁘다는 분이 어찌 그리 오래 기다리셨습니까?"

"어디를 다녀오셨습니까?"

서율은 터질 듯한 분기를 간신히 다스리며 물었다.

"가슴이 답답해 조금 거닐다 왔습니다."

중요한 건 그게 아니었다. 서율은 그의 기준에서 가장 문제가 되는 부분을 꼬집었다.

"송가 익정은 우의정 대감의 장남이자 한성부의 판관이옵니다. 신분을 속이고 그와 함께 다니시다 두 분을 모두 아는 누군가가 목격이라도 하면 어쩌려고 그러하셨습니까? 쓸데없는 추문에 휘말릴 수도 있음을 왜 생각지 않으시는 겁니까?"

"추문이 일어날 만큼 그자와 어울린 적 없습니다."

"그가 자꾸 자가의 주변을 맴돌고 있지 않습니까!"
"내게 마음을 품지 말라, 똑똑히 전하고 왔습니다."

그 말인즉 송 판관이 벌써 공주께 연심을 고백했다는 뜻이었다. 서율은 두 눈에서 불꽃이 튀었다.

"벌써 그 정도로 가까워진 것입니까? 공주 자가, 그것이 무엇을 뜻하는지 정녕 모르시옵니까!"

중궁전에서 무슨 일이 있었는지 걱정되어 달려왔던 서율은 본래의 목적을 잊고 엉뚱하게 엇나갔다. 자신도 모르는 새 두 사람의 관계가 그렇게까지 진전되었다는 게 참을 수가 없었다.

사제지간이고 뭐고 공주께 꼬치꼬치 캐묻고 싶었다. 송 판관과 어디서 어떻게 만났는지, 그동안 정확히 몇 번이나 교류를 하였는지, 그가 어떤 말로 마음을 고백하였는지. 무엇보다, 공주의 마음은 어떠한지. 사소한 것 하나까지 이 자리서 확인해야 직성이 풀릴 것 같은데 일방적으로 추궁을 당했던 공주가 울컥하였다.

"이제야 알겠습니다."
"그자와 또 만나기로 약조하셨습니까?"

그러나 서율은 투기심에 눈이 멀어 공주의 상태를 제대로 가늠하지 못했다.

"스승님께선 언제나 제게 차갑고 가혹하셨습니다. 조금도 돌아보지 않고 끊임없이 밀어내기만 하셨지요. 공주랍시고 알지도 못하면서 스승님을 원수의 자식처럼 취급하였으니 그동안 대꾸도 못 하시고 참으로 억울하셨겠습니다!"

"그게 무슨 말씀이시옵니까? 송 판관과 다시는 만나지 않겠다, 이리 대답하셔야지요! 지금까지 그자와 몇 번이나 만나 오신 겁니까?"

"차라리 시원하게 말해 주지 그러셨습니까! 애초에 싸움을 건 쪽은 네 외조부였다. 네 외조부가 나의 아버지께 누명을 씌우고, 나의 조부와 조모를 처참하게 죽였으며 그 덕에 나의 숙부가 정신을 놓아버린 것이다!"

다른 일에 실컷 신경을 곤두세우던 서율은 순간 멍한 표정이 되었다. 마른하늘에 날벼락도 유분수지, 저게 무슨 말씀이신지 모르겠다. 서율은 뒤늦게 동상이몽에서 깨어나 혼란에 휩싸였다. 공주께서 눈물을 글썽이는 모습도 이제야 제대로 눈에 들어왔다.

"……공주 자가, 그것이 어인 말씀이시옵니까?"

"지금의 좌상, 우상, 이판, 병판, 대제학 가문 등 셀 수도 없이 많은 이들이 억울하게 목숨을 잃었다 들었습니다. 아무것도 모르는 제가 일방적인 피해자인 양 온갖 슬픈 척을 다 하였으니 그동안 얼마나 가소로우셨겠습니까. 네 외가는 그런 일을 당해도 싸다, 모든 것이 다 인과응보였다, 왜 진실을 말해 주지 않은 것입니까! 왜 사람을 이리 비참하게 만드셨습니까!"

서율은 아연실색하였다. 공주의 입에서 저런 말이 줄줄 튀어나올 거라곤 예상치 못했다.

그동안 금기시되어 온 이야기다. 예를 숭상하는 나라에서 있을 수도, 있어서도 안 되는 사제 간의 진흙탕 싸움. 달성부원군이 야비하게 선제공격하였고, 이쪽에선 그보다 더 비열한 수로 철저히 갚아 주었던 부끄러운 과거였다.

때문에 모든 죄를 당시 병판이었던 최진욱 대감에게 돌리고 그 뒤에 부원군이 있었음을 쉬쉬하며 이제껏 덮어 두었던 일이었다. 그런데 공주께서 갑자기 그때의 일을 입에 올리니 놀라지 않을 수 없었다.

"그럼, 오늘 중궁전에서……."
"누구에게 들었느냐가 중요한 게 아닙니다."

송 판관의 일로 잠시 잊고 있던 궁금증이 엉뚱하게도 이렇게 풀어졌다. 내전에서 무슨 일이 있었을 거라고 대충 짐작하였지만, 중전께서 그런 말을 입에 담았을 거라곤, 애초에 그 일을 알고 계셨을 거라곤 감히 상상도 못 했다. 이판이라면 가족에게 충분히 말실수를 할 수도 있었을 텐데 말이다.

적이 당황했던 서율은 어느새 마음을 가라앉히고 공주를 보았다. 그녀의 눈물 앞에 다른 사내 따위가 문제 될 리 없었다. 송 판관 정도야 나중에 그가 따로 만나 조용히 해결해도 되는 일. 당장은 흐느낌을 참느라 온몸을 떨고 있는 공주부터 달래 주고 싶었다.

"마음을 가라앉히십시오."

서율의 목소리는 조금 전과 비교도 되지 않게 부드러웠다.

"그저 옛날 일일 뿐입니다. 전에도 말씀드리지 않았습니까. 작은숙부를 생각하면 안타깝기 그지없으나 제가 태어나기 훨씬 전에 일어난 일이었사옵니다."

"당분간 화경궁을 찾지 말아 주십시오. 지금은 스승님을 뵙는 것조차 괴롭습니다."

그러나 공주는 위로를 사늘히 거절했다. 고개를 옆으로 돌리고 더는 그와 대화하고 싶지 않음을 확고히 보여 줬다. 당연한 일이겠으나 공주께서 받은 상처가 꽤 깊어 보였다.

퇴청하여 집에 돌아온 서율은 여전히 머리가 복잡했다. 자선당에서 공주와 있었던 세자의 반응을 돌이켜 보았을 때 그분 역시 당시의 일을 알고 계신 듯했다.

사실 그 일은 화를 입은 가문 중에서도 몇 명만 알고 있는 중차대한 내밀이었다. 극비에 부쳤던 그 일을 세자와 중전께서 알고 계셨고 이제 공주까지 아셨다고 생각하니 눈앞이 아득했다.

세상에 지켜지는 비밀이란 없는 것인가.

사랑채로 들어선 서율이 한숨을 내쉬며 고개를 드는데 특유의 차갑고 근엄한 얼굴 하나가 시야에 들어왔다. 찰나 무춤했던 그는 밖에서 마주친 부친께 공손히 인사했다.

"아버님."

쉽사리 감정을 내비치지 않는 분이었지만 그때그때 느껴지는 독특한 분위기를 통해 서율은 부친의 기분을 헤아릴 수 있었다. 어쩐 일인지 오늘은 심기가 매우 불편해 보이셨다.

"들어오너라."

아니나 다를까, 부친은 짧은 말만 남기고 먼저 안으로 들어갔다. 아마도 그 불편한 심기가 저에게서 비롯되었으리라고 추측하며 서율도 뒤따랐다.

부친은 서안 앞에 반듯한 자세로 좌정하고 내면까지 꿰뚫어 볼 듯 예리한 시선을 보냈다. 길게 이어지는 불편한 침묵에서 서율은 사안이 자못 심각한 것임을 감지했다. 그러고 보니 부친께선 밖에서 그의 퇴청을 기다리고 계셨던 모양이다. 곧 군더더기 없는 질문이 날아왔다.

"공주께서 너를 마음에 담아두고 계시더냐?"

놀라지 않았다면 거짓말이었다. 어떤 경로로 공주와의 사이를 아셨는지 짐작조차 안 됐다. 그래도 대답을 늦출 순 없었다. 서율은 더 이상 외면할 수 없게 된 자신의 솔직한 마음을 실토했다.

"소자가 그분을 마음에 담고 있습니다."

"네가 어찌!"

말이 끝나기가 무섭게 쾅, 주먹으로 서안을 내리치는 소리가 사랑채를 울렸다. 여태껏 한 번도 본 적 없는 모습이었다. 부친께서는 화가 나면 날수록 되레 차갑게 식는 분이었다. 어떠한 일에도 직접적인 반응을 보이시는 법이 없었다.

이렇게까지 반응이 즉각 돌아온다는 건 원한의 정도가 사무치도록 깊고 깊은 탓일 터였다. 그리고 그 마음을 서율은 십분 이해했다.

"······강론을 당장 중단하거라."

"가고 싶어도 당분간은 갈 수 없게 되었습니다."

하지만 더는 그것이 공주에게 흐르는 마음을 막는 이유가 될 순 없었다. 아등바등 노력하고 또 노력했지만, 눈길이, 마음이, 온몸의 신경이 전부 그분에게로 향하는 것까지 막을 수는 없었다. 부정하면 할수록 감정은 더욱 깊어졌고, 이제는 그분의 시선에서 자신이 사라지는 걸 견딜 수 없는 지경까지 이르렀다.

공주와의 관계에서 판도가 뒤집힌 건 이미 오래였다. 과거를 전부 알고 있음에도 애가 타고, 매달리고, 상대의 연정을 갈구하는 쪽은 오직 그 자신이었다.

"아버님께서 무슨 말씀을 하고 싶으신지 잘 알고 있습니다. 하지만 소자 아직 미욱하여 솟구치는 감정을 쉽게 다스릴 수 없습니다. 지금은 과거의 해묵은 이해관계보다도, 아버님의 분노보다도, 그분의 눈물이 더 신경 쓰이고 가슴이 아픕니다."

불같이 솟았던 좌상의 분노는 어느덧 한겨울의 북풍처럼 차고 시린 기운을 띠어 갔다.

"부탁입니다, 아버님. 지금은 소자를 모르는 척하여 주십시오."

"……못난 놈."

묵직함 속에서 조용히 흘러나온 한마디가 베일 듯 싸늘했다.

"물러가거라."

서율은 눈을 들어 부친을 보았다. 아들의 마음을 이해하고 뜻을 존중해 줄 의사는 조금도 없어 보였다. 본래 잔소리를 길게 늘어놓는 분이 아닌 데다 붙잡고 계속 이야기해 봤자 아무 소용없다고 판단하신 듯했다.

서율은 공주에 관해 확실히 해둘까 하다가 묵묵히 일어났다.

어차피 몇 마디의 말로 설득할 수 있는 분이 아니었다. 인사를 올리고 부친에게서 돌아서는데,

"연정이란."

낮고도 감정 없는 목소리가 그를 다시 돌아보게 하였다.

"세상에서 가장 쓸모없고 하찮은 감정에 불과한 것이니라."

삭막하고 자비 없는 그 말에 어쩐지 쓰라린 아련함이 느껴졌다.

---

벌리에 도착한 지 벌써 이각이 지났건만 양병수는 여전히 숨을 씨근덕거렸다. 멀미가 가라앉지 않아 머리는 뱅글뱅글 돌았고 속은 메스꺼웠다.

감시하는 것들이 있어 한동안 어르신을 찾아뵙지 못했다. 어르신도 그것을 알고 있는데 며칠 전, 꼬리를 떼어내고 오늘 들르라는 연락이 왔다. 위험한 시기에 접촉을 명하는 건 중요한 일이 벌어졌거나, 벌어질 것임을 의미했다. 양병수는 망설이지 않았다. 운종가를 반 시진 넘게 돌고 돌아 미행을 따돌리고 약속장소에서 무사히 가마에 올랐다.

그런데도 어르신의 수하는 순순히 데려다주지 않았다. 그를 태우고 긴 시간 엉뚱한 곳을 돌아 가마 멀미까지 하게 했다. 두 손을 묶이고 눈도 가려진 채여서 멀미는 더욱 극심했다. 땀을 흠뻑 쏟으며 겨우 도착해 냉수를 아무리 들이켜도 속이 가라앉

지 않았다.

"멀미가 심했다고?"

"괜찮습니다, 어르신."

양병수는 바닥에 코를 박을 듯 허리를 최대한 구부렸다. 속은 뒤집어졌으나 몸이 절로 움츠러드니 어쩔 수 없었다. 발을 치고 있어 얼굴을 볼 수 없음에도 저 노인네 앞에 서면 왜 이리 식은땀이 나는 건지.

아마도 그건 알 수 없는 것에 대한 막연한 두려움 때문일 것이다. 저자는 자신을 속속들이 알고 있지만, 자신은 저자에 대해 아는 바가 없다는 까마득한 불안감 때문에.

"긴급한 일이 생겼겠거니, 그리 짐작하고 달려왔습니다."

대답이 만족스러웠는지 발 너머에서 낮고도 짧은 웃음소리가 들렸다. 특유의 탁한 음성 때문에 언뜻 들으면 기침처럼 들리기도 하였다.

"날랜 자들로 몇 명 뽑아 개장국 한 그릇씩 푸짐히 먹여 두시게."

"예?"

뜬금없는 말에 그 속뜻을 알아듣지 못했다.

"행궁으로 떠날 준비를 하신다지?"

"예, 그렇다고 들었습니다. 그쪽으로 보내려 하십니까?"

"저리 죽이고 싶어 하시는데 낸들 어쩌겠는가. 원대로 죽여 드려야지. 명심하시게, 윗분은 적당한 시점에서 빠져나오고, 아랫분은 확실히 명줄을 끊어드려야 할 것이네. 절대로 놓쳐서는 아니 될 것이야."

"그동안 갈고닦은 실력을 마음껏 발휘해 보이라 전하겠습니다."

"이 기회에 그동안 따라붙은 꼬리들도 전부 잘라내고."

"예, 어르신!"

듣던 중 가장 반가운 소식이었다. 무척이나 성가셨지만 건드리지 말라는 명으로 그동안 많은 불편을 감수해야 했다. 이 기회에 별렀던 것들을 깡그리 정리하면 그다음은 강준혁 차례가 될 것이다. 양병수의 얼굴에 음흉한 미소가 떠올랐다.

세자가 문후를 올리겠다며 아침 댓바람부터 홀로 중궁전에 들이닥쳤다. 손아래 누이 같은 중전과 오라버니 같은 세자가 한자리에 마주 앉아 서로를 냉랭하게 바라보고 있으니 뒤에서 지켜보는 상궁과 내관은 오금이 저려 죽을 맛이었다.

으레 있어야 할 공순한 안부와 소소한 대화 같은 건 일절 오가지 않았다. 두 사람은 뻣뻣한 자세로 서로를 마주 보며 주변을 얼려버릴 듯 엄동 같은 분위기를 조성했다. 팽팽했던 긴장감을 깨트리고 먼저 공격에 들어간 건 세자 쪽이었다.

"마음 씀씀이는 창해와 같이 깊어 헤아릴 수 없어야 하고 사람의 입은 곤륜산처럼 무거워야 한다, 하였사옵니다. 대궐에서 가장 중요한 미덕이란 입을 간수하는 것. 내명부의 수장으로 누구보다 그것을 잘 알고 계실 중전마마께오서 궁녀들도 하지 않는 실수를 하셨사옵니다."

"실수라고요?"

보희는 긴장한 속내를 들키지 않으려 짧고 차갑게 받아쳤다.

"궐에 들어오시며 마마께서는 사사로이 공주의 어머니가 되셨나이다. 세상 어느 어미가 여식에게 그런 말을 고의로 퍼부을 수 있겠사옵니까. 당연히 실수하신 것입니다."

찰나의 감정에 휘둘려 비밀을 발설한 뒤 파랗게 질려가는 공주를 보며 통쾌감을 느낀 건 한순간이었다. 이후 보희는 하루 종일 가슴이 뛰고, 후회도 되고, 조바심을 내다가 급기야 화경궁의 동태를 살피고 있었다. 그런데 오늘, 세자가 아침부터 쫓아와 작심이라도 한 듯 몰아붙이니 속에서 반항심 같은 게 꿈틀거렸다.

"내가 공주에게 몇 마디 한 것을 못 참으시고 아침부터 이리 달려오시다니요. 틀린 말을 한 것도 아닌데 어찌 이리 과민한 반응을 보이시는 겁니까?"

"그때 사건의 최종결정권자는 선대왕마마이시옵니다. 일개 개인이 아닌 왕실이 내린 결단이라는 뜻입니다. 공주에게 말씀하신 대로라면 왕실은 중전마마 본곁의 원수가 되는 것입니다. 하온데 마마께서는 무슨 마음으로 간택에 참여하셨사옵니까?"

세자의 물음에 보희는 즉각 대답하지 못했다. 궐에서 제일 마주하기 어려운 상대를 꼽으라면 단연코 세자였다. 전하보다 더 불편한 사람이라 웬만해선 오다가다 마주치는 것조차 피해

왔는데, 늘 깍듯했던 그가 찬바람을 쏘아대자 솔직히 버거웠다.

"아직 대궐 법도에 익숙지 않아 그러신 것 같으니 이번 일은 이쯤에서 묻어두겠습니다. 하나 이와 같은 일이 또다시 반복된다면 앞으로도 계속해서 모르는 척 묻어둘 수만은 없을 것이옵니다. 잊지 마시옵소서, 중전마마. 마마께서는 왕실을 수호하고 번성시켜야 할 대궐의 어른이시옵니다."

"더 하실 말씀은 없습니까?"

"공주를 데리고 며칠간 행궁에 다녀오겠나이다."

세자는 간단한 인사 후 쌩하니 중궁전을 나섰다. 그 냉랭한 뒷모습에 일찍부터 기분이 상했던 보희는 속에서 뜨거운 게 불끈 치밀었다. 어느새 후회했던 감정은 깡그리 사라지고 대신해 아니꼬움이 그 자리를 빽빽이 메워 갔다. 기이한 건 면전에서 쓴소리를 한 세자보다 공주가 더 밉고 끔찍스럽다는 점이다.

보희는 화를 삭이지 못해 두 뺨에 붉게 열이 오르는데 밖에서 안빈이 당도했음을 알리는 상궁의 목소리가 들렸다. 얌전히 들어온 안빈은 다소곳이 예를 올리고 보희 앞에 자리했다. 정갈한 거동과는 달리 얼굴에는 걱정스러운 기색이 한가득이었다. 안 그래도 기분이 저조했던 중전은 그러한 안빈을 보자 더욱 못마땅해 쌀쌀맞게 말했다.

"표정이 왜 그러신 겁니까?"

"앞에서 세자 저하를 뵈었나이다. 혹 공주와의 일로 마마를 찾아뵈었던 것입니까?"

안빈의 물음에 보희는 흠칫하더니 이내 기가 차서 헛웃음을 지었다.

"궐에는 비밀이 없다더니 그 말이 참이었나 봅니다. 공주와의 일을 어찌 아신 겝니까?"

"부원군께서 걱정이 많으시옵니다."

"아버님께서요?"

"마마, 공주는 건드리지 마시옵소서."

"예, 공주 뒤에 세자가 저리 버티고 있으니 무서워서 어디 한마디라도 하겠습니까. 하지만 세자가 저리 오냐오냐하고, 전하께서 침묵하시니 공주가 더 안하무인이 되는 겁니다. 못된 버릇을 똑바로 잡아 줄 어른이 필요하지 않겠습니까!"

보희는 말을 할수록 새삼 괘씸해 감정이 격해졌다. 그런 모습을 애처롭게 바라보던 안빈은 침착하게 조언했다.

"전하께서 공주의 행동을 그저 침묵하고 계신다, 이리 생각하시옵니까?"

"그게 무슨 말씀입니까?"

"보이는 게 전부가 아님을 말씀드리는 것입니다. 마마께서도 차차 깨닫게 되실 테지요. 여하튼, 혜빈도 어쩌지 못하는 공주이옵니다. 전하와 세자께서 버티고 계시는 한, 그 누구도 공주를 함부로 건드릴 순 없사옵니다."

아직 공주에 대한 감정이 누그러지지 않은 상태였다. 그 와중에 안빈까지 나서 공주를 감싸는 듯한, 한술 더 떠 공주를 우위에 두는 듯한 발언을 하자 보희는 벌컥 뼛성을 내었다.

"나는 이 나라의 중전입니다! 중전이 공주에게 따끔하게 한

마디 할 수도 있지, 그게 뭐가 그리 큰일이라고 이 난리를 치는 겁니까! 세자도 그렇습니다. 아무리 화가 났기로서니 곤전인 내게 이럴 수는 없는 것입니다!"

"마마, 고정하시옵소서. 듣는 귀가 많사옵니다."

안빈에게서 고개를 돌린 보희는 치솟는 분노를 감당치 못하고 움켜쥔 주먹을 떨었다. 왕족으로 나고 자라 무슨 일을 저질러도 용서되는 공주와, 중전이 되어서도 그녀의 눈치를 봐야 하는 자신의 신세가 너무나 극명하게 대비돼 화가 들끓었다.

봄꽃이 만개한 대궐 후원, 동쪽에서 불어오는 온풍을 타고 여인의 호쾌한 웃음소리가 사방으로 뻗었다. 대궐에 거처하는 궁인이라면 특유의 거침없고 시원한 그 웃음이 누구에게서 나오는 소리인지 모를 리 없었다. 내전의 주인이 몇 번을 바뀌든 20여 년간 내명부의 실질적 안주인 역할을 해 왔던 혜빈. 그녀가 사뿐사뿐 후원을 거닐며 통쾌한 기분을 거리낌 없이 내보였다.

"자, 진정하시옵소서."

상전의 큰 웃음에 상궁이 괜히 민망해하며 주위를 두리번거렸다.

"즐거워서 웃는 건데 뭘 그러느냐."

"그리 재미나시옵니까?"

"제 감정 하나 주체 못 해 세자에게 당한 꼴이 재미있지 않으냐. 물불 안 가리고 빨빨거리며 나대더니 아주 잘되었다. 할 말이 있고, 못 할 말이 따로 있지 공주를 불러다 어찌 그런 망측

한 소리를 하였을꼬."

그다음에 나올 말이 궁금해 상궁의 귀가 쫑긋 솟는데 혜빈은 혼자서 피식 웃으며 그 기대를 무참히 짓밟았다.

중전이 공주를 불러다 한판 벌인 것은 소문이 자자한데 도무지 그 내용이 무엇인지 알지 못해 궁녀들은 애가 달아 있었다. 평소 그러한 소식은 나인들이 먼저 알아 상궁을 통해 각 전각의 주인에게 전달되는 식이었다. 한데 이번엔 중전이 궁녀들을 물리고 일을 벌인 바람에 사달이 터졌으되 소상한 곡절이 무엇인지 알 길 없어 무성한 추측만 난무했다.

혜빈은 안빈을 닦달해 겨우 사정을 알아냈다. 좌상이야 원체 입이 무거우신 분, 이판이라면 안빈이 알 수도 있겠다 싶어 꼬치꼬치 캐물었더니 마지못해 나온 말이 상상을 초월했다. 기가 막히면서도 이를 계기로 전후사정을 확실히 꿰뚫었다.

내전에서 기분이 상했던 그 밤, 혜빈은 처소로 돌아가 중전을 미행했던 무사를 불러들였다. 중궁전에 심어두었던 궁녀로부터 중전이 잠행을 나간다는 기별을 받고 몰래 그 뒤를 밟게 했던 자였다. 놀랍게도 왕비의 출궁 이유는 김서율, 혜빈은 어이가 없어 실소를 터트렸다.

중전께서 지평을 연모하였음은 진즉 알고 있었지만, 국모가 된 지금까지 감정을 질질 흘리고 있을 줄은 몰랐다. 게다가 어차피 이어질 수도 없는 공주와 지평을 두고 채신머리없이 투기까지 하고 있으니.

"참으로 딱한 사람이구나."

"중전마마 말씀이시옵니까?"

상궁은 요리조리 주변을 살피며 사적인 호기심을 은근히 드러냈다.

"정 포기를 못 하겠으면 차라리 내게 와 지평의 안사람이 되게 하여 달라 싹싹 빌 것이지, 궐에는 왜 들어왔누! 이 나라의 국모는 물론, 지평의 안사람이 될 그릇도 못 되는 사람이니라."

혜빈은 못마땅한 얼굴로 혀를 차는데 마침 빈궁이 근처를 지나가고 있었다. 나름대로 기분이 고조되어 있던 차라 만면에 미소를 띠고 먼저 다가가 말을 걸었다.

"오늘따라 분주해 보이십니다."

"혜빈."

바쁘게 걷던 빈궁이 혜빈을 돌아보며 온후하게 웃었다.

"어디를 그리 바쁘게 가시옵니까?"

"행궁으로 행차하시는 저하를 챙겨드리고 싶은 마음에 하는 일도 없이 이리 뛰어다니고만 있습니다."

"홑몸도 아니신데 아랫것들 시키시지 뭐하러 직접 움직이시옵니까. 회임 초반엔 각별히 조심하셔야 하옵니다."

"공주께서도 함께 가시니 더욱 신경이 쓰입니다."

"예. 어련하시겠습니까."

예전부터 빈궁은 전하와 지아비는 물론이요, 시누이와 서모들까지 살뜰히 챙기기로 정평이 나 있었다. 혜빈은 익히 알고 있다는 듯 웃는 얼굴을 하다가 불현듯 떠오르는 게 있어 즉흥적으로 물었다.

"참, 따로 생각나는 음식은 없으시옵니까?"

빈궁이 어색하게 웃으며 머뭇거리는 게 뭔가 있긴 있는 모양이었다. 눈치 빠른 혜빈은 달래듯 빈궁을 채근했다.

"괜찮습니다. 말씀해 보소서, 그 정도는 이 사람이 챙겨드리겠나이다."

"실은…… 작년에 사가에서 하신 음식이라며 주셨던 그 효갈비가 요즘 자꾸 떠오르기는 합니다. 저하께서도 참 좋아하셨는데 말입니다."

"이번에도 군 아기씨인가 보옵니다."

말해 놓고도 민망했는지 빈궁이 얼굴을 붉혔다. 혜빈은 선뜻 해주겠다며 나섰다.

"그런 게 있으시면 진작 말씀을 하시지요. 그게 뭐 그리 어려운 일이라고 뜸을 들이셨사옵니까. 간이 배려면 하루 이틀 시간이 걸릴 것이니 당장 준비하라 사가에 연통을 넣겠나이다. 준비가 되면 빈궁께는 물론 행궁으로도 보내드리지요. 공주께서도 좋아하실 겝니다."

"이리 신경을 써주시니 고맙습니다."

혜빈은 손사래를 치며 시원스레 웃었다. 빈궁을 비롯한 궁녀들도 혜빈의 유쾌한 웃음소리에 저마다 입가에 미소를 띠었다.

말도 많고 탈도 많은 혜빈이지만 화끈하고 뒤끝 없는 성격으로 궁녀들 사이에선 꽤 인기가 좋았다. 불같이 화를 내다가도 또 금방 아무렇지 않게 다가와 말을 건네는 모습이 공주와 비슷하다고 평하는 이들도 있었다. 어느 순간부터 공주와 혜빈은 성정이 비슷해 저리 투덕거린다는 소리가 기정사실처럼 받아들여질 정도였다.

중전의 요란한 헛발질에 기분이 좋아진 혜빈은 내친김에 빈궁을 돕겠다며 함께 움직였다. 효갈비 말고 또 드시고 싶은 음식은 없냐며 서모 노릇을 단단히 하였다. 뒤를 따르는 나인 중 의뭉스러운 눈빛으로 자신을 살피는 자가 있다는 걸 알아차릴 리 없었다.

　

은명은 바람을 쐬러 가자는 오라버니의 제안을 거절했다. 잠도 안 오고, 입맛도 없고, 그 무엇도 하고 싶은 마음이 없었다. 그저 화경궁에 처박혀 복잡한 속내를 가라앉히고 싶었는데 그마저도 쉽지 않았다.

불시에 들이닥친 세자가 싫다는 은명을 우격다짐으로 끌어냈다. 아무리 거절해도 행궁에 가야 한다고 고집하시기에 처음에는 조용한 곳에서 허심탄회하게 대화를 나누려나 보다 짐작했다. 될 대로 되라는 심정에 미는 대로 떠밀려 행궁에 도착했다. 그리고 믿을 수 없는 일이 벌어졌다.

덩에서 내려 땅바닥에 발을 딛는 순간 세자는 은명을 가혹하게 몰아쳤다. 도망도 못 가게 옆에 찰싹 붙어 말타기, 활쏘기, 봉희棒戲(공을 막대로 쳐서 구멍에 넣던 놀이의 하나) 등 몸에 무리가 가는 움직임을 쉴 새 없이 시켰다. 너무 힘들어 앓는 소리를 내

봐도 소용없었다. 세자는 행궁에서 할 수 있는 모든 활동을 총동원해 은명을 들볶았다.

나흘이란 시간이 쏜살같이 흘렀다. 화경궁에서 잠을 못 자고 뒤척였던 은명은 이제 밤만 되면 곯아떨어지기 일쑤였다. 지치고 허기가 지니 삼시세끼 꼬박꼬박 안 챙겨 먹을 수도 없었다. 무엇보다, 체력적으로 한계에 다다랐다. 이쯤하면 되었으니 그만하고 싶은데 세자는 끄떡도 안 했다.

지금도 그랬다. 간신히 활쏘기를 끝내고 뻐근한 어깨를 주무르자 대번에 말타기로 바꾸자고 제의했다. 곧 죽어도 쉬자는 말을 안 하시니 인내심이 바닥난 은명은 무람없이 바락 소리를 질렀다.

"오라버니 정말 너무하십니다!"

"뭘 말이냐?"

되묻는 어조가 하도 태평해 무엇이 문제인지 전혀 모르는 눈치였다.

"말을 타보고 싶다 할 땐 듣는 척도 안 하시더니 어찌 이리 닦달을 하시옵니까?"

"그러니 이제라도 태워 주려는 것 아니냐."

"그럼 서두르지 말고 차근차근 가르쳐 주소서. 이러다 소녀가 떨어지기라도 하면 어쩌려고 그러시옵니까?"

"엄살. 내가 말고삐를 잡고 천천히 걷게만 하는데 뭘 그리 겁을 내느냐."

"겁을 내는 게 아니라 고단하옵니다. 어찌 나흘 내내 먹을 때만 빼고 온종일 움직이라 하시옵니까. 쉬고 싶단 말이어요."

"그럼 함께 걷겠느냐?"

힘들면 다른 거로 바꾸면 되지 뭘 성을 내나는 듯 세자는 금세 또 다른 제안을 건넸다. 연치 어린 누이의 짜증을 아무렇지 않게 받아넘기는 오라버니의 모습에 은명은 헛웃음이 흘렀다. 누이의 기분을 풀어 주고자 회임한 빈궁을 궐에 홀로 두고 이리 애쓰시는 모습이 딴엔 안쓰러웠다. 벌컥 성냈던 게 송구해 은명은 먼저 앞으로 걸었다. 세자 역시 피식 웃으며 뒤를 따랐다.

5월의 햇살이 기분 좋게 내리쫴 느긋하게 걷기에는 안성맞춤인 날이다. 사방으로 보이는 건 파릇파릇한 신록과 푸른 하늘. 살랑거리며 불어오는 간들바람은 어머니의 품처럼 아늑하게 느껴졌다.

어머니…….

바람을 느끼고 경치에 도취돼 있던 은명은 문득 허공을 응시했다.

"오라버니."

"그래."

은명의 보폭에 맞춰 나란히 걷고 있던 세자가 다정하게 답했다.

"기억이 잘 안 나서 그러는데 말입니다. 십 년 전, 그러니까 어머니께서 승하하시던 그해에 무슨 큰 사건이 있었습니까?"

"그게 무슨 소리냐?"

궁금했다. 찾고 싶었다. 어머니의 그분을…….

용서를 구하고 계셨으니 필시 큰일이 벌어졌을 터. 그 해에 있었던 굵직한 사건을 캐내다 보면 누군가 윤곽이 잡히지 않을까, 은명은 막연히 그런 생각이 들었다.

"분명 다른 일도 많았을 것 같은데 이상하게 그해에는 어머니를 보내드린 일 외에 아무것도 기억나는 게 없사옵니다. 제가 너무 어려 기억을 못 하는 것인가 싶어서요."

"네 기억이 맞을 것이다. 유난히 평온하고 넉넉한 한 해였지. 풍년이 들어 백성들의 살림이 윤택했고 왕실을 뒤흔들었던 정쟁이 다소나마 수그러져 궐 안팎이 꽤 안온하던 시기였다. 대행왕비께서 붕어하지 않으셨다면 평안한 한 해로 길이 기억되었을 것이다. 이듬해 대신들이 그런 말을 했다고 하더구나."

"그렇군요. 평안한 한 해였군요."

은명은 쓸쓸히 되뇌었다. 그러고 보면 어머니의 그분이 꼭 좋은 가문에서 나고 자라 큰일을 해 온 사람이라 장담할 수 없었다. 그렇다면 범위는 무한대로 확대되고 서찰의 주인을 찾는 건 더욱더 어려워진 셈이었다.

그래도 은명은 포기하고 싶지 않았다. 다소 시간이 걸리더라도 반드시 그분을 찾아내 어머니께서 남기신 마지막 말씀을 꼭 전하고 싶었다. 길을 걷다 한 번씩 가만히 느껴 보라고. 당신에게 또 다른 의미의 바람이 불어올 수도 있다고.

은명은 어머니가 떠올라 울컥하는데 세자가 다감하게 말했다.

"평소 해보고 싶었던 게 있으면 말해 보아라. 법도에 어긋나는 것도 어느 정도 선까지는 괜찮다. 도성에서 차마 할 수 없었던 것들을 여기서 다 하게 해주마."

오라버니의 말씀은 진심일 것이다. 궁인들이 기함하는데도 은명을 번쩍 안아 말에 태운 것만 봐도 그러했다. 입만 벙긋하면 덮어 놓고 들어줄 태세라 욕심이 생기는 건 사실이지만 은명은 경솔하게 굴지 않았다. 오라버니가 얼마나 바쁜 시간을 쪼개서 이러고 있는지 누구보다 잘 아는 까닭이었다.

만약 여기서 계획대로 이레를 꽉 채워 돌아간다면 오라버니는 한동안 숨 쉴 틈도 없이 바쁠 것이다. 제대로 쉬지 못해 두 눈에 핏발이 선 오라버니를 상상하니 안타까웠다. 은명은 고개를 완강히 가로저었다.

"그런 건 없습니다. 이제 그만 도성으로 돌아가시어요."

"내 걱정을 하는 거라면 그럴 필요 없다. 우리가 또 언제 이렇게 단둘이서 시간을 보낼 수 있겠느냐. 나는 여기서 이레를 꽉 채우고 돌아갈 생각이니라. 조만간 반가운 손님도 당도할 것이니 다른 말은 하지도 말거라."

"손님이요? 누가 또 오기로 하였사옵니까? 혹, 정한 오라버니가 오시는지요?"

꼬치꼬치 캐물어도 세자는 말없이 웃기만 하였다. 그러더니 갑자기 진지한 얼굴을 하고서 은명의 손을 다정히 잡았다.

"많이 힘들었느냐?"

때를 살피다 적당하다 싶었는지 세자는 현재 가장 아픈 곳을 직접적으로 파고들었다. 은명은 곧바로 고개를 끄덕였고 담담하게 심정을 밝혔다. 지난 나흘, 오라버니께 시달리며 나름대로 마음의 정리를 끝냈던 터라 어렵지 않았다.

"예, 충격적이었습니다. 외조부로 인해 희생된 분들께 죄스러웠고, 고통 속에 사셨을 어머니와 오라버니, 그리고 외가 식솔들이 안타까웠습니다. 하나 계속 우울해하진 않을 겁니다. 외조부의 핏줄로서 책임져야 할 괴로움은 감당할 것이고, 누릴 수 있는 기쁨은 기꺼이 누리며 살겠습니다. 심려치 마시어요."

"은명아……."

마음속 부담을 덜어드리고 싶었는데 세자는 되레 미안한 기색이었다. 대견한 듯 바라보면서도 쓸쓸함을 감추지 못했다.

"나는 네가 그 일을 죽을 때까지 몰랐으면 하였다. 미련하게도 나는, 네가 예쁜 것만 보고 예쁜 생각만 하며 살아주길 바랐던 것 같구나. 세상은 결코 그럴 수 없는 것인데도 말이다."

안다. 오라버니라면 자신이 받았던 그 고통을 누이만은 겪게 하고 싶지 않았을 것이다. 어머니와 본인이 겪었던 그 지옥으로부터 어린 누이만은 지켜주고 싶어 하셨을 것이다. 그런 오라버니의 배려와 아픔은 돌보지 않고 크게 성을 내버린 지난날이 후회스러워 은명은 숙연한 마음이 들었다.

"이제는 무조건 감추고 모르게 하는 것만이 능사가 아님을 깨달았다. 앞으로는 무턱대고 숨기는 대신 네게 털어놓고 상의하도록 하마. 뒤늦게 다른 곳에서 진실을 알게 되면 네가 어떤 기분이 들지 미리 짐작하지 못해 미안하구나."

"아니옵니다. 오라버니의 잘못도 아닌데 버릇없이 성을 내어 오히려 송구합니다. 잘못하였습니다."

은명이 반성하며 고개를 숙이자 세자는 안도하는 한편 애잔한 기운을 띠었다. 두 사람 사이를 가로막던 잿빛 구름이 걷히고 오누이 사이에 다시금 평화가 찾아왔다.

나름대로 알차긴 했어도 고단한 하루였다. 뻐근해진 몸을 뜨거운 물에 푹 담갔다 다시 뽀송뽀송 말리니 피로도 걷히고 한결 가뿐했다. 은명은 포근한 금침에 몸을 묻었다. 베개에 머리를 대자마자 오늘도 예외 없이 달콤한 수면이 밀려왔다.

깊은 잠에 빠져드는 찰나 시끄러운 소리가 귀를 찔렀다. 그대로 누워 소음이 잦아들길 기다려 보지만 쉽게 수그러들지 않았다. 이 밤중에 무슨 일인가 싶어 은명은 다시 옷을 챙겨 입고 밖으로 나가보았다. 동궁의 익위사가 바쁘게 뛰어다니고 있는 게 꼭 무슨 일이 일어난 모양새다.

"무슨 일이냐?"

"알아보고 오겠나이다."

먼저 나와 그들을 살피던 최 상궁도 영문을 모르겠다는 표정이었다.

"같이 가세."

은명은 최 상궁을 대동하고 오라버니가 머무는 인양전으로 가보았다. 세자는 밖으로 나와 몇몇 익위사 관원들과 심각한 대화를 나누고 있었다.

"오라버니, 어인 일이옵니까?"

"소란스러워서 깬 것이냐?"

"잠들기 전이었습니다. 무슨 일이 생긴 것이옵니까?"

"전하께서 성후 미령하시다는구나."

"예?"

은명은 낯빛이 창백하게 질렸다. 이 밤에 행궁으로 파발까지 전해졌다면 보통 일이 아니었다.

"염려치 말거라. 이미 알고 있는 환후이니 어의가 손을 썼을 것이다."

"지금 환궁하시옵니까? 저도 같이 가겠습니다."

"아니다. 나는 말을 타고 올라갈 것이니 너는 내일 아침 남은 이들을 이끌고 올라오너라."

공주가 움직이려면 덩을 이용해야 하므로 시각은 지체될 수밖에 없었다. 화급을 다투는 일이라면 세자께서 먼저 말을 타고 환궁하시는 게 옳은 순서일 것이다.

"알겠습니다. 밤길 조심하소서."

은명은 세자가 익위사 관원들과 말을 타고 떠나는 모습을 걱정스럽게 지켜보았다. 이토록 캄캄한 밤, 도성까지 쉬지 않고 말로 달리는 건 보통 일이 아니다. 어둠 속으로 오라버니의 뒷모습이 사라지고 말발굽 소리가 들리지 않을 때까지 제자리에 꼼짝 않고 서서 일행을 배웅했다.

한참 동안 서 있다 발길을 돌려 다시 처소로 돌아가는 길. 은명은 중문을 넘다가 문득 이상한 점을 느꼈다. 아까는 경황이 없어 미처 몰랐는데 저하께서 떠나실 때 배웅하는 궁인의 수가 현저히 적었다. 혹시나 해서 돌아보니 최 상궁의 뒤를 따르는 나인도 달랑 둘뿐이었다.

아무리 침수에 들었다 나온 것이라 해도 세자와 공주가 밖에서 서성인 지 벌써 반 시진이 넘었다. 더구나 세자께선 야밤에 행장을 꾸려 먼 길을 떠나기까지 하셨는데 궁인들이 쉬느라 내다보지 않았다는 건 있을 수 없었다. 여태껏 이런 적이 없었고, 최 상궁도 그러한 행동을 묵인할 인사가 아니었기에 은명은 연유가 궁금했다.

"행궁에 무슨 일이 있느냐?"

은명의 시선이 나인들에게로 향해 있자 최 상궁은 질문의 요지를 금방 파악했다.

"어디가 아픈지 초저녁부터 계속 빌빌대더니 아무리 깨워도 일어나지 못하고 있사옵니다. 동궁전 상궁과 나인들도 마찬가지이옵니다. 아무래도 저녁으로 먹은 음식 중 상한 것이 있었나 보옵니다."

"그럼 진즉 의원에게 보일 것이지!"

"배앓이를 하여 지친 것일 수도 있으니 우선은 쉬게 놔두었사옵니다. 아침에 일어나도 나아지지 않으면 그때 보이도록 하겠나이다."

은명은 걱정스럽게 최 상궁을 보는데 그 또한 안색이 매우 해쓱했다. 뒤에 서 있는 나머지 나인들도 다르지 않았다. 다들 반쯤 눈을 감고 있는 게 어디가 아픈 것인지, 너무 피곤해 가수면 상태에 빠진 것인지 거의 넋을 놓고 서 있는 모습이 애처로웠다.

"나는 곧장 침수에 들 터이니 이만 들어가 쉬도록 하여라."

"예, 자가. 소인이 기수를 봐드리겠나이다."

몸을 가누는 것조차 힘들어 보이는 와중에도 최 상궁은 책무를 이행하겠다며 나섰다.

"기수는 이미 배설되어 있으니 그럴 것 없다."

은명은 궁녀들이 들어가서 쉴 수 있도록 재빨리 방으로 들어왔다. 이상하게 기분이 꺼림칙했으나 당장에 할 수 있는 건 아무것도 없었다. 최 상궁의 말대로 일단은 모두 쉬게 하는 게 최선인 듯싶었다.

마음이 심란해서 그런지 오늘따라 밤이 낯설었다. 적요한 가운데 멀리서 들리는 두견새 우는 소리는 그 어느 때보다 음침한 기운을 퍼트렸다. 은명은 덕지덕지 들러붙는 불길한 상상을 떨치고 잠자리에 누웠다. 이렇게 뒤숭숭한 밤이면 수마에 의식을 내주었다가 밝은 아침, 환한 햇살 속에서 안전하게 눈을 뜨는 게 상책이었다.

얼마나 잠을 잤을까. 사위는 아직 어두웠다. 아무런 기척도 들리지 않으나 비몽사몽 중 무언가 가까이 다가오고 있음을 느꼈다. 예리한 육감에 은명이 무거운 눈꺼풀을 들어 올리자 꿈인 듯 생시인 듯 어둠을 뚫고 소리 없이 다가오는 검은 인영이 있었다.

처음엔 환영을 보는 줄 알았다. 그러나 다음 순간 은명은 소스라치게 놀라 상체를 일으켰다. 눈앞에서 누군가 두 손을 높이 치켜드는데 그가 움켜쥔 물체가 달빛을 받아 시퍼런 빛을 내뿜고 있었다.

자객이다!

상황을 막 인지한 순간 검이 움직였다. 간이 바짝 졸아붙어 은명이 헉, 다급한 숨을 들이켜니 자객은 힘껏 내리치기 위해 검을 더 높이 쳐들었다. 바로 그때 쩍, 하고 문짝 떨어지는 소리가 요란하게 울렸다.

누군가 문을 부수고 들어와 자객을 상대했다. 눈앞에서 쇠붙이가 현란하게 부딪치며 치열한 각축을 벌였다. 몇 차례의 합이 오가고 자객과 대치하던 사내가 긴박하게 외쳤다.

"피하십시오!"

사내는 익위사의 관원도 금군도 아니었다. 자객과 같이 검은 옷을 걸치고 천으로 눈 밑을 완전히 가리고 있어 누구인지 알아보기 어려웠다. 그래도 구해 주러 온 것만은 틀림없는 사실이라 은명은 그의 말에 따라 자리옷을 입은 채 정신없이 뛰쳐나갔다. 목이 터져라 소리도 질렀다.

"자객이다! 자객이 들었다!"

은명은 필사적으로 도움을 청했다.

"게 아무도 없느냐! 최 상궁! ……아무도 없는 것이냐!"

하지만 그것이 전부였다. 아무리 목청 높여 소리를 쳐봐도 공허한 메아리만 되돌아올 뿐 아무런 기척도 들리지 않았다.

인양전으로 허겁지겁 달리며 울부짖던 은명은 불길한 느낌에 움직임을 멈추고 천천히 어둠 속을 둘러보았다. 행궁 전체가 괴기스러울 정도로 적막에 잠겨 단 한 줄기의 불빛도 새어 나오지 않았다.

조금만 콜록거려도 기가 막히게 듣고 달려오던 최 상궁이 처절한 비명을 못 들을 리 없었다. 밤새 보초를 서는 군졸들이 행궁을 이리 컴컴하게 놔둘 리 만무했다. 그렇다면…… 그들에게도 무슨 일이 생긴 게 틀림없었다.

머리털이 쭈뼛하는 동시에 온몸에 소름이 돋았다. 최 상궁을 비롯해 가까웠던 나인들의 얼굴이 한꺼번에 뇌리를 스치고 지났다. 두렵고 걱정되는 마음에 그들 처소로 달려가는데 불쑥 기척이 들렸다. 본능적으로 고개를 돌리니 검은 인영 하나가 은명을 향해 검을 쳐들고 날아오르듯 높이 뛰어올랐다.

죽는다!

공포감에 휩싸인 은명은 그대로 멈춰 서 비명도 지르지 못하고 위를 올려다보았다. 닥쳐 올 죽음을 예감하는 순간 묵직하고도 날렵한 무언가가 허공을 가르는 소리가 들렸다. 눈 깜짝할 새 어둠 속에서 중검 하나가 날아와 검은 인영의 몸을 정확하게 맞췄다. 은명을 향해 날아올랐던 그 인영은 약 두 보 앞에서 신음을 흘리며 힘없이 바닥으로 쓰러졌다.

생전 처음 보는 광경에 두려움의 눈물이 주르륵 흘렀다. 은명은 검이 날아온 방향을 정확히 주시했다. 조금 전 문을 부수고 나타나 목숨을 구해 준 그자가 달려왔다.

"이쪽으로 오십시오."

사내는 충격에 휩싸인 은명을 이끌고 달빛이 스미지 않은 어두운 구석으로 몸을 숨겼다. 잔뜩 몸을 쪼그린 은명은 바람에 흔들리는 수양버들처럼 달달 떨었다. 그러면서도 정신을 차리기 위해 이를 악물었다.

"너는 누구냐?"

"소인을 알아보실지 모르겠습니다."

사내는 얼굴을 가렸던 천을 내렸으나 소용없었다. 칠흑 같은 어둠 속에선 생김새가 식별되지 않았다.

"너무 어두워 아무것도 보이지 않는다. 왜 나를 구해 준 것이냐? 저들은 누구냐?"

"접니다, 공주 자가. ……제륜. 서제륜."

간절히 매달리면서도 경계심을 늦추지 않던 은명이 일순 제 귀를 의심했다. 너무 놀라 두려움에 달달 떨리던 육신마저 석상처럼 딱 굳어졌다.

"뭐, 뭐라 하였느냐?"

"화경궁의 문간방에서 가족과 함께 일 년 넘게 기거했던, 그 제륜입니다."

믿을 수가 없어 잠시간 멍해졌다. 그러다 서서히 정신이 돌아오며 은명은 격한 감정에 빠졌다.

"제륜…… 오라버니?"

"예. 매화원에서 같이 뛰어놀던 그 제륜이옵니다."

"세상에!"

은명은 눈물을 쏟으며 제륜의 손을 덥석 잡았다. 그동안 애타게 찾으며 그리워한 분이었다. 혹여 잘못되었을까, 어린 공주의 가슴을 전전긍긍하게 만든 분이었다. 경황없이 일을 당해 혼이 절반 이상 빠져 있는 상황에서도 은명은 반가움과 안도감에 몸 둘 바를 몰랐다

"이게 어찌된 일입니까! 여긴 어떻게 알고 오신 겁니까? 그동안 백방으로 수소문하였습니다. 다들 어디에 계셨습니까? 외숙과 외숙모는 건강하신지요? 제현 오라버니와 이현이는 잘 지내는지요?"

머릿속이 뒤죽박죽되어 두서없이 가족의 안부부터 확인했다. 제륜은 이렇다 할 대답을 주지 않았다. 그저 두 어깨만 미세하게 움찔했는데 사방이 어두워 은명은 그것을 감지하지 못했다.

"지금은 한시가 급합니다. 어서 여기를 빠져나가셔야 합니다."
"저들은 누구입니까? 군졸들은 전부 어디로 사라진 겁니까?"
"대부분 쓰러져 있으되 잠든 것으로 보입니다."
"잠이 들었다고요?"

은명은 아연하여 되물었다. 침수에 들기 전 최 상궁과 궁녀들이 지친 얼굴로 눈을 반쯤 감고 있었던 게 퍼뜩 떠올랐다. 아픈 줄 알았더니 잠이 쏟아져 그렇게 비실거린 거였나, 수많은 의문이 머릿속을 뒤덮었다. 오랜 세월, 그토록 수소문했어도 행방조차 알 수 없던 오라버니가 위급한 찰나 어찌 알고 이렇게 나타나 줬는지도 궁금했다.

하지만 그 모든 걸 일일이 캐고 있을 시간이 없었다. 제륜은 서둘러야 한다고 채근했다. 저들이 노리는 건 오직 공주이시니 당장은 궁인들을 염려할 때가 아니라며.

은명은 제륜의 부축을 받아 자리에서 일어났다. 이런 중에도 언제 자객이 나타날지 몰라 모골이 송연하고 무릎이 후들거렸다.

"제 손을 놓으시면 안 됩니다. 우선 행궁을 빠져나가겠습니다."

제륜은 은명의 손을 잡고 이동을 시작했다. 쫓아가기 버거울 정도로 빠른 걸음이었으나 짐이 되고 싶지 않아 거의 뛰다시피 하여 보조를 맞췄다.

중문을 몇 번 지나자 눈앞에 상당히 널찍한 마당이 펼쳐졌다. 이 마당을 가로질러 또 하나의 마당을 건너면 행궁 밖으로 나가는 남문에 다다를 것이다. 손을 꼭 잡은 두 사람은 마지막 힘을 내어 마당을 빠르게 가로질렀다.

그러나 중간쯤 도달했을 때 인기척도 없이 여섯 개의 검은 인영이 삽시에 나타나 두 사람을 포위했다. 은명은 두려움에 잠식돼 제륜의 팔에 매달렸다.

"오라버니……."

제륜은 천천히 뒷걸음질하며 인영의 위치를 확인했다. 그런 다음 은명을 바싹 끌어당겨 귀에 대고 속삭였다.

"자가를 먼저 이 포위망에서 내보내겠습니다. 남문으로 나 있는 길을 따라 큰길 쪽으로 계속 달리시면 고을 관아가 나옵니다. 소인이 곧 뒤따라갈 것이니 무조건 앞만 보고 뛰십시오."

"그럴 수는 없습니다."

은명은 단호히 거부했다. 혼자만 살겠다고 10여 년 만에 만난 오라버니를 무시무시한 자객들 속에 내던질 순 없었다. 그 마음을 아는지 제륜은 달래듯 말했다.

"소인의 인생 최대 목표가 무병장수입니다. 살고 싶어 이리하는 것이니 정녕 소인을 돕고 싶으시다면 무조건 제 말에 따라 주십시오."

긴박한 와중에도 제륜은 여유가 넘쳤다. 그래서 은명은 콧등이 더욱 시큰했다.

"오늘에서야 겨우 만났습니다."

"곧 따라가겠습니다. 명심하십시오, 절대로 뒤를 돌아보시면 안 됩니다. 살고자 하신다면, 이 오라비를 살리고자 하신다면 무조건 앞만 보고 뛰셔야 하옵니다."

제륜은 말을 마치자마자 은명을 옆구리에 끼고 과감하고도 기습적으로 정면을 파고들었다. 그러자 검은 인영들도 한꺼번에 두 사람에게 달려들었다. 제륜은 그들을 막아내며 벌어진 공간 사이로 재빨리 은명을 밀쳤다.

눈 깜짝할 새 포위망에서 튀어나온 은명은 떠밀린 힘을 다스리지 못하고 흙바닥을 굴렀다. 충격이 컸으나 곧바로 발딱 일어나 남문을 향해 힘껏 내달렸다. 손바닥과 무릎이 심하게 까져 피가 맺혀도 아픈 것을 돌볼 새가 없었다. 가엾은 사촌오라버니를 위해 해 줄 수 있는 게 이것밖에 없다면, 설령 다리가 부러졌다고 해도 무조건 뛰어야 했다.

목표물이 포위를 뚫고 남문을 향해 달리자 자객 중 한 명도 재빨리 그 뒤를 쫓아갔다. 오늘의 사냥감은 공주. 저분이 죽어 줘야 집으로 돌아가 편히 쉴 수 있었다. 쫓아가는 것은 일도 아니었다. 금방 따라붙은 자객은 빨리 끝내고픈 욕심에 쥐고 있던 검을 공주의 등에 명중시키고자 오른팔을 번쩍 들었다.

"으윽!"

하지만 그 순간 손과 팔에 참을 수 없는 통증을 느끼며 검을 바닥으로 떨어트렸다. 삽시에 손등과 팔뚝으로 날카로운 표창이 따다닥 날아와 박혔다. 이어서 바람과 같은 날쌘 기척이 느껴지더니 미처 돌아볼 새 없이 등에 타는 듯한 격통이 일었다. 자객은 추풍에 지는 낙엽처럼 힘없이 쓰러졌다.

급한 대로 둘을 먼저 처치하고 남은 것은 이제 넷. 준혁은 남문으로 향하는 길목을 차단하고 정체 모를 놈들과 대치했다. 수적으로 치자면 열세였지만 두렵지 않았다. 그는 아무것도 하지 못했던 오래전 그 무력한 아이가 아니었다.

효경왕후마마의 사십구재가 끝나던 그 밤, 그의 가족은 무시무시한 살수들의 공격을 받았다. 눈앞에서 온 가족이 피를 흘리며 죽어 가는데도 어린 준혁은 그저 숨을 죽인 채 모든 것을 지켜볼 수밖에 없었다.

천신만고 끝에 살아나 의천상단 대방의 양자가 되고 서제륜에서 강준혁이 되었을 때 그는 제일 먼저 검부터 손에 쥐었다. 손바닥이 짓무르고 온몸에 멍이 가실 날이 없었지만, 하루도 쉬지 않고 독하게 달려들어 검술을 갈고닦았다. 미치지 않은 게 다행일 정도로 처참했던 그 밤의 고통을 다시는 되풀이하지 않겠다고 다짐했다.

준혁은 세월이 흐른 뒤에야 그들 일가가 도주한 것으로 처리되었다는 걸 알게 되었다. 하나 공주께서는 진실을 알고 계실 줄 알았다. 그래서 그분과 재회하면 차가운 땅바닥에 피를 흘리며 고꾸라진 가족의 무덤도 찾을 수 있을 줄 알았다. 그런데 아니었다. 공주께서는 아무것도 모르시는 눈치였다.

준혁은 소리 없는 괴로움에 가슴이 갈기갈기 찢기는 것 같았다. 불쌍한 부모님이, 아우와 누이가 깊은 산속 어딘가에 아무렇게나 버려지는 모습이 상상되었다. 이어서 피 냄새를 맡고 어슬렁어슬렁 모여든 맹수들이 단번에 그들에게 달려드는 광경이 연상돼 피가 끓었다.

뜨거운 눈물이 눈앞을 가리고 감당할 수 없을 만큼 분노가 치솟아 그 화기를 대치 중인 자객들에게 고스란히 쏟아부었다. 먼 옛날, 부모님을, 동생들을 잔인하게 베어버린 살수들이 바로 그들이라도 되는 것처럼.

준혁은 폭주하여 순식간에 셋을 베어낸 뒤 마지막 하나 남은 자와 검을 맞대고 힘겨루기에 돌입했다. 상황은 좋지 않았다. 이미 여러 명을 혼자서 상대한 터라 체력이 제법 소모되었다. 반면 뒤로 빠져 지휘하다 홀로 남은 자객은 여유가 넘쳤다. 두 사람은 검을 쥔 손에 바짝 힘을 주며 서로에게 가까이 다가섰다. 그때,

어?

서늘한 봄밤의 바람을 타고 달짝지근한 냄새가 후욱 날아왔

다. 준혁은 어둠 속에서 한쪽 눈썹을 삐죽 치켜세웠다. 살벌한 자객에게서 혈향 대신 다디단 내음이 전해지는 건 뜻밖이었다. 그 달달한 향에 정신이 산만해진 사이 상대는 괴력을 발휘해 그를 밀치고 검을 휘둘렀다. 재빨리 피했으나 왼쪽 팔에 검이 스치며 준혁은 쓰라린 통증을 느꼈다.

"이런…… 결국 피를 보는군."

그러나 여유를 잃지 않았다. 준혁은 천 조각을 꺼내 상처를 동여매며 대수롭지 않게 중얼거렸다. 기회를 놓치지 않겠다는 듯 상대는 날렵하게 날아와 빠르게 공격을 감행했다. 검에 집중하지 못하는 허점을 파고들 심산이었겠지만 준혁은 동요하지 않았다. 끝까지 상처를 동여매다 마지막 순간 공격을 피하며 품고 있던 단도를 꺼내 상대의 얼굴을 무자비하게 그었다.

몸을 급히 뒤로 빼긴 했지만, 상대의 얼굴에선 피가 주르륵 흘렀다. 눈꼬리 바로 밑에서부터 입술 끝에 이르기까지, 왼쪽 뺨에 흉악한 칼자국이 갈고리 모양으로 깊게 파였다.

"받았으니 돌려줘야지. 나는 셈이 정확한 사람이거든."

준혁의 싸늘한 비아냥거림에 상대의 눈에서 분노의 불꽃이 튀었다. 준혁도, 상대도 이제 보이는 건 없었다. 한쪽이 죽을 때까지 사생결단으로 싸우는 수밖에. 상처를 단단히 동여맨 준혁은 검을 힘주어 잡고 자객을 향해 무섭게 돌진했다.

은명은 금방이라도 폐부가 터질 듯 숨이 가빴다. 앞으로 달리고 달리다 곤히 쓰러진 군졸을 발견하면 흠칫 놀라기를 여러 번, 그래도 뛰는 것을 멈추지 않았다. 그저 죽을힘을 다해 내달리다가 뒤에서 누군가 쫓아오고 있다는 걸 알았을 땐 심장이 얼어붙어 무릎이 꺾일 뻔했다.

몸이 휘청하면서도 정신을 바짝 차렸다. 드디어 남문이 보이기 시작했는데 여기서 잡히면 안 된다는 생각에 이를 사리물고 뛰었다. 안타깝게도 그것은 의지만으로 되는 일이 아니었다.

"아악!"

얼마 못 가 머리카락이 전부 뽑혀 나갈 듯 끔찍한 통증이 뒷머리에 들이쳤다. 동시에 몸이 뒤로 홱 넘어가며 세상이 뒤집혔다. 쫓아오던 자객이 무엄하게도 공주의 댕기 머리를 우악스럽게 잡아당겨 흙바닥에 처참히 던져버린 것이다.

온몸이 두들겨 맞은 듯 아팠다. 맨바닥을 나뒹군 은명은 힘을 끌어모아 몸을 일으키다가 기절할 듯 숨을 들이켰다. 코앞에 건장한 사내가 버티고 있었다. 손등과 팔뚝에서 피를 뚝뚝 흘리며 고통스러운 숨소리를 거칠게 내뿜는 자였다. 조금 전 혈투라도 벌였는지 잔뜩 흐트러져 검도 들지 않았으나 등골이 오싹할 정도로 분위기가 기괴했다.

은명은 그대로 몸을 돌려 거의 기어가듯 그곳에서 벗어나려 하는데 발목이 잡히며 몸이 쭉 끌렸다. 자객은 한 치의 망설임도 없이 손을 뻗어 가느다란 목을 어마어마한 힘으로 내리눌렀다.

"크윽……."

숨이 막힌 은명이 사지를 바동거렸다. 얼굴이 터지고 안구가 빠질 것 같았다. 그럴수록 자객은 두 손에 더 강한 힘을 가했다. 손톱을 세워 닥치는 대로 할퀴고 긁어도 꿈쩍하지 않았다. 숨을 쉴 수 없어 꺽꺽거리며 은명은 참혹한 고통에 몸부림쳤다. 실핏줄이 터져 붉게 물든 눈동자에선 뜨거운 눈물이 마구 분출되었다. 도움을 요청할 수도, 도와줄 사람도 없었다.

어머니…….

은명은 의식이 멀어지며 서서히 반항을 멈췄다. 한 번 더 강하게 조이면 모든 것이 끝날 것 같았다.

"윽."

그때 퍽, 소리와 함께 목을 누르던 두 손이 떨어져 나갔다. 기적적으로 숨통이 뚫린 은명은 괴로움에 한쪽 머리를 땅에 대고 거친 숨을 몰아쉬었다. 어렴풋한 의식 속에 상체가 붕 뜨는 게 느껴졌다. 누군가 자신을 가슴에 안아 올린 듯한데 익숙하고도 그리운 향기가 물씬 풍겼다. 상대는 떨리는 손으로 얼굴과 머리를 하염없이 쓸어 주며 다급하게 외쳤다.

"……자가. 공주 자가!"

목소리의 당사자가 누구인지 알았을 때 또다시 왈칵 눈물이 솟았다. 어슴푸레한 달빛 아래 서율이 경악스러운 빛을 띠고 내려다보고 있었다. 언뜻 격노하고 있는 듯도 하였다. 목소리가 나오지 않아 컥컥거리자 차마 지켜볼 수 없다는 듯 그가 은명을 품속에 와락 끌어안았다.

그 상태로 거센 숨을 내쉬다 그가 은명을 등에 업었다. 정신이 혼미한 와중에도 서율이 이곳을 떠나려 한다는 걸 깨닫자 사지에 두고 온 제륜 오라버니가 떠올랐다.

"저, 저…… 안……."

데려가야 할 사람이 있다고 사정하고 싶어도 심하게 목을 졸린 직후라 목소리를 내는 게 쉽지 않았다. 급한 마음에 서율의 어깨를 두드려 봤으나 그는 지체하지 않았다. 사람을 업은 채 달리고 있다는 게 믿기지 않을 만큼 움직임이 빠르고 민첩했다. 은명은 애가 타는 마음에 뒤를 돌아보았다. 제륜이 있는 곳은 섬뜩하리만치 고요한 정적이 흐르고 있었다.

살아 계실까. 무사하실까.

이대로 오라버니께 무슨 일이 생긴다면 자신을 용서하지 못할 것 같았다. 은명은 서율의 등에 업혀서도 계속 뒤를 돌아보는데 밝은 달빛 아래로 인영 하나가 보란 듯이 모습을 드러냈다. 살아 있다는 것을 알려주려는 듯, 이렇게 숨을 쉬고 있으니 염려하지 말고 어서 가시라는 듯.

인영을 확인한 은명은 두 눈이 커졌다. 위협적이지 않은, 배웅하는 듯한 모습에서 그것이 제륜 오라버니임을 확신했다. 안도의 눈물이 쏟아졌다.

잠깐의 재회가 안타깝기 그지없으나 살아 계신 것을 확인했으니 일단은 이것으로 되었다. 함부로 신분을 드러내선 안 되는 분이기에 당장은 보내드려야 한다. 조만간 다시 눈앞에 나타나 주실 것을 믿어 의심치 않으며 은명은 몸을 바로 했다. 서율의 목을 끌어안고 온전히 그에게만 매달렸다. 이 사람의 등은 생각보다 더 넓고 단단했다.

서율에게 떠밀려 말에 오른 은명은 곧이어 그가 자신의 뒤로 올라타자 소스라치게 놀랐다. 말타기라곤 세자 저하 덕에 요 며칠 천천히 걷는 말에 오른 것이 전부였다. 여기서 달리기 시작하면 감당할 수 없었다. 차라리 그의 등에 붙어 얼굴을 묻고 아무것도 보지 않는 편이 훨씬 나았다. 은명은 막 출발하려던 서율을 돌아보았다.

"제가 뒤로 타겠습니다."

목소리가 갈라져서 흘러나왔다.

"안 됩니다. 저들이 따라붙어 활을 쏘거나 단검을 던질 수도 있습니다."

"예? 그럼 스승님께선……."

"출발하겠습니다. 꽉 잡으십시오."

위험천만한 말을 던지고 서율이 급하게 말을 출발했다. 어찌나 빠르게 달리는지 맞부딪치는 바람이 따가워 숨쉬기도 힘들었다. 은명은 상체를 바짝 구부렸다. 한참을 달린 것 같은데 언제부터인가 뒤편에서 여러 마리의 말발굽 소리가 울렸다. 추격조가 따라붙은 듯했다.

은명은 지금의 상황을 이해할 수 없었다. 권력의 정점에서 한참이나 떨어진 한낱 공주를 누가 저토록 집요하게 쫓고 있는지. 초조해진 은명은 뒤를 살펴보고 싶으나 어마어마한 말의 속도에 그럴 엄두가 나지 않았다. 그저 방해만 되지 말자며 상체를 동그랗게 웅크리는데, 어둠 속에서 무언가 날아와 둔탁하게 박히는 소리가 울렸다.

히이이잉!

그 바로 후에 말이 미친 듯이 날뛰기 시작했다. 뒤에선 또 다른 화살이 날아들었다. 은명은 기를 쓰고 중심을 잡으려 했지만 곧 떨어질 태세였다.

흥분한 말은 고통을 참지 못하고 앞발을 높이 쳐들었다. 동시에 은명의 몸도 공중으로 붕 떠올랐다. 혼자는 아니었다. 은명은 서율의 품속에 푹 파묻혀 있었다. 균형을 잃고 내동댕이쳐지는 게 아닌, 그가 자발적으로 몸을 내던진 느낌이었다. 어쩔 수 없는 선택임을 알기에 그의 가슴에 얼굴을 묻고 눈을 감았다.

부스럭거리는 소리와 거친 숨소리가 산중의 암흑을 갈랐다. 은명과 서율은 서로의 손을 생명줄처럼 마주 잡고 쉴 틈 없이 나뭇가지를 헤치며 걸었다. 서율은 언제인지도 모르게 갓이 사라져 상투가 그대로 드러났고, 은명은 자리옷 위에 그가 벗어 준 답호를 걸쳤다. 나뭇가지에 긁히고 찔려 여기저기 상처가 났지만 두 사람은 멈추지 않았다.

울창한 나무숲을 빠져나오자 꼭꼭 숨어 있던 계곡이 모습을 드러냈다. 달빛을 받아 푸르게 빛나는 암석과 시원스레 흐르는 계곡물이 상상 이상으로 신비로웠다. 세속의 혼란과 상관없이 고적하고 아름다운 자연 그대로의 모습에 은명은 돌연 마음이 시큰거렸다.

"흐흑……."

저절로 울음이 비어져 나왔다. 앞만 보고 길을 안내하던 서율이 즉각 돌아보았다.

"힘드십니까?"

평소와 다르게 성큼 다가와 은명의 어깨에 손까지 얹었다. 그 차이를 느끼지 못하고 은명은 말없이 고개만 가로저었다.

"하면 어디가 불편해서 그러시옵니까?"

애틋한 그 물음에 은명은 또다시 고개를 젓다가 이내 뱃속을 할퀴는 불안한 심정을 고백했다.

"대전의 환후 위중하시다 하여 오라버니께서 급히 행궁을 떠나셨습니다. 한데 환후가 생긴 게 아니라 변고가 있었던 것이면 어찌합니까? 오라버니의 신변에도 일이 생겼을까 두렵습니다. ……혹 저만 살아 있는 것은 아닌지요?"

"공주 자가……."

"만약 그런 일이 벌어졌다면 저 혼자 이리 살아 무얼 하겠습니까?"

불온한 뜻을 품은 자들이 세상을 뒤집지 않고서야 누구도 감히 행궁에 잠입해 공주에게 검을 들이댈 순 없었다. 제가 당한 이 꼴을 가족들도 당했을지 모른다는 불안에 은명은 속이 뒤집히고 심지가 녹아내렸다. 왕족이란 세상 그 누구보다 귀한 사람일 수도, 혹은 비참해질 수도 있는 존재라는 걸 새삼 실감했다.

눈물이 주체할 수 없이 터져 나오는데 별안간 몸이 앞으로 끌려갔다. 얼굴이 단단한 가슴에 파묻히고 김서율 특유의 체취가 온몸에 휘감겼다.

"절대로 그런 일은 없습니다."

확신이 담긴 목소리엔 주저함이 없었다.

"약해지지 마십시오. 이 밤만 잘 넘기시면 제가 자가를 저하께 꼭 모셔다 드리겠습니다."

커다란 손이 뒷머리를 감싸며 끌어당기자 은명은 그와 더 강하게 밀착되었다. 서율의 목덜미가 무척 뜨겁다고 느껴지는데 불현듯 그가 은명을 떼어냈다. 손을 들어 두 뺨을 감싸 쥐더니 급하게 이마까지 짚어 보았다.

"언제부터 이러셨사옵니까?"

서율의 물음에 은명은 그제야 머리가 무겁고 뜨거운 쪽이 자기 자신임을 깨달았다. 비단 머리만이 아니었다. 전신에 뜨끈뜨끈 열이 오르고 통증이 일었다. 외조부의 일로 힘든 시간을 보내고 이 밤, 황망한 일까지 당했더니 그동안 축적되었던 충격이 밖으로 한꺼번에 표출되고 있었다. 서율은 즉시 무릎을 구부려 등을 내밀었다.

"괜찮습니다. 걸을 수 있습니다."

당연히 은명은 거절했다. 이런 상황에서 짐이 될 순 없었다. 하지만 서율은 완고했다.

"한가로이 그럴 때가 아닙니다. 어서 업히십시오."

어떡해야 할까, 잠시 망설이던 은명은 금방 업혔다 다시 내려야겠단 생각에 그의 등에 상체를 기댔다. 그런데 몸을 맡기자마자 그에게서 신음이 쏟아졌다.

"으윽."

왼쪽 어깨를 바르작거리며 떠는 게 심상치 않았다. 그러고 보니 말에서 떨어지던 순간 그가 고통스러워했던 것도 같았다. 서율이 몸으로 감싸고 있어 은명은 털끝 하나 상하지 않을 수 있었지만 정작 그 자신은 돌보지 못한 듯했다.

불쑥 밀려든 죄책감에 은명은 눈물이 쏙 들어갔다. 그의 앞에 쪼그리고 앉아 걱정스럽게 물었다.

"어디를 얼마나 다치신 겁니까?"

"망극하옵니다. 이제 괜찮으니……."

은명은 말을 자르듯 그에게 손을 뻗었다. 서율의 끝말이, 고통을 참느라 흐르던 관자놀이의 식은땀이 은명의 손에서 아스라이 사라졌다. 두 사람은 그대로 숨을 죽이고 서로를 응시했다. 아주 잠깐의 침묵 후 은명이 먼저 입을 열었다.

"……행궁에는 어떻게 오신 겁니까?"

"양주에서의 조사를 마치는 대로 행궁에 들르라는 세자 저하의 전언이 있었습니다."

"반가운 손님이 오신다더니……."

그분이 스승님이셨군요.

은명은 뒷말을 삼키고 그의 이마에서 손을 떼다가 중간에서 덜컥 손목이 잡혔다. 지금까지 손을 맞잡고 온 산을 헤매고 다녔건만 갑작스러운 그의 행동은 가슴을 뛰게 했다.

"제가 반가우셨습니까?"

"……."

"그렇지 않으셨나 봅니다."

"그럴 리 있겠습니까. 덕분에 살 수 있었습니다."

"언제까지 저를 멀리하실 겁니까?"

"저는……."

가까이서 그의 숨결이 느껴졌다. 지금은 주책없이 얼굴이나 붉힐 때가 아니건만. 이런 상황에 가슴이 두근대는 것이 남세스러워 은명은 손을 떨치며 말을 돌렸다.

"저는 걸어가겠습니다. 이렇게 애쓰시는데 바보같이 어리광만 부려 부끄럽습니다."

서율이 토를 달기 전 은명은 씩씩하게 몸을 일으켰다. 하지만 바로 그때 무언가 바람을 가르고 날아왔다.

"아얏!"

여기저기서 불에 덴 듯 격렬한 통증이 일어 은명은 신음을 흘리며 제자리에 주저앉았다. 어디선가 여러 개의 표창이 한꺼번에 날아와 은명의 어깨와 다리, 그리고 발목에 차례대로 꽂혔다.

놀란 서율이 은명의 상처를 확인하는 사이 눈앞에 세 개의 검은 인영이 서서히 그 모습을 드러냈다. 따라붙은 자들이 있을지도 모른다고 염려했지만 이렇게까지 끈질길 줄은 몰랐다.

서율은 은명을 얼른 뒤로 숨기고 품고 있던 죽장도를 꺼냈다. 가뜩이나 그가 부상당한 상황에서 수적으로도 불리하니 은명은 걱정이 앞섰다. 서율의 몸이 남아나지 않을까 무서운데 그는 도리어 호통을 쳐댔다.

"누구의 사주를 받은 것이냐? 너희가 쫓고 있는 분이 어떤 분이신지 알고는 있느냐!"

저들은 대답 대신 비릿한 혈향을 품은 장검을 일제히 뽑아 들었다. 서율은 그들의 움직임을 주시하며 제 등에 바싹 붙은 은명에게 나지막이 말했다.

"걸으실 수 있겠습니까?"

"해보겠습니다."

"싸움이 시작되면 힘드셔도 저 뒤로 보이는 큰 바위 쪽으로 가셔야 합니다."

"부상이 심하신데 대적이 되겠습니까? 저들이 원하는 것은 저 하나입니다. 스승님께선……."

진심이었다. 암만 생각해도 서율이 위험했고 그가 스러지는 모습은 절대 보고 싶지 않았다. 차라리 이 모든 걸 제가 매듭짓고자 하는데 그가 성난 얼굴로 은명의 손목을 힘주어 잡았다. 잡힌 곳이 너무 아파 말을 잇지 못할 정도였다.

"지금 무슨 말을 하고 싶으신 겁니까!"

낮게 쏴붙인 어조에 노여움이 가득했다.

"정신 차리십시오. 제가 뛰라고 하면 아파도 참고 뛰셔야 합니다. 만에 하나 엉뚱한 생각을 하신다면 아무리 자가시라고 해도 용서치 않을 겁니다. 아시겠습니까?"

"……예."

어찌나 손에 힘을 주고 몰아붙이는지 은명은 손목이 아파 고분고분 답할 수밖에 없었다. 잠시 뒤 어둠을 이용해 다른 손으로 슬며시 단도를 움켜쥔 그가 낮게 외쳤다.

"지금입니다. 뛰십시오!"

그 말을 기점으로 자객들이 한꺼번에 달려들자 서율은 그중 한 명의 복부에 단도를 명중시킨 후 둘을 한꺼번에 상대했다. 그사이 은명은 주문대로 열심히 움직여 봤지만 몇 걸음 나아가지 못하고 쓰러졌다. 발목의 상처가 생각보다 깊고 고통스러웠다. 곳곳에서 전해지는 통증에 저 앞이 백 리처럼 멀게 느껴졌다.

은명은 이를 악물고 기어갔다. 아등바등 기를 쓰고 노력하였음에도 자객 중 하나가 어느새 발치께로 바투 따라붙었다. 은명은 두려움에 몸을 움츠렸다. 이를 본 서율은 남아 있던 인영에게 검을 던져 제압하고 몸으로 자객을 막았다.

그와 자객이 하나로 뒤엉켜 바닥에서 사투를 벌이는 동안 쓰러졌던 인영은 또다시 몸을 일으켰다. 허벅지에 꽂힌 검을 스스로 빼내고 천으로 대충 다리를 감싼 뒤 마지막 힘을 다해 은명을 쫓았다.

탈진한 은명은 힘없이 자객을 올려다보는데 그새 상대를 처리한 서율이 쏜살같이 따라붙었다. 자객과 그가 서로 검을 맞대고 몇 합을 주고받았다. 실력과 상관없이 왼쪽 어깨에 부상을 입은 서율은 밀릴 수밖에 없었다. 반대로, 두 팔에 한해서 멀쩡한 자객은 서율을 무지막지하게 몰아쳐 어깨를 베었다. 지독한 고통에 서율은 검을 놓치며 바닥에 한쪽 무릎을 꿇었다.

코앞에서 벌어진 끔찍한 광경에 은명은 경악했다. 자객은 떨어진 검을 발로 차버리고 거친 숨을 몰아쉬었다. 귀찮게 달라붙는 서율부터 처리하기 위해 날카로운 검을 번쩍 들어 올렸다.

"으헉!"

그러나 미처 휘두르지도 못하고 손에서 맥없이 검을 떨어트렸다. 위협을 가하던 커다란 덩치는 놀람과 충격으로 자신을 공격한 은명을 돌아보았다. 그 틈을 이용해 검을 획득한 서율이 그를 공격했다.

사방이 고요해진 가운데 은명도 감당할 수 없는 현기증을 느끼며 제자리에 털썩 주저앉았다. 단검을 쥐었던 손 어딘가가 찢어져 피가 흘렀다. 마지막 순간 바닥을 뒹굴던, 계속 주시했던 단검을 집어 무작정 자객에게 달려든 게 꿈만 같았다.

각각의 상처를 중심으로 옷에 불이라도 붙은 듯 온몸이 불덩이처럼 펄펄 끓었다. 표창으로 인해 철독이 오르는 것이리라. 은명은 서서히 몸이 무너지는 것을 느끼며 의식을 잃어 갔다. 길고도 깊은 밤, 착각인지 사실인지 저 너머 동천에 돋을볕의 끄트머리가 비치는 것 같았다.

───

좌상이 막 혜빈전에 들었다. 종일 안절부절못했던 혜빈은 그가 예를 취하고 자리에 앉자 질문부터 쏟았다.

"지평에게선 아직 기별이 없습니까?"

"아직은 그렇습니다."

"벌써 이틀째입니다. 정말 지평이 공주와 함께 있기는 한 걸까요?"

"지금으로선 그럴 가능성이 가장 높다고 봐야겠지요."

"대체 누가 그런 짓을 벌였단 말입니까! 초조하여 견딜 수가 없습니다."

혜빈은 이틀 새 하얗게 말라붙은 입술을 깨물었다.

세자가 궐을 떠나고 나흘째 되던 날, 제조상궁으로부터 대전의 상황이 수상쩍다는 보고가 들어왔다. 세자가 떠나자마자 전하께서 몸져누우셨는데 중전과 안빈이 쉬쉬하며 병환을 숨기고 있는 것 같다는 전갈이었다.

욱하는 성미의 혜빈은 그 즉시 대전으로 밀고 들어가 왕의 환후를 확인하고 세자께 파발을 띄웠다. 그런데 세자가 움직이자마자 행궁에, 그리고 말을 내달리던 세자 앞에 기다렸다는 듯 자객이 출몰했다.

행궁의 군졸과 궁인은 대부분 수면가루가 들어간 국을 먹고 깊이 잠들어 다음 날 아침이 되어서야 정신을 차렸다. 일부, 그들을 위해 따로 끓인 국을 먹지 않았던 자들은 모조리 검날에 베여 쓰러졌다.

그런 가운데 혜빈이 효갈비를 싸 보낸 궁녀는 싸늘한 시신으로 발견되었다. 더 기가 막힌 건 국에 들어간 것으로 추정되는 백색의 수면가루가 살해된 혜빈전 궁녀의 몸에서 나왔다는 점이다.

사람들은 벌써 혜빈과 좌상이 입단속을 위해 그 궁녀를 살해했다고 수군거렸다. 까딱하다간 이번 사건의 배후로 완전히 낙인찍힐 판이었다. 그나마 다행이라면 좌상의 차남인 지평이 공주를 보호하고 있을 것으로 추정 중이고, 그의 호위무사인 치경이 세자를 구했다는 것이다.

"무슨 일이 있어도 지평이 공주를 잘 보호하고 있어야 합니다. 그렇지 않으면 우리는 꼼짝없이 이번 사건의 배후로 지목될 겁니다."

"지은 죄가 없으니 미리부터 걱정할 필요는 없으십니다. 하나 자가와 제가 덫에 걸린 것만은 부정할 수 없는 사실입니다. 전하의 환후가 날로 깊어지고 계십니다. 세자께 변고가 생긴다면 원손아기씨 아직 어리시니 다음 보위는 정한군에게 이어질 가능성이 매우 높아집니다. 가장 득이 되는 이가 자가와 김씨 집안이 되는 겁니다."

"예, 저하께 변고가 생긴다면 가장 먼저 의심받을 사람은 저와 정한군이지요. 그걸 뻔히 아는 제가 무엇 때문에 그런 허튼 짓을 저지르겠습니까? 게다가 공주 자가까지요!"

혜빈은 속이 타서 전전긍긍하였다. 그럼에도 좌상은 휩쓸리지 않았다. 그간 수도 없이 풍파를 겪어 온 사람답게 시종일관 차분함을 유지했다.

"자가의 마음은 중요치 않습니다. 모든 정황이 자가와 저를 주범으로 몰아가는 상황이고, 세간은 곧 그 말에 현혹되겠지요. 혜빈전 궁녀에게서 수면가루가 나온 것은 부정할 수 없는 사실 아닙니까."

"하면 이제 어찌합니까?"

"우선 지평을 믿고 기다려 봐야지요. 지평이 공주 자가를 지켜낸다면 우리는 책임을 피할 수는 없어도 최소한으로 막아낼 순 있을 겁니다."

"완전히 자유로울 수는 없다는 말씀이시군요."

좌상은 부정하지 않았고, 혜빈은 아득함에 눈을 감았다. 긴 긴 세월 궐에서 독하게 버텨 왔지만 살면서 단 한 번도 사람의 목숨을 하찮게 여긴 적은 없었다. 하나 세상의 그 누가 이러한 마음을 알아줄까. 혜빈은 속이 타들어가고 있었다.

---

강렬한 햇빛에 감은 눈이 시렸다. 미간에 주름을 잡고 눈썹을 꿈틀거리던 서율은 하얗게 쏟아지는 햇살 아래서 천천히 눈을 떴다. 목구멍이 바싹 말라 조갈이 나고 기운이 없었다. 모든 게 혼미한 가운데 눈동자를 움직여 자신이 누워 있는 협소한 방 안을 둘러보았다.

몽롱했던 정신이 차츰 선명해지더니 산속에서의 일들이 하나둘 떠올랐다. 지난밤, 초인적인 힘을 발휘해 의식 없는 공주를 업고 깜깜한 산길을 끝도 없이 걸었다. 하늘이 도우셨으매 새벽녘, 허름한 민가 하나를 발견해 사람을 불러내고 곧바로 혼절했다.

늘어져 있던 서율은 사경을 헤매던 공주가 떠올라 정신이 번쩍 들었다. 다급히 몸을 일으키는데 왼쪽 어깨에 극심한 통증이 일었다. 천으로 단단히 고정되어 있음에도 저절로 신음이 터져 나올 정도로 고통은 상당했다.

"움직이시면 안 됩니다!"

불쑥 들려온 목소리에 고개를 드니 막 소년티를 벗기 시작한 청년이 시탁에 약사발을 올려 안으로 들었다. 서율은 통증을 참으며 공주의 안부부터 챙겼다.

"같이 오신 분은 어디 있느냐? 상태는 어떠하고?"

"처음보다 안정되긴 하셨지만, 아직 맥이 약하십니다. 지금 저희 누이 방에 누워 계십니다."

"의원에게 보였느냐?"

"아버지께서 평생 약초만 캐신 분입니다. 경험이 풍부해 산 아래 어중간한 의원보다는 나을 것이니 걱정하지 마십시오."

"직접 확인해야겠다."

"탕약을 드시기 전엔 안 됩니다."

서율은 약사발을 받아 단숨에 탕약을 들이켰다. 쓰고 뜨거워 오만상이 찌푸려졌으나 꿀꺽 삼키고 자리에서 일어났다. 허겁지겁 방을 나서던 그는 이내 걸음을 멈추고 청년을 돌아보았다.

"내가 얼마나 누워 있었느냐?"

"어제 새벽에 들이닥치셔서 하루 반나절 꼬박 정신을 잃으시고 지금에야 일어나신 겁니다."

"고맙다. 너와 네 가족의 도움이 없었다면 이리 무사치 못했을 것이야. 은혜를 잊지 않으마."

이틀 새 수척해진 서율은 성급히 방 문턱을 넘었다.

행궁에 들르라는 세자의 전갈을 받았을 때 가슴이 울렁거렸다. 안 그래도 화경궁에 갈 수 없어 속이 끓었는데 그렇게나마 공주를 뵐 수 있게 되어 내심 기뻤다. 마음이 급해 일을 서두르니 늦은 시각이긴 했으나 하루 일찍 도착했다.

그런데 행궁은 괴이할 정도로 불길한 어둠과 적막에 휩싸여 있었다. 여기저기 쓰러져 있는 군졸들을 발견했을 땐 숨이 멎었다. 일부는 잠이 든 채, 몇몇은 검에 베여 피를 흘린 채 쓰러져 있었다. 그중 숨이 붙어 있던 한 군졸이 알려주었다. 저하께서 떠나신 지 얼마 되지 않았고 행궁에는 공주께서 남아 계신다고.

서율은 치경을 세자께 보내고 재빨리 공주의 처소로 달려갔다. 공주께서 계셔야 할 곳의 문짝이 참혹하게 부서져 방 안은 난장판이 되어 있었다. 기함하여 곳곳을 뒤지니 다행히 주변에 널브러진 시신은 전부 자객으로 보였다.

하여 군졸들의 보호 아래 공주께서 무사히 행궁을 빠져나가셨구나, 잠시 안도하기도 했다. 남문으로 향하는 길목에서 커다란 덩치의 한 사내가 누군가를 죽이려 하는 광경을 목격하기 전까지는.

당시의 긴박했던 상황이 떠오르자 서율은 분노로 치를 떨었다. 공주께서 안전하신 모습을 직접 확인하기 위해 곧장 방으로 들어갔다.

모로 누운 공주는 창백한 안색에 식은땀을 흘리며 깊은 잠에 빠져 있었다. 목 전체에 보기 흉할 정도로 울긋불긋 멍이 들었고, 광목천을 댄 어깨에는 붉은 핏자국이 선명했다.

얼굴 위로 안타까움이 드리워지는데 간밤에 쓰러지며 보았던 공주의 발등이 떠올랐다. 즉시 발밑으로 옮겨가 이불을 살짝 들춰 보니 여기저기 긁혀 상처투성이가 된 하얀 발이 드러났다. 밤중에 변을 당하셨으니 족건을 챙겨 신지 못한 것은 당연한데 왜 세심히 돌봐드리지 못했을까.

어젯밤 공주가 덩굴과 풀잎에 수도 없이 긁히며 온 산을 돌아다녔다고 생각하니 먹먹할 만큼 안쓰러웠다. 새하얀 발등에 빨갛게 부풀어 오른 상처가 그의 가슴에 새겨진 것처럼 쓰리고 아팠다. 서율은 저도 모르게 공주의 한쪽 맨발을 손으로 가만히 움켜쥐었다.

이것이 미친 짓이라는 걸 알고 있다. 그제부터 감히 공주의 보체에 손을 대고, 끌어안고, 급기야 맨발을 손에 쥐고 있으니. 하지만 조금도 후회하지 않는다. 어렵게 깨달은 이 마음을, 그리하여 되찾은 어릴 적 그의 첫 번째 신붓감을 다시는 놓치지 않을 작정이었다. 발에서 느껴지는 공주의 따뜻한 온기가 어깨의 통증마저 잊게 해주었다.

약 기운에 취해 있던 은명이 무거운 눈꺼풀을 들어 올렸다. 흐릿한 시야를 정돈하여 두어 번 눈을 깜박이는데 저 밑으로 희미하게 번져 보이는 익숙한 인영이 있었다. 아무것도 걸치지 않은 발에서는 따뜻하고 부드러운 감촉이 느껴졌다.

곧 상황을 파악한 은명은 소스라치게 놀라 외마디 비명을 질렀다. 온몸에서 전해지는 통증에 일어나 앉지도 못하고 순식간에 얼굴만 벌겋게 달아올랐다. 창피하고 부끄러워 그의 손에서 발을 빼내려 하는데 표창에 맞은 상처 탓에 그마저도 힘들었다.

"움직이지 마십시오."

"그러면 발을 놓아주십시오. 맨발을 보이는 것도 수치스러운데 하물며 손에 쥐고 계시다니요. 지금 무얼 하고 계신지 알고는 계십니까?"

은명이 발을 꼼지락거리며 어떻게든 빼보려고 해 봐도 그는 꼼짝하지 않았다. 대체 무슨 생각으로 여인의 맨발을 손에 쥐고 있는지. 창피함에 기를 쓰던 은명은 뜻대로 되지 않자 원망을 섞어 질책했다.

"지금 뭐 하시는 겁니까!"

"이렇게밖에 모시지 못해 송구합니다."

예기치 못한 그의 사죄에, 죄책감이 묻어나는 표정에 은명은 피가 싹 식는 기분이었다.

이 목숨을 구해 주었음에도 그깟 상처 조금 입게 했다고 서율은 크게 죄스러워하고 있었다. 씁쓸한 공허감이 은명을 뒤덮었다. 그에게 있어 자신은 충심으로 모셔야 할 왕의 적녀에 지나지 않음을 다시 한 번 실감했다.

보령의 저자에서부터 오늘에 이르기까지, 김서율에게만큼은 평범한 여인이 되고 싶었다. 그러나 또렷이 존재하는 그와의 경계선이 너무도 선명해 아무리 애써도 좀처럼 다가갈 수 없었다. 어쩌다 과감히 선을 밟고 넘어가면 그는 그만큼 더 물러나 또 다른 경계선을 만들었다. 속절없이 애태우고 미련하게 쫓아가는 건 언제나 저만의 몫일 뿐. 무한히 반복되는 제자리걸음에 은명은 속이 상했다.

"목숨을 구해 주신 건 당연하고, 그깟 상처 조금 돌보지 못한 것은 죄가 됩니까? 공주란 참으로 대단한 사람입니다. 그래서 제가 외조부의 과거도 모르고 스승님을 비난했을 때 그저 침묵하셨을 테지요."

"그런 뜻이 아니었습니다."

"산속이라 그런지 발이 시립니다. 그만 이불 속에 넣어 주십시오."

언뜻 딱딱해진 어조에 그가 은명을 응시했다. 잠시 말없이 지켜보더니 발을 다시 이불 속에 넣어 주고는 머리맡으로 가까이 다가와 앉았다.

"스승님 덕분에 제가 살았습니다. 구해 주셔서 감사합니다."

곁에 앉아 가만히 보기만 하는 그의 눈빛이 부담스러웠다. 그래도 이때가 아니면 사죄할 기회가 없을 듯해 은명은 눈길을 피하며 말했다.

"지난번에 역정을 내 송구합니다. 성을 내려던 게 아니라 스승님께 피해자인 양 굴었던 과거의 행동을 사과하고 싶었습니다. 강론을 쉬겠다고 한 것도 차마 얼굴을 뵙지 못할 것 같아 그런 것이었습니다. 왜 자꾸 마음에도 없는 소리가 튀어나오는지 모르겠습니다. 괜히 공주의 강론을 떠맡아 스승님께서 고생이 많으십니다."

"예. 종종 힘들기는 하였습니다."

서율은 기다렸다는 듯 태연히 수긍했다.

"저는……."

"아직 제 말이 끝나지 않았습니다."

당황한 은명이 말을 덧붙이려 해도 엄히 제지했다.

"돌이켜보면 자가께서는 늘 저를 고생시키셨습니다. 보령에서 처음 만난 그날, 저는 누군지도 모르는 아이를 등에 업어야 했지요. 제 생애 등에 무언가를 짊어진 적은 그때가 처음이었습니다. 지난밤은 또 어떠하였습니까? 자객을 눈앞에 둔 긴장된 상황에서 어이없는 자가의 발언으로 집중력과 사기가 매우 저하되기도 하였습니다."

"그건……."

"어디 그뿐이옵니까. 심한 부상으로 제 몸 하나 건사하기도 힘든 상황에서 자가를 업고 평탄한 길이 아닌, 계곡을 가로질러야 했습니다. 지금은 자가께서 이렇게 반성하고 계시지만 과연 그것이 며칠이나 가겠습니까. 또다시 마음에 안 드는 일이 벌어지면 당분간 얼굴을 보지 않겠다, 강론을 중단하겠다, 마음대로 결정하시겠지요. 하늘같은 스승님께 말입니다."

"예, 그동안 어찌 참고 계셨습니까!"

잘못한 건 알고 있으나 직설적으로 날리는 그의 비판이 서운했다. 은명은 욱하는 마음에 불편한 심기를 내비치다 아차 싶어 도로 입을 다물었다. 사죄하는 자리에서 또다시 파르르 화를 낸 게 후회스러운데 이미 뱉은 말을 도로 주워 담을 수도 없었다. 은명은 자괴감에 빠져 시선을 내리깔았다.

"이것 보십시오."
"송구합니다. 아직은 수양이 부족해 그런 것이니 이해하여 주십시오."
"정말 미안한 마음이 있으십니까?"
"물론입니다. 진심으로 반성하고 있습니다. 이것저것 다 제가 잘못하였습니다!"

그쯤 혼냈으면 이제 그만 넘어가 주시지. 끝까지 물고 늘어지는 그가 섭섭해 은명은 눈물이 핑 돌아 퉁명스럽게 사과했다. 그를 탓하는 건 아니지만 기분이 저조해지는 걸 막을 순 없었다.

그때, 착각인가 싶을 정도로 작은 웃음소리가 들렸다. 잘못 들었나 하여 시선을 든 은명은 눈이 휘둥그렇게 되어 서율을 보았다. 그의 얼굴에 부드러운 미소가 걸려 있었다. 저렇게라도 웃는 모습을 보는 게 얼마 만인지. 은명이 넋을 놓고 있는 사이 그가 다정하게 말했다.

"이제야 공주 자가 같으십니다."

마치 이런 모습이 보고 싶어 일부러 속을 긁었다는 듯.

"허름한 옷을 입고도 저자에서 당당했던 분이 아니셨사옵니까. 풀 죽은 모습은 어울리지 않습니다."

"저는 그런 사정이 있는지도 모르고 많은 이들을 원망하고 미워하였습니다. 너무나 죄스럽고 부끄럽습니다."

"권력다툼이란 누군가의 잘잘못을 가릴 수 있는 문제가 아닙니다. 승기를 잃은 쪽이 모든 잘못을 떠안게 되는 것이지요. 속상해하지 마십시오. 자가께서 죄스러워하실 일이 아닙니다."

서율은 한층 애틋해진 눈길로 시커멓게 멍이 든 은명의 목을 들여다보았다.

"악몽을 꾸진 않으셨사옵니까?"

"괜찮습니다."

"나중에라도 시달릴 수 있습니다. 혹시라도 악몽을 꾸게 되면 혼자서 앓지 마시고 꼭 내의에게 알리셔야 합니다. 그것 또한 병이 될 수 있지요."

그의 음성에 쓰디쓴 기운이 묻어 있었다. 흡사 그런 병을 직접 앓기라도 했던 것처럼.

은명이 의아하게 바라보자 그는 분위기를 바꾸며 화제를 돌렸다.

"쉬고 계십시오. 도성에서 멀지 않은 곳이라 하니 사정을 알아보고 오겠습니다."

"가지 마십시오!"

은명은 기겁해서 그의 옷소매를 잡았다. 지난밤의 잔상이 머릿속에 남아 여전히 공포심을 부추기고 있었다.

"아직은 무섭습니다."

"그러하시면 믿을 만한 벗에게 서찰을 쓰겠습니다."

"예. 차라리 그편이 낫겠습니다."

은명은 눈물을 글썽이며 안도하는데 이마에 따뜻한 온기가 내려앉았다. 그의 큰 손이 열을 확인하는가 싶더니 부드럽게 머리를 쓸어주고 뺨으로 내려왔다. 생각지도 못한 접촉과 그

다정함에 은명은 내심 놀라면서도 코끝이 시큰거렸다. 상처로 인해 너덜너덜해진 몸과 마음이 그의 손안에서 금방이라도 치유될 것 같았다.

"그만 눈을 붙이십시오. 자가께선 충분한 휴식이 필요합니다."

감격스러운 이 순간을 조금이나마 계속 누리고 싶지만 따사로운 그의 위로에 은명은 또다시 가물가물 의식이 멀어졌. 온몸이 통증과 신열에 혹사당하는 느낌이었다. 다만, 이렇듯 그와 함께하고 있으니 더는 무서울 게 없었다.

현명한 단념

몇 년 만에 도성에 발을 들인 순복은 정신이 하나도 없었다. 그제 새벽, 갑자기 들이닥친 선비의 부탁으로 물어물어 문희립이란 선비를 찾아갔다. 높으신 댁이겠거니, 대충 짐작하고 있었으나 고래 등 같은 집을 보니 사지가 떨렸다. 아니나 다를까, 그곳은 예판대감의 사저였다. 그리고 지금, 그 댁 집사를 따라 도착한 이곳이 대궐이란 말에 거의 까무러칠 뻔하였다.

순진한 순복은 심호흡을 반복하며 집사에게 매달렸다.

"저기, 어르신. 소인은 그냥 문희립이란 선비님을 뵙고 싶은 것입니다."

"그러니까 우리 나리께서 지금 궐에 계신단 말이다. 안 내키면 그냥 나한테 맡기고 가든지. 대체 누가 뭘 전하라고 한 것이냐?"

"그건 말씀드릴 수 없습니다."

꽁무니에 붙어 안달하던 순복은 냉큼 떨어져 집사를 경계했다. 겁에 질려 빌빌거릴 땐 언제고 표정이며 행동이 제법 야무졌다.

"문 선비님께서 오시면 그분한테만 전해드릴 겁니다."

고개를 휙 돌리는 청년의 태도에 예판 댁 집사는 속이 뒤집혔다. 지금 이게 잘하는 짓인지 무척이나 심란했다. 아무리 들여다보아도 허름한 옷차림에 예사롭지 않은 점이라곤 요만큼도 찾아볼 수 없는 아이였다.

다른 때 같으면 나리를 뵈어야 한다고 우기든 말든 당장에 쫓아버렸을 것이다. 그런데 오늘따라 꼭 뭐에 홀리기라도 한 듯 신분도 모르는 아이를 굳이 궐 앞까지 데려왔다. 어쩌다 보니 오기는 왔는데 이러다 혼쭐나는 건 아닌지 슬슬 걱정이 되었다.

자세히는 모르나 무슨 변고가 생겼는지 궐 안팎이 홀딱 뒤집혔다. 대감마님도, 수찬 나리도 그제 새벽 급히 입궐하신 후 깜깜무소식이었다. 도성 곳곳에는 관군들이 살벌하게 떼를 지어 몰려다니고 있었다. 찜찜한 마음을 누를 길이 없어 한숨이 터지는데 전갈을 받고 달려온 희립이 대번에 나무랐다.

"여기까지 무슨 일인가? 지금은 비상시국이네."

"송구합니다. 한데 저 아이가 도련님을 꼭 뵈어야 한다고 사정하는 통에……."

"문희립 선비님이십니까?"

멀찍이 떨어져 있던 순복이 얼른 대화에 끼어들었다.

"나를 어떻게 아느냐?"

"그럼, 김서율이란 선비님을 아시는지요?"

"네가 지평을 어떻게 알고 있느냐?"

잠깐 멈칫했던 희립은 곧 화들짝 놀라 캐물었다.

"혹 그 사람을 보았느냐? 지금 어디에 있느냐?"

상상 이상으로 격한 반응에 순복은 당황했다. 품에서 더듬더듬 서찰을 꺼내 앞으로 내밀었다. 희립은 얼른 그것을 낚아채 읽어 보더니 안도의 숨을 내쉬었다. 그러곤 앞에서 쭈뼛거리던 순복을 다짜고짜 잡아끌었다.

"왜, 왜 이러십니까?"

"같이 가야겠다."

"저, 저희 집에 말씀이십니까?"

"지금 당장 세자 저하를 뵈러 가잔 말이다."

"예에?"

순복은 사색이 되어 몸을 비틀었다.

"아우, 살려주십시오. 소인은 아무런 죄가 없습니다!"

"너를 탓하는 게 아니다. 따라오너라."

겁에 잔뜩 질린 순복은 희립에게 질질 끌려 눈 깜짝할 새 궐 안으로 들어갔다. 산속에서 태어나 산에서만 살아온 그에게 잊을 수 없는 하루가 시작되었다.

상께서 혼절하시여 기침하지 못하셨다. 평소 거리를 두었던 공주가 자객의 습격을 받아 행방불명되었다는 소식을 접한 후였다. 대궐은 발칵 뒤집혔다. 세자와 비빈, 정승들이 병상을 지키고 있지만, 대전 안은 무겁고 스산한 정적만 감돌았다.

행궁 습격 사건이라는 사상 초유의 사태에 어느 누구도 감히 먼저 입을 열지 못했다. 모두가 노심초사, 이리저리 눈치만 살피는 가운데 세자는 속이 까맣게 타들었다.

행궁을 출발한 지 얼마 되지 않아 익위사 관원 중 세 명이 달리는 말에서 우수수 떨어졌다. 공격이라도 받은 건가 싶어 긴장하였는데 알고 보니 모두가 꾸벅꾸벅 졸다가 떨어진 것이었다. 그런 적은 처음이라 황당해하는 사이 어둠 속에서 자객이 출몰했다.

한동안 간을 졸이는 긴박한 상황이 전개되었다. 도중에 치경이 나타나 도와주지 않았다면 세자는 큰일을 당했을지 모를 일이었다. 간신히 위기에서 벗어나 행궁도 습격을 받았다는 보고를 받았을 땐 가슴이 칼날에 베이는 것 같았다.

누이가, 어린 누이가 그곳에 있었다. 언제 어디서든 누이를 지켜주라는, 그 옛날 모후의 당부가 떠올라 세자는 눈시울이 뜨겁게 욱신거렸다. 그 말씀은 목숨을 바쳐서라도 따라야 할, 가엾은 어머니가 아들에게 남기신 마지막 유언이나 다름없었다.

오늘로 공주와 지평이 실종된 지 사흘이 되었다. 세자는 불안감을 견디지 못하고 대신들을 보았다.

"아무래도 내가 직접 나가 봐야겠습니다."

"저하, 고정하시옵소서. 지금 모든 인력을 동원해 공주 자가와 지평을 찾는 중이옵니다."

"언제까지 앉아서 기다리기만 하란 말입니까!"

세자가 영상에게 답답한 마음을 호소하는데 설핏 의식을 되찾은 상께서 기척을 내셨다.

"아바마마, 정신이 드시옵니까?"

황급히 다가간 세자가 부왕을 살폈다.

"은명이는…… 그 아이는……."

"성심을 편히 하소서. 곧 좋은 소식이 있을 것이옵니다."

왕의 허탈한 눈빛이 허공으로 향했다. 아직도 그 아이가 돌아오지 않았다는 사실을 받아들이기 힘들었다. 마음 놓고 한 번 안아 보지도 못한 여식이었다. 어미의 폐위를 막으며 태어난 효녀였지만, 그 때문에 부원군의 정적들로부터 눈엣가시와도 같은 취급을 받아 온 아이였다.

공주가 태어났을 때 혹여 중전과 딸아이가 그들의 화풀이 대상이 될까 봐 밤에 잠을 이루지 못하고 홀로 애를 끓였다. 어떡하면 화경궁의 모녀를 지킬 수 있을까, 지아비이자 아비인 그가 고심 끝에 선택한 방법은 수수방관이었다. 군왕의 눈 밖에 난 모녀로 각인시켜 그들의 관심에서도 영원히 멀어지도록 만들고 싶었다.

후에 기반을 닦고 어느 정도 목소리를 내게 되었으나 또 다른 이유로 공주를 가까이할 수 없었다. 어미를 똑 닮은 그 얼굴. 딸아이를 볼 때마다 그리운 그 사람이 떠올라 차마 입이 떨어지질 않았다. 그저 가끔 앞에 앉혀 놓고 물끄러미 바라보는 것으로 마음을 대신했다.

그사이 공주는 자랐고 이제는 아비를 어색해하며 눈도 마주

치려 하지 않았다. 그때마다 그는 임금 짓을 다 때려치우고 아버지로서만 살고 싶다는 생각도 들었다. 언젠가는 꼭 관계를 회복하고 싶었건만…….

아가, 너무 늦어버린 것이냐?

왕의 두 눈에 회한의 용루가 맺혔다. 그 모습을 지켜보는 세자도 억장이 무너지는데, 희립이 헐레벌떡 대전에 들어섰다. 정승들 뒤로 앉아 있던 예판은 자식의 칠칠치 못한 태도에 질겁하여 작게 꾸짖었다.

"어느 안전이라고 경거망동하는 것이냐!"

"소, 송구합니다."

희립은 빠르게 고개를 숙였다가 세자 쪽을 바라보았다.

"저하, 지평에게서 서찰이 당도하였나이다."

대전에 고요한 동요가 일었다. 모두의 시선이 그에게로 쏟아졌고, 세자는 서찰을 건네받아 허겁지겁 읽어내렸다.

"서찰을 가져온 자는 어디에 있는가?"

내용을 확인한 세자가 조급증을 드러냈다.

"익위사 숙직실에 데려다 놓았사옵니다."

"전하!"

왕은 긴말할 필요 없다는 듯 손을 내저었다.

"서찰을 이리 주고 너는 어서 가보아라. ……어서."

세자가 희립과 대전을 떠나자 상께선 중전과 상궁의 부액을 받아 몸을 일으켰다.

다급히 서찰부터 펼쳐 보았다. 힘이 없어 서찰을 쥔 손이 부들부들 떨렸지만, 글을 읽는 두 눈은 또렷하게 빛났다.

자세한 소식을 알 리 없는 대신들은 시시각각 안색이 급변하며 좌불안석이었다. 혜빈이 얽혀 있어 공주의 안위 여부에 따라 조정의 집권세력이 하루아침에 뒤바뀔 사안이었다. 한쪽 구석에서 죄인처럼 숨죽이고 있는 혜빈은 무슨 내용인지 궁금해 심장이 오그라들 지경이었다.

잠시 후, 서찰을 끝까지 읽은 왕은 아찔하다는 듯 눈을 감았다. 이윽고 눈을 떴을 땐 표정도 감정도 알 수 없는 좌상에게 시선을 돌렸다.

"김 지평이 공주를 구했구려. 고맙소, 좌상."

"망극하옵니다."

좌상은 평온하게 고개를 숙였다. 하지만 혜빈은 온몸에서 힘이 쫙 빠지며 조금이나마 안도했다. 어쨌든 최악의 사태만은 면하게 되었다.

누워 있는 병자 외에 성인 셋이 앉기도 버거울 정도로 비좁은 방 안. 세자는 깨끗한 천에 물을 적셔 누이의 말라붙은 입술을 축여 주었다. 차가운 감촉에 눈꺼풀 아래의 눈동자가 꿈틀꿈틀 움직이더니 한참 만에 눈이 열렸다.

"정신이 드느냐?"

세자의 안타까운 물음에 누이는 아무런 대답이 없었다. 미처 눈을 다 뜨지도 못하고 다시 스르르 눈꺼풀을 덮었다. 열이 올라 증세가 악화되었다더니 하도 울어 눈이 퉁퉁 부은 측근 궁녀들은 물론이요, 오라버니까지 알아보지 못하는 듯하였다.

"정신을 차리기가 힘든 모양이군."

세자의 애잔한 한마디에 최 상궁이 울먹거렸다.

"탕약을 드셔야 할 터인데……."

"중간에 멈춰서 먹이는 한이 있어도 한 식경 뒤에는 출발할 것이다. 최 상궁, 너는 자리를 지키고 있다가 공주가 깨어나면 지체 없이 탕약을 먹이도록 하여라."

"예, 저하."

세자는 걱정스럽게 누이의 머리를 쓸어 주고는 자리에서 일어나 방문을 나섰다. 밖에서 대기 중이던 서율이 예를 취하며 그를 맞았다.

"수고가 많았다, 지평. 자네에게 큰 은혜를 입었어."

"당치 않은 말씀이시옵니다. ……그보다 저하, 자객들의 시신이 전부 사라졌다 들었사옵니다."

"시신을 치운 게 맞았군."

세자의 분위기가 심각하게 일변했다.

"핏자국을 지운 흔적이 있어 어느 정도 짐작하고 있었네만, 정말로 그랬을 줄이야……."

"혜빈전의 나인에게서 가루가 나왔다는 게 사실이옵니까?"

"혜빈은 좌상의 동의 없이 움직이는 분이 아니시지. 물론 좌상께서 그리 무모한 분이 아니라는 것은 알고 있네. 그 아이가 재물에 눈이 어두워 단독으로 범행을 저질렀을 수도, 누군가 그 아이를 죽인 후 가루를 넣어 놨을 수도 있음이야."

"의심 가는 정황이 있다면 철저히 조사해 진상을 밝혀 주시옵소서. 저도 모르는 일이 집안에서 일어났을 수도 있는 일이옵니다. 하나 이번 사건이 매우 이상하다는 점은 알고 계셔야 하옵니다. 그들은 저하가 아닌 공주 자가께 집요하게 따라붙었습니다. 부수찬의 말을 들어보니 자가를 주목표로 삼았다고 해도 과언이 아닐 정도였습니다. 달성부원군과 적대 관계에 있는 이들을 전부 용의 선상에 두어야 할 것이옵니다."

서율의 말을 들을수록 세자는 착잡하기 이를 데 없었다. 얼마나 더 많은 시간이 지나야 이 지겨운 꼬리 물기를 다 끊어낼 수 있을지……. 묻고 싶은 것도, 상의해야 할 것도 많지만 일단은 속으로 삼켰다. 지금은 공주와 지평이 몸부터 추스르는 게 우선이었다.

"자네는 먼저 돌아가 휴식을 취하도록 하게."

"아직 버틸 만하옵니다."

"급할수록 돌아가야 하는 법. 지금 여기서 계속 이야기를 나눈다고 해도 달라지는 건 없네. 앞으로 해야 할 일이 많으니 오늘은 돌아가 치료부터 받게."

단호한 명령에 서율의 시선이 공주가 누워 있는 방으로 향했다. 그의 눈가엔 아쉬움과 걱정스러움이 가득했지만 사정을 모르는 세자는 직접 배웅하겠다며 오랜 지기를 독촉했다.

공주가 나인의 등에 업혀 나온 것은 그로부터 약 일각이 지난 후. 수많은 금군과 관군이 덩으로 향하는 공주께 고개를 숙였다. 하지만 그중 예도 취하지 못하고 안색이 파리해진 이가 하나 있었으니, 관군을 통솔하던 한성부의 관리 송가 익정이었다. 사대부가에서 나고 자라 누구보다 법도에 통달한 그이건만 감히 공주를 뚫어져라 주시하며 예도 올리지 못했다.

눈을 감고 있던 공주는 몸이 조금씩 흔들리자 가늘게 눈을 떴다. 주변을 확인하듯 불안하게 군졸들을 바라보다가 그와 시선이 마주쳤다. 익정은 사지가 급속도로 얼어붙는데 공주는 그를 보지 못했는지 스르르 눈을 감았다.

내가 지금 헛것을 보고 있나.

차라리 이것이 착각이라고 믿고 싶은데 눈앞에서 왔다 갔다 하는 최 상궁을 보는 순간 그마저도 불가하게 되었다. 그녀는 포도청에서, 화경궁 앞에서 명이 소저를 그림자처럼 따르던, 보통의 유모치곤 지나치게 도도하다고 느낀 여인이었다.

궁녀들을 지휘하는 품새나 차림새가 누가 봐도 영락없는 보모상궁이기에 다른 확인은 필요치 않았다. 명이 소저가 전하의 하나뿐인 적녀요, 화경궁의 주인인 공주이신 게 틀림없었다.

'저는 어리석고 못된 사람입니다. 나리께 거짓말을 한 것도 있습니다.'

호감을 표현했던 그날 명이 소저가 했던 말이 퍼뜩 떠올랐다. 공주 자가의 봉호가 은명이라는 것과 그분께서 마지막으로 피접을 다녀오신 지역이 강릉이었다는 것도 기억났다. 돌이켜보면 명이 소저가 공주라는 암시는 곳곳에 널려 있었다. 그럼에도 익정은 뭔가에 홀린 것처럼 명이 소저만 바라보고, 명이 소저가 하는 말만 곧이곧대로 믿었다.

세자와 공주를 호위하는 일에 차출되어 왔다가 이 무슨 날벼락이란 말인가. 그토록 보고 싶고 그리워했던 사람이 그 악명 높은 공주 자가셨다니.

익정은 실소해야 할지 원망해야 할지 갈피를 잡지 못했다. 수하의 질문에 또렷한 대답조차 내놓지 못하다 혼란스러움을 안고 행렬을 호위하기 위해 말에 오른 게 고작이었다. 휘하의 관군을 통솔해야 했지만 두 눈에 보이는 건 명이 소저가 타고 있는 덩뿐이었다.

'모처럼 오누이가 오붓하게 보내는 시간이었습니다. 전하의 환후 그리 중하지 않다는 어의의 말이 있었기에 그 시간을 방해하고 싶지 않았던 것입니다. 그런데 혜빈께선 대체 무슨 의도로 파발을 띄우신 겁니까?'

'아무것도 밝혀진 게 없는 건 사실입니다. 하나 아랫사람을 단속하지 못한 책임까지는 면하실 수 없을 겁니다.'

왕의 부름을 받고 대전으로 향하던 혜빈은 어제 중전이 야멸치게 쏟아낸 말들을 상기했다. 공주가 무사히 환궁한 지 어언 한 달, 범인은 여전히 오리무중이었고 혜빈의 입지는 최악으로 좁아져 있었다.

사실 내외명부의 야릇한 시선 따위야 아무래도 상관없었다. 문제는 백성들 사이에 나돈다는 참담한 소문이었다. 그들은 옹주를 의심에 찬 눈초리로 바라보았다. 옹주가 분풀이도 할 겸 동복오라버니인 정한군을 보위에 올리기 위해 좌상 몰래 이번 일을 꾸몄다고 수군거렸다.

비난의 화살이 죄 없는 자식들에게까지 향하니 혜빈은 견딜 수가 없었다. 자칫하다간 아이들의 목이 한꺼번에 날아갈 수 있는 매우 위험한 풍문이었다.

저 앞, 지엄한 대전이 서서히 그 위용을 드러냈다. 잠시 멈춰서 얼마간 대전을 주시하던 혜빈은 고운 입매를 비틀어 쓴웃음을 지었다.

"이십여 년간 수도 없이 드나든 대전이 오늘따라 왜 저리 오싹해 뵈는 것이냐."

"자가……."

충성스러운 상궁이 옆에서 눈물을 훔쳤다.

"마음이 약해지는 것을 보니 나도 이제 끝인가 보이."

혜빈은 자조적으로 피식 웃더니 마음을 다독이며 다시 걸음을 재촉했다.

그 시각, 대전에서는 이미 혜빈을 구명하기 위한 세자의 노력이 한창이었다.

"전하, 이번 일은 결코 혜빈이 관련된 게 아니옵니다. 공주와 옹주가 아웅다웅했던 것은 사실이나 그것은 어디까지나 이복자매간에 있을 수 있는 사소한 신경전에 불과하였나이다. 옹주가 심약한 아이라는 건 전하께서 더 잘 알고 계시지 않사옵니까. 혜빈 또한 그렇사옵니다. 성정이 괄괄하긴 하나 누군가를 해칠 사람은 절대 아니옵니다."

"중전은 아직 아무것도 모르고, 안빈은 후사가 없다. 다른 후궁들 역시 마찬가지다. 세자와 공주가 사라졌을 때 가장 득을 보는 이는 오직 혜빈뿐이다."

세자는 안타까움을 감추지 못했다. 혜빈과 옹주에게 튀는 불똥만큼은 어떻게든 막아 주고 싶었다. 하여 사건 이후 부지런히 대전에 들어 부왕을 설득해 봤으나 쉽지 않았다.

전하께선 그때마다 같은 말만 반복하며 일말의 틈도 내주지 않으셨다. 공주가 환궁하는 날부터 이미 결심하신 듯했다. 그 깊은 어심을 모르는 바 아니지만, 끝까지 막아 보고 싶었던 세자로서는 답답함이 앞섰다. 그때, 밖에서 내관의 목소리가 울렸다.

"전하, 혜빈 입시이옵니다."

혜빈의 도착을 알리는 전언이었다.

"세자는 이만 돌아가 보라."

왕은 혜빈을 들이고 냉정한 낯빛으로 세자를 물렸다. 세자가 쫓겨나듯 대전에서 물러가자 혜빈이 그 빈자리를 메웠다. 상과 단둘이 남게 된 그녀는 한껏 몸을 낮추고 자신의 억울함을 호소했다.

"전하, 궐 안팎에 무슨 소문이 돌고 있는지 신첩도 잘 알고 있나이다. 하나 그는 말도 안 되는 음해일 뿐 신첩과 옹주는 터럭만큼의 흑심도 품지 않았사옵니다!"

"과인도 그대가 그랬다고는 믿지 않소. 옹주는 더더욱 그러하오. 하나 세인의 이목이 쏠린 중차대한 사건이니만큼 이대로 그냥 두고 볼 수만도 없소. 아랫사람을 다스리지 못한 벌을 받는다 생각하고 정한군의 사저로 출궁해 자숙의 시간을 보내도록 하시오. 후에 사건의 진위가 밝혀지면 그때 다시 부르도록 하겠소."

왕의 대답과 표정은 추상과도 같았다. 고개를 숙이고 눈물을 글썽이던 혜빈은 그런 임금 앞에서 무람없는 헛웃음을 지었다. 그 웃음은 무엄한 듯하면서도 체념한 듯 보이기도 하였다. 혜빈은 숙였던 고개를 세우고 왕의 두 눈을 응시했다.

"아니요. 그런 날은 오지 않을 겁니다. 신첩에게는 위기이나 전하께는 절호의 기회가 아니시옵니까?"

"혜빈."

성상의 싸늘한 경고에도 혜빈은 위축되지 않았다.

"신첩이 입궁한 첫날부터 전하께서는 늘 이 혜빈을 출궁시킬 방법에 대해 고심하셨나이다. 이십여 년 만에 드디어 뜻을 이루게 되셨는데 다시 불러 주실 리 만무하지요."

왕은 부정하지 않았다. 그저 담담히 자신을 바라보는 지아비를 마주 보며 혜빈은 서러움에 목이 꽉 막혔다. 왕자와 옹주를 낳아드리고 강산이 두 번이나 변할 만큼 곁에서 모셔왔지만 한 번도 낭군이 되어주지 않으신 분. 끓어오르는 비통함에 뜨거운 눈물이 눈가에 차올랐다.

"……전하께서는 배고픔을 아시옵니까?"

하지만 격앙된 감정을 추스르며 의연하게 할 말을 다 했다.

"양반이라는 알량한 허울 덕에 밖에 나가 구걸조차 못 하고 피붙이가 굶어 죽는 것을 속수무책 지켜봐야 하는 그 비참함을 아시옵니까? 신첩은 그것을 잘 알고 있나이다. 뿐이옵니까, 지난 이십여 년, 궐에서 호의호식하면서도 오래전의 그 배고픔과 참담함을 한 번도 잊어 본 적 없었나이다."

"……."

"두 아우가 배를 곯다 세상을 뜨고 온 가족이 다 함께 드러누워 의식을 잃어가던 차였지요. 죽음의 문턱에 거의 도달했을 즈음 사지에서 돌아온 좌상께서 곡식을 들고 사가의 대문을 두드리셨습니다. 후궁 간택 문제로 신첩을 찾아오셨던 겁니다. 신첩은 망설이지 않고 좌상을 따라나섰나이다. 그 상황에서 신첩이 떵떵거리며 살기 위해 그러하였겠사옵니까? 배고픔을 면하기 위해, 피붙이가 헐벗고 굶주리다 죽어 가는 모습을 더는 보지 않기 위해 선택했던 것이옵니다!"

"혜빈……."

"나가라 하시면, 정한군이 보위에 오를 가능성이 사라지면 신첩이 죽을 만큼 억울해할 거라 생각하시옵니까? 만약 그러하시다면 그건 오산이시옵니다. 신첩은 단지 배고픔을 면하기 위해 이 자리를 독하게 지켜온 사람입니다. 사가로 내쫓긴다 한들 그것이 무슨 상관이란 말입니까. 곡식이 그득 찬 든든한 곳간이 있는 곳이라면 그곳이 신첩에겐 안락하고 편안한 대궐입니다!"

혜빈은 어느새 폭포수 같은 눈물을 쏟고 있었다. 잠시 눈을 감고 격해진 감정을 다스리더니 다시 눈을 뜨고 차분하게 요청했다.

"정한군과 옹주의 안위를 평생토록 보장하여 주소서. 그렇게만 해 주시면 신첩, 정한군의 사저에서 남은 생을 보내다 눈을 감겠습니다."

"정한군과 옹주도 나의 자식이오."

"하면 약조해 주신 것으로 믿고 오늘은 이만 물러가겠나이다."

혜빈은 예를 올리고 서둘러 뒷걸음질하였다. 왕은 그런 모습을 냉담하게 바라보다 문이 닫히고 나서야 쓰린 기색을 드러냈다. 혜빈과 옹주에게 잘못이 없음을 안다는 그의 말은 진심이었다. 그러나 혜빈이 나가야 좌상의 기세가 수그러들고, 좌상의 세가 약해져야 세자가 기반을 잡을 수 있게 된다.

잦은 병치레로 세자에게 정무를 맡기는 날이 부쩍 늘어나고 있는 요즘, 생명이 꺼져 가는 임금이 아들을 위해 해 줄 수 있는 게 무엇이 있을까. 할 수 있는 일이라곤 주변을 정리하고 다음 보위를 단단히 다져 주는 것뿐이다.

재위 기간 내내 신하들의 눈치를 보느라 뜻 한 번 제대로 펼치지 못했던 고단한 이 삶을 세자에게 고스란히 물려주긴 싫었다. 영민하고 올곧은 세자만큼은 모두가 우러러보는 성군이 되어 주길 바랐다. 그러려면 우선 이쯤에서 혜빈이 대궐을 비워 주어야 할 필요가 있었다. 군왕이란 때때로 품 안의 가족마저 정치적으로 이용하고 희생시킬 줄 알아야 하는 비정하고도 파렴치한 자리.

사가에서 내 욕이나 실컷 퍼부으며 속 편하게 사는 것도 즐거울 것이오.

쓸쓸히 미소 짓는 성상의 얼굴에 고단하고 외로운 기색이 역력히 퍼져 갔다.


대전을 급히 빠져나가던 혜빈은 순간 움찔하여 숨을 들이켰다. 길목에서 좌상과 우연히 맞닥뜨려 가슴이 덜컥 떨어졌다. 당황한 혜빈은 빠르게 눈물을 훔치고 애써 태연한 척 안부부터 챙겼다.

"지평은 좀 어떻습니까?"

돌아오는 대답은 없었다. 좌상은 날카로운 눈빛을 빛내며 물끄러미 주시할 따름이었다. 그 시선에 기가 죽어 혜빈은 할 수 없이 있는 그대로의 사실을 털어놓았다.

"출궁하게 되었습니다. 더는 버틸 수가 없었습니다."

"……."

"대감께 많은 신세를 졌는데 도움을 드리지 못해 면목이 없습니다."

불편한 침묵이 어색해 혜빈은 힘없이 고개를 수그리는데, 예상치 못한 대답이 돌아왔다.

"수고하셨습니다."

목소리는 평상시와 다름없이 건조했지만 분명 질책이 아닌 감싸는 듯한 어조였다. 놀란 혜빈이 고개를 들어 좌상을 보았다. 표정 없는 저 얼굴이 오늘따라 사람을 뭉클하게 하였다.

"대감……."

"번잡한 대궐을 벗어나 사저에서 손주들의 재롱을 즐기며 마음 편히 사는 것도 좋으실 겁니다. 다른 것은 몰라도 여생을 편히 지내실 수 있도록 이 사람이 끝까지 책임지겠습니다. 그동안 고생 많이 하셨습니다."

혜빈은 왈칵 눈물이 솟구쳤다. 언제나 과묵하고 표정이 없어 좌상은 혜빈에게도 어렵고 무서운 분이었다. 죽는 그날까지 가까워질 수 없을 거라고 여겼는데 벼랑 끝으로 내몰린 최악의 상황에서 이렇게 손을 내밀어 주실 줄이야. 서러움과 안도감이 한꺼번에 밀려와 감정을 다스릴 수 없었다. 혜빈은 무뚝뚝한 좌상 앞에서 눈물을 펑펑 쏟아내고 말았다.

오랜만에 서율이 자선당에 들었다. 왼쪽 어깨에 아직 통증이 남았으나 그런대로 거동하는 데 불편함이 없었다. 공손히 예를 올리고 자리에 앉자 세자는 안부를 묻는 한편 혜빈의 일로 미안함을 감추지 못했다.

"몸이 부서져라 공주를 지켜줬는데 일이 그렇게 되어 자네에게 면목이 없네."

"괘념치 마시옵소서. 저하께서 그러실 일이 아니옵니다."

처음부터 혜빈의 출궁은 피할 수 없었다. 꼭 이번 일 때문이 아니더라도 전하께서 기회를 노리고 있었음은 어느 정도 짐작하고 있었다. 하나 불명예를 뒤집어쓰게 된 만큼 왕실의 안녕과 혜빈 모녀의 명예를 회복하기 위해서라도 진범을 밝히는 데 최선을 다할 생각이었다.

"급한 일이라는 게 무엇인가?"

"낭청의 밑에서 서기로 일하던 자가 목을 매었습니다."

"뭐라? 자진하였단 말인가?"

뜻밖의 소식에 세자가 기함하여 외쳤다.

"살해를 당한 후 자진한 것처럼 위장되었습니다. 집 안은 전부 비어 있고, 낭청은 이미 도주하였습니다."

치료를 받던 서율은 혹시나 하는 마음에 낭청의 서기와 접촉을 시도했다. 보통 그럴 때면 하루 이틀 내로 소식이 오기 마련인데 이번에는 아무리 기다려도 감감무소식이었다. 기다리다 못한 그는 낭청의 집까지 직접 쫓아갔다.

대낮인데도 집 안팎에 적막이 흐르는 게 대번에 불길한 예감이 들었다. 급히 수하들을 들여보내 은밀히 살피게 했더니 참혹한 소식이 전달되었다. 내내 잠복해 있던 수하들을 추궁하자 그들은 서율의 행방불명 소식에 한 식경 정도 자리를 비웠음을 실토했다. 아마도 낭청은 잠복해 있던 그들을 계속 주시하다 잠깐의 틈을 이용해 일을 벌인 듯했다.

"아무리 그래도 그렇지, 살인을 저지르다니!"

세자는 낯빛이 푸르게 질려 분노했다. 조정의 관리였던 자가 모든 것을 버리고 그렇게까지 했다는 게 묵직한 충격으로 다가왔다. 꼬리를 잡았다 싶으면 이내 몸통을 숨겨버리는 저들. 이토록 실마리가 잡히지 않는 사건은 서율에게도 실로 처음이었다.

"혹 청월관 수사를 눈치채고 시선을 돌리기 위해 행궁을 습격했던 것인가?"

눈을 가늘게 뜨고 혼잣말하듯 중얼거린 세자는 추측을 뒤로 미루고 먼저 망자와 그 가족부터 챙겼다.

"일단 서기의 장례를 후하게 치러 주게. 남은 식솔이 생계를 걱정하지 않아도 될 만큼 몫을 챙겨 주도록 하고."

"예, 저하."

"이거야 원…… 진상품 관련 사건도, 행궁에서의 사건도 점점 오리무중이 되어 가는군. 죽은 궁녀에게선 특이한 점이 없었네. 그 아이를 죽이고 가루를 넣어 둔 것으로 봐도 무방할 듯싶으이."

"모든 것을 염두에 두고 수사 중이옵니다."

"그나저나, 자네가 행궁에 도착하기 전에 자객을 막았다는 자는 찾아보았는가? 공주는 너무 어두워 얼굴을 보지 못했다고 하더군."

짐작 가는 바가 전혀 없는 것은 아니다. 그래도 확실하지 않으니 모든 것을 확인하기 전까지 그 문제에 관해선 신중해야 했다.

"단서가 잡히는 대로 아뢰겠사옵니다. 그보다 먼저 저하의 호위 인력을 늘려야 합니다. 정한군과 옹주의 사가에도 무사들을 은밀히 배치하여 주소서."

"이미 그렇게 해두었네. 공주까지 화경궁으로 돌아가면 그 문제도 꽤 복잡해질 것이야."

거의 감정변화가 없었던 서율은 세자가 공주를 거론하자 명한 표정이 되었다.

"뭘 그리 놀라는가?"

"황공하옵니다. 저하께서 다시는 공주 자가를 궐 밖으로 내보내지 않으실 줄 알았기에 조금 놀랐사옵니다."

"그러려고 하였지."

세자는 갑자기 쯧, 혀를 차며 못마땅한 심기를 노골적으로 드러냈다.

"그런데 어디 내 말을 순순히 따르는 아이인가. 계속 궐에 두었다간 과로로 쓰러질 판이라네."

"그게 무슨 말씀이시옵니까?"

서율은 어리둥절하여 되물었지만 세자는 홀로 무언가를 떠올리며 어이없다는 듯 이맛살만 찌푸렸다. "허 참, 내 정말 기가 막혀서."라고 중얼거리며.

연분홍 치마에 새하얀 모시 저고리만 입은 은명이 6월의 땡볕 아래 끙끙거리며 대궐 후원을 걸었다. 한쪽 팔을 부액 중인 최 상궁은 수건으로 은명의 이마에 흐르는 땀을 연신 닦아 주며 울상이었다.

"공주 자가, 이리 무리하시다 도리어 몸져누우실까 소인 두렵사옵니다."

"어의가 많이 움직여야 빨리 낫는다고 하지 않았느냐. 밖에 나가 해야 할 일이 산더미처럼 쌓여 있거늘, 취연당에 처박혀 낫기만을 바라고 있을 수는 없다."

궐에서 지내기 시작한 지 벌써 달포하고도 열흘이 넘었다. 절대로 자의는 아니었다. 처음 환궁해 신열이 펄펄 끓는 중에도 정신만 들었다 하면 화경궁으로 돌아가겠다고 고집을 부리다 세자의 분노를 샀다. 혼쭐이 난 은명은 잠시 주춤했다가 곧 단식에 돌입, 급기야 어의에게서 괜찮다는 말이 떨어지면 내보내 주겠노라, 약조를 받았다.

은명은 그길로 내의원의 의관과 의녀들을 불러들여 옥체를 빨리 낫게 하라며 그들을 들들 볶았다. 본인 스스로도 건강 회복에 적극 열의를 보였다. 쓰디쓴 탕제를 닥치는 대로 퍼마시는 것은 물론 요즘은 운동을 한답시고 넓디넓은 대궐을 온종일 절뚝거리며 돌아다니고 있었다.

공주가 건강을 되찾으려 노력하는 것은 기쁜 일이었지만 정도가 심해지니 지켜보는 이들은 노심초사하였다.

"자가, 과유불급이라 하였나이다. 궐 밖에 무슨 할 일이 있다고 이러시옵니까?"

"내가 그저 놀고먹기만 하는 사람이었더냐?"

"그런 뜻이 아니오라……."

"되었다. 지금은 운동에만 집중해야 할 시간이니라."

걱정해주는 최 상궁을 면박 주는 게 미안했지만 입을 다물게 하려면 이 수밖에 없었다. 밖에서 중요하게 만나야 할 남정네가 셋이나 된다고 어찌 털어놓을 수 있을까.

은명은 밖에서 제륜 오라버니를 기다려야 한다. 화경궁으로 찾아오겠다, 확답해 주신 적은 없지만, 궐에서는 아예 그럴 가능성조차 없었다. 그나마 오라버니와 재회할 기회라도 얻기 위해선 거처를 화경궁으로 옮겨야 한다.

송 판관을 찾아가 사과도 해야 한다. 환궁하던 날 우연히 그와 눈이 마주쳐 가슴이 철렁하였다. 몸이 괴롭고 당혹스러워 눈을 감고 말았으나 신분을 속이고 그를 놀라게 한 점은 기필코 사죄해야 할 부분이었다.

마지막으로 김서율도 있었다. 그를 만나 강론을 재개하고, 산속에서 함께하며 형성된 그 분위기를 계속해서 이어 가고 싶었다. 그가 그리웠다. 보고 싶었다. 꼭 안아 주던 따뜻한 품과 든든했던 등, 환히 웃어 주던 다정한 미소까지. 당시에는 정신이 없어 아무 생각도 할 수 없었는데 돌이켜보면 정말 부끄러우면서도 만족스러운 순간이었다. 어쩐지 더 가까워진 느낌이었다.

은명이 안달복달하는 이유도 거기에 있었다. 가까워졌을 때 자주 얼굴을 맞대며 친근해져야 하는데 이리 무턱대고 떨어져 지내다 그가 다시 예전처럼 거리를 둘까 봐 불안하고 초조했다. 많은 것을 바라는 건 아니었다. 그저 그와의 사이에 존재했던 냉기를 걷어내고 산속에서처럼 웃으면서 마주할 수 있게 되길 바라고 있다.

스승님이 먼저 찾아와 주시면 좋으련만…….

안타깝게도 서율은 먼저 찾아와 주는 사람이 아니었다. 그렇다면 제가 빨리 몸을 회복해 찾아가는 수밖에. 은명은 자극을 받아 갑자기 더욱 빠르게 걷기 시작했다. 찾아가는 건 언제나 자신의 몫이었으므로 창피할 것도 없었다.

공주가 또 열을 내며 안간힘을 쓰자 최 상궁은 기겁을 하였다. 어쩔 수 없이 쫓아가면서도 걱정의 목소리를 높였다.

"자가, 고정하시옵소서! 벌써 반 시진도 넘게 쉬지 않고 걸으셨나이다."

"괜찮다. 앞으로 한 식경은 더 걸을 수 있다."

이마에 송골송골 맺혀 있는 땀을 소매로 닦으며 은명은 극성스럽게 걷는 일에 매진했다.

누리달의 따스한 바람을 타고 여인들의 즐거운 웃음이 허공으로 흩어졌다. 내외명부 여인들이 한자리에 모여 다식을 들고 있는 후원의 누각. 소리만 듣자면 화기애애한 분위기일 것 같은데 사실 그곳은 한 공간 안에 각기 다른 기류가 확연히 나누어져 조성되었다.

중전을 위시한 여러 후궁과 부부인, 외명부의 여인들은 유쾌한 웃음을 나누었고, 혜빈을 위시한 옹주, 좌상 댁 정경부인, 그리고 몇몇 외명부의 부인들은 차갑게 굳은 얼굴이었다. 여기에 어느 쪽 장단도 맞출 수 없는 세자빈과 안빈은 그들 사이에 끼어 울지도 웃지도 못하는 형편이었다.

인생무상이라 하였던가. 20여 년간 내외명부를 주름잡았던 혜빈의 위세는 하루아침에 바닥으로 떨어져 측은할 지경이었다.

"혜빈, 궐에서 즐기는 마지막 연회가 아닙니까. 편안한 마음으로 이 시간을 즐기도록 하세요."

"예, 마마. 그리하고 있사옵니다."

중전의 말에 혜빈은 긍정의 대답을 내놓았다. 노련하게 미소까지 짓긴 했어도 임금의 눈 밖에 난 후궁의 설움을 톡톡히 실감하는 중이었다.

중전은 위로랍시고 연회를 열어 출궁을 하루 앞둔 혜빈을 억지로 끌어다 이 자리에 앉혔다. 게다가 어머니가 걱정돼 아기와 함께 찾아온 옹주를 곧장 이리로 불러 따가운 눈총까지 받게 했다. 뜻하지 않게 이 자리에 끌려와 벌게진 얼굴로 아기만 내려다보는 옹주를 보고 있자니 속에서 울화가 치밀었다.

평소 같으면 벌써 따지고 들었을 것이나 이번만큼은 혜빈도 이상하게 위축되었다. 함부로 입을 열지 못하고 불편하게 자리를 지키고만 있었다.

"자, 출궁한 뒤에도 가끔 대궐에 놀러 오십시오. 사가에서 편히 지내시다 모임이 있을 때마다 한 번씩 들르면 되지 않겠사옵니까. 그편이 외려 지루하지 않을 것이옵니다. 아니 그렇사옵니까, 중전마마."

차 귀인의 말에 중전이 곤란한 미소를 지었다. 여유롭게 차를 마시며 아무렇지 않게 혜빈의 가슴에 생채기를 내었다.

"물론 그러셔야지요. 하나 당분간은 조용히 자숙하시는 게 좋을 겁니다. 아직 진상이 밝혀지지 않았을뿐더러, 궐 안팎에 엉뚱한 오해를 하는 자들도 많다 들었습니다."

보희의 핀잔에 주변이 썰렁하게 얼어붙었다. 곁에 있던 부부인도 입술을 잘근 깨물었다. 혜빈보다 좌상 댁 정경부인의 눈치를 더 많이 살피던 보희의 모친은 안 그래도 불안해하던 차였다. 함께 호호거리기는 했어도 여식이 도를 넘어서자 더는 두고 보지 못하고 서둘러 화제를 돌렸다.

"참, 공주 자가께서는 어떠하시옵니까? 여전히 옥체 불편하신 건지요?"

"좋아지고는 있으나 그리 끔찍한 일을 겪었는데 어디 쉬이 나을 수 있겠습니까."

"저는 괜찮습니다."

중전의 대답이 끝난 직후 낯선 목소리가 들렸다. 부인들은 일제히 소리가 들려온 입구 쪽으로 고개를 돌렸다. 그곳에는 치마에 저고리만 입은 채 당당하게 서 있는 한 처자가 있었다.

궐에서 당의를 갖춰 입지 않고 저리 떳떳할 수 있는 사람은 딱 한 명밖에 없었다. 부인들의 눈이 저마다 커지는 가운데 크게 놀란 빈궁이 가장 먼저 달려 나갔다.

"공주, 괜찮으십니까? 얼굴이 어찌 이리 달아올라 계십니까?"
"덥사옵니다. 시원한 것 좀 마실 수 있을까요?"
"물론입니다. 얼른 가서 얼음을 띄운 화채를 내오너라."

빈궁은 궁녀에게 명을 내리고 은명을 부액했다. 은명이 절뚝거리며 자리로 가 앉는 동안 비빈과 외명부의 여인들은 얼이 빠져 시선을 집중했다. 그들과 거의 척을 지다시피 했던 공주가 이런 자리에 스스로 나타났다는 게 믿어지지 않는 눈치였다.

모두가 어리둥절해하는 사이 얼음을 띄운 화채가 나오자 은명은 정신없이 들이켰다. 궁녀들은 주위에 들러붙어 부채질을 시작했다.

"운동을 하셨습니까? 너무 무리하시면 되레 탈이 날 수도 있습니다."

"공주, 이리 다니셔도 괜찮은 겁니까?"

빈궁의 우려 섞인 말이 끝나자마자 중전이 별 감흥 없는 목소리로 안부를 물었다.

"어의가 자주 움직이라고 하였습니다."

"그래요? 한데 어쩐 일로 이런 자리에 다 들르셨습니까?"

"옹주의 아기를 보러 왔습니다. 소녀가 화경궁에 머무는 바람에 아직 조카 얼굴도 한 번 보지 못하였습니다."

공주를 호기심 어린 눈길로 바라보던 외명부의 부인들을 비롯해 중전과 혜빈, 옹주까지도 모두가 놀라 입이 살짝 벌어졌다.

"아기를 안아 봐도 되겠습니까?"

"무, 물론입니다."

은명이 스스럼없이 묻자 혜빈과 옹주는 당황하면서도 아기를 넘겨주었다. 빈궁의 도움을 받아 아기를 안아 든 은명은 작고, 보드랍고, 옹주를 닮아 어여쁜 남아를 바라보며 편안한 미소를 지었다.

"옹주를 닮아 이목구비가 오밀조밀한 게 참으로 어여쁩니다."

"그렇사옵니까."

혜빈은 대꾸를 하면서도 심경이 복잡했다. 도대체 공주가 무슨 의도로 저러는지 알 수가 없었다. 자신과 옹주를 망신 주고 싶은 것 같기도 하고, 순수하게 아기가 보고 싶어 온 것 같기도 했다.

저의가 무엇인지 모르겠으나 오늘만큼은 제발 후자 쪽이기를 바랐다. 자신과 옹주가 의심받고 있는 상황에서 직접적인 피해자인 공주의 공격까지 받게 되면 처지는 더욱 곤란해질 수 있었다. 진범이 잡히지 않는 이상 영원히 몰염치한 인간으로 낙인찍힐지도 모를 일이었다.

"참, 혜빈께서 내일 출궁하신다고 들었습니다."

"예. 그리되었습니다."

질문의 속뜻을 알 수 없어 혜빈은 창백히 굳었다. 반면 은명은 특별한 표정 변화가 없었다. 두 사람의 해묵은 관계를 익히 알고 있던 주위 사람들은 흥미진진한 얼굴로, 또는 걱정스러운 얼굴로 사태를 지켜보았다.

"간혹 정한 오라버니께서 화경궁에 놀러 오기도 하십니다."

"안 그래도 가끔 전해 듣고 있었습니다. 정한군이 좋아하는 정과도 종종 보내주신다고요. 그동안 감사 인사도 드리지 못하였습니다."

"다음에 정과를 보낼 땐 국화차도 같이 보내드리겠습니다."

혜빈은 속에서 뜨거운 응어리가 울컥 솟구쳤다. 자신이 국화차를 즐겨 마신다는 건 널리 알려진 사실이었다. 그런 자신에게 정한군을 들먹이며 좋아하는 차를 보내주겠다는 건 무슨 의미일까. 혜빈은 공주가 전자도 후자도 아닌 순전히 자신과 옹주를 도와주기 위해 이 자리에 온 것임을 직감했다.

보일 듯 말 듯 눈에 물기가 차올라 먹먹해진 가슴으로 공주를 보았다. 바로 옆자리에 있었다면 툭 터놓고 말하고 싶었다.

이리 초라하게 앉아 당하고 있는 꼴이 안돼 보이더이까? 그 오랜 세월 아옹다옹 싸우다 보니 미운 정이라도 단단히 박히신 모양입니다. 그렇다면 내친김에 확실히 도와주시지요. 이 사람이 아주 열불이 나서 못 살겠습니다.

공주의 사근사근한 음성과 상냥한 시선에 확신한 혜빈은 한 술 더 떠 과감하게 내질렀다.

"제가 아랫사람을 단속하지 못해 공주께서 크나큰 고초를 겪으셨습니다. 허물이 그렇듯 위중하거늘 어찌 감히 선물까지 받을 수 있겠사옵니까."

"아닙니다. 혜빈께서 보내주신 효갈비를 맛있게 먹었는데 그로 인해 된서리 맞으셨으니 안타까울 뿐입니다. 어쩔 수 없이 그리되긴 하였으나 누가 감히 혜빈의 진심을 의심하겠습니까."

"안 그래도 요즘 쑥덕이는 소리로 귀가 따가울 지경이었는데, 그리 말씀해 주시니 망극하옵니다."

"생각 없고 할 일 없는 자들이 쓸데없이 지껄이는 소리입니다. 그런 소인배들의 잡담은 한 귀로 듣고 한 귀로 흘려버리세요."

은명의 마지막 한마디로 분위기는 순식간에 역전되었다. 초반에 웃던 이들은 졸지에 소인배가 되어 웃음을 잃었고, 딱딱하게 굳어 좌불안석이었던 이들은 개운한 표정으로 얼굴 가득 웃음꽃을 띄웠다. 그 꼴을 보고 은명은 속으로 혀를 끌끌거렸다.

20년 넘게 알랑거리더니 하루아침에 돌아앉아? 하여간 인정머리들 하고는…….

삽시에 얼굴이 굳어진 이들을 흘끗거리며 은명은 설핏 못마땅함을 드러냈다. 사실 왜 이렇게까지 나섰는지 스스로도 딱히 정의할 수 없었다. 근처를 지나다 우연히 혜빈과 옹주의 처지를 목격했고 그대로 보아 넘기지 못했다. 부딪칠 때마다 가차 없이 두 사람을 눌러온 자신이지만 막상 그들이 당하는 꼴을 보고 있자니 속이 불편했다.

어찌되었든 옹주와는 피를 나눈 가족이요, 혜빈은 정한군의 모친이었다. 저들에게 쏟아지는 싸늘한 시선만은 막아 주고 싶다, 그런 생각을 하다 정신을 차려보니 어느새 누각 안으로 뛰어 들어와 있었다. 도둑질도 손발이 맞아야 할 수 있는 법, 다행히 눈치 빠른 혜빈이 손바닥을 짝짝 맞춰 주어 훌륭한 결과를 만들어낼 수 있었다.

혜빈 특유의 유쾌한 웃음소리가 다시금 후원을 점령했다. 그 어느 때보다도 밝고 시원한 웃음이었다. 연회는 지금부터가 진짜 시작이었다.

다음 날, 출궁을 앞둔 혜빈이 하직 인사를 올리려 대전으로 향했다. 입구에 막 들어서는데 마침 전하를 뵙고 나오던 중전과 마주쳤다. 중전은 새초롬하게 그녀를 봤지만 혜빈은 한결 여유로운 낯으로 웃전을 뵈었다.

"대전에 들렀다 곧 찾아뵙겠나이다."

"취연당으로 가는 길입니다. 그냥 여기서 하시지요."

"그렇다면 주변을 물려주소서."

뜻밖의 요청에 중전은 냉소했다.

"왜요, 이 사람을 혼내기라도 하시렵니까?"

"궐 생활을 오래 했던 연장자로서 진심 어린 충언 하나 해드리려 하옵니다. 아랫것들이 있는 자리라도 상관없으니 마마의 뜻대로 하소서."

보희는 마뜩잖은 눈길로 궁녀들을 물리고 혜빈을 보았다.

"부디 그 진심 어린 충언이 쓸모 있는 내용이기를 바랍니다."

혜빈은 중전의 비아냥거림에 빙긋 웃더니 직설적으로 말했다.

"전하께서 총애하는 분은 마마가 아니시옵니다."

"뭐라고요?"

"전하께서도 언젠가 깨닫게 되시겠지요. 중전마마께서는 그분이 아니라는 것을 말이옵니다. 그 누구도 전하께 효경왕후마마를 대신할 순 없을 것이옵니다."

혜빈도 내관들의 입소문을 통해 들은 이야기였다. 어느 봄날, 꽃비가 떨어지는 매화나무 아래에 한 규수가 시름에 잠긴 채 서 있었다고 한다. 우연히 근처를 지나던 안영대군께서 흩날리는 매화 꽃잎 속의 규수를 보고 오랫동안 한자리에 머물러 계셨다고 들었다. 그 규수가 바로 서윤영, 승하하신 뒤에도 전하의 마음을 틀어쥐고 있는 세자와 공주의 모후였다.

전하께서 보희를 처음 보았던 그날, 꽃비를 맞으며 시름에 잠겨 있는 모습에서 잠시나마 마음속 정인을 떠올렸을 것이다. 찰나의 우연으로 쉬이 중전에 오르고 왕의 총애를 받고 있으나 그것은 어디까지나 누군가의 미약한 그림자에 지나지 않았다.

오랜 세월 지아비의 껍데기만 붙잡고 살았던 사람으로서 앞으로 그림자가 되어 살아갈 중전에게 약이 되는 쓴소리를 한 번쯤은 해주고 싶었다. 아직은 젊고 어린 그녀의 아름다운 장래를 위하여.

"혜빈, 그걸 지금 충언이라고 하는 겁니까?"

"어릴 적 품었던 연정을 지워내고 오직 전하 한 분만을 바라보시옵소서. 그것이 마마께 드리는 이 사람의 진심 어린 충언이옵니다."

뼈있는 충고에 보희가 뜨끔하여 확인했다.

"그게 무슨 말씀이십니까?"

"마마께서는 심성이 곱고 따뜻한 분이셨나이다. 언제나 신중하고 조심스러운 분이었지요. 한데 어찌하다 그리 중심을 잃으셨사옵니까? 취할 수 없는 이를 향한 연모의 정이 마마를 그토록 변하게 한 것이옵니까?"

정곡을 찌르는 질문에 보희는 언짢은 기색을 드러냈다. 혜빈은 멈추지 않았다.

"다 보이옵니다, 마마. 남들은 어떠할지 몰라도 이 사람의 눈을 피해 가실 수는 없사옵니다. 더 늦기 전에 마음을 비우고 정리하소서. 지평과의 사사로운 인연은 이미 끝난 것이옵니다. 궐로 들어오시며 마마 스스로 그리 만들지 않으셨사옵니까? 그만 집착을 버리셔야 하옵니다."

"집착······ 이라고요?"

"칠전팔기, 십벌지목. 그 모든 끈기가 다 위대한 것은 아니옵니다. 자고로 세상엔 피나는 노력으로도 어찌할 수 없는, 불가항력이라는 게 존재하기 때문이지요. 순리를 거스르고 허무맹랑한 망상을 목표로 삼는다면 다치는 건 자기 자신일 뿐. 그럴 때일수록 깨끗이 단념하고 새로운 길을 모색해야 하는 것이옵니다. 사람들은 그것을 현명한 단념이라 부르고 있지요."

중전의 입가가 바르르 떨렸다. 그 모습을 가까이서 지켜보면서도 혜빈은 거침이 없었다.

"마마의 마음을 지평이 알고는 있습니까?"

"······."

"마마께 현명한 단념이 필요한 이유이옵니다. 앞으로는 그저 전하만을 바라보시옵소서. 그렇지 않다면 마마께서 계시는 그 자리 또한 영원히 계속될 거라 그 누구도 장담할 수 없을 것이옵니다."

"다 하셨습니까?"

"예전의 모습을 회복하시어 강녕하시길 바라옵니다."

혜빈은 깊이 허리를 굽혀 반절한 후 조용히 물러났다. 궐에서 잔뼈가 굵은 그의 관록과 기에 눌린 것인지 중전은 창백히 질린 얼굴로 오래도록 그 자리에 머물러 있었다.

 왕과 혜빈이 20여 년 만에 갑주를 훌훌 벗어던지고 편안한 얼굴로 서로를 마주했다.
 "과인에게 서운하시오?"
 "늘 옹주의 손을 잡고 산책하셨으나 공주 자가를 향한 마음이 더 크시다는 것을 알았을 때, 그땐 정말 서운하였나이다. 하오나 지금은 아니옵니다. 후사가 없는 다른 후궁에 비하면 팔자가 더없이 좋은 편이옵니다. 남은 평생을 자손들과 함께 보낼 수 있을 거라 생각하니 궐 밖에서의 생활도 기대가 되옵니다."
 혜빈의 담담한 대답에 왕은 입가를 부드럽게 이완했다. 언제 보아도 배포 하나는 시원시원한 여인이었다.
 "그대에게 나쁜 감정이 없다는 사실만 알아주시오."
 "예, 전하. 군왕으로서 내리신 결단이었음을 신첩도 잘 알고 있사옵니다."
 "설령 과인에게 변고가 생겨도 세자가 그대와 정한군, 그리고 옹주를 지켜줄 것이오. 궐에서 있었던 나쁜 기억은 모두 지우고 사가에서 아이들과 행복하기를 바라오. 혹 먹고 싶은 궐음식이 있으면 참지 말고 언제든 수라간에 기별을 보내고. 내이미 수라간 최고상궁에게 당부해 두었다오."
 왕의 진심 어린 발언에 혜빈은 감정이 북받쳐 올랐다. 마지막에서야, 마지막이 되어서야 진짜 안사람에게 하듯 편하게 대해 주는 모습이 서글펐다. 20여 년을 살면서 처음이자 마지막으로 말이다. 혜빈은 자꾸 뜨거워지는 눈시울을 감추고 부러 더 밝은 표정을 지었다.

"시각이 지체되었사옵니다. 이만 하직 인사를 올리겠나이다."

출궁이라는 새로운 길을 받아들인 혜빈은 자리에서 일어나 양손을 정갈하게 모았다.

"부디 수복강녕하시옵소서."

좌상의 세력을 대표하는 후궁이 아닌 오직 지아비를 염려하는 내자의 마음으로 혜빈은 정성껏 큰절을 올렸다. 그 모습을 지켜보는 왕의 얼굴에도 편안한 미소가 떠올랐다.

은은한 달빛, 빛나는 햇살

푸르게 우거진 나무가 절정의 빛깔과 생기를 자랑하는 8월 초 대궐. 빈궁전으로 향하던 보희는 문득 보이는 반가운 얼굴에 환한 미소를 지었다. 궐에서 김서율을 만난 건 이번이 처음이었다. 가까이 다가가려 방향을 바꾸는데 일순 표정이 딱딱하게 굳어 두 발을 멈췄다.

서율은 주변에 누가 있든 관심 두지 않았다. 건강을 회복한 그가 오로지 응시하고 있는 곳은 저 멀리 공주가 거처하고 있는 취연당. 그곳을 바라보는 아련한 눈빛을 견딜 수 없어 보희는 기어이 다가가 말을 걸고 그의 시선을 자신에게로 거두어들였다.

"이렇게도 뵙습니다."

갑작스러운 물음에 서율이 뒤를 돌아보았다. 중전과 눈이 마주치자 고개 숙여 인사를 올렸다.

"중전마마."

"몸은 괜찮으십니까?"

"많이 호전되었습니다."

"닷새 뒤면 공주도 화경궁으로 돌아갈 겁니다."

"예. 자선당에서 들어 알고 있사옵니다."

"그러셨군요."

보희는 짧게 대꾸하면서도 표정이 좋지 않았다. 곧 공주가 나갈 것을 알면서도 애틋하게 취연당을 바라보았다는 사실에 기이하게 부아가 돋았다. 보희 자신도 모를 일이었다. 왜 그와 공주만 생각하면 이리도 열불이 치솟는 것인지, 왜 공주는 되는데 자신은 안 되었던 것인지.

흉흉하게 물결치던 반감은 결국 심술이 되어 공주를 겨냥했다.

"지평께선 공주에게 할 만큼 하셨습니다. 앞으로는 거리를 두도록 하세요. 강론을 중단하는 문제도 그렇고, 좌상께서 아무런 말씀도 안 하셨습니까?"

"강론은 중단하지 않을 것이옵니다."

서율의 대답은 정중하면서도 빈틈없이 단호했다.

"계속하시겠단 말입니까?"

"중단해야 할 이유가 없사옵니다."

"공주는 서한철의 손녀입니다!"

보희는 정색하며 소리쳤다. 서율은 조금의 동요도 보이지 않앉다.

"공주께서는 전하의 소생이요, 중전마마의 여식이 되는 분이 옵니다. 케케묵은 과거를 말씀하시는 거라면 마마의 본곁과 저희 집안 역시 똑같은 방법으로 그들에게 갚아 주었음을 상기하시옵소서."

"공주의 역성을 드는 겁니까?"

"조금 더 신중하게 살펴 주십사, 청을 드리는 것이옵니다. 대전의 부르심을 받고 가던 길이었습니다. 더는 지체할 수 없어 이만 물러가겠나이다."

서율은 군더더기 없는 자세로 예를 올린 뒤 빠르게 그곳에서 멀어졌다. 보희는 그것이 자신과 대화하고 싶지 않다는 일종의 불만 표현처럼 느껴져 더없이 섭섭했다. 차가운 그의 뒷모습을 눈으로 좇으며 샘솟는 눈물을 삼켜내지 못했다.

어째서 공주를 끊어내지 못하시는지, 어째서 공주만 눈에 담고 자신은 보아 주지 않으셨는지. 원망의 감정이 쏟아지면서도 미련을 저버릴 수 없었다. 끊어진 인연이라 하지만 다정한 말 한마디 듣고 싶었다. 한 번쯤은 편을 들어주어도, 뒤를 돌아봐 주어도 좋으련만.

비록 최고의 자리에 올라 있는 중전이었으나 보희의 마음속 고통과 시름은 날로 깊어졌다. 과거의 미련을 단 한 터럭도 끊어내지 못한 까닭이었다.

한편, 출궁 날짜가 잡히고 분주한 나날을 보내던 은명은 뜻밖의 손님을 맞이해 꽤 어색한 시간을 보내는 중이다. 전혀 예상하지도, 기대하지도 않았었기에 다과를 내와 차를 마시면서도 멋쩍은 느낌이 가시지 않았다.

무슨 일로 안빈이 찾아왔을까?

은명은 찻잔을 내리며 안빈을 흘끗 보았다. 편안하고 순한 인상의 그녀는 성정마저 수더분해 대궐 안팎에서 고루 좋은 평판을 받고 있었다. 부왕의 후궁 중 유일하게 은명과도 별다른 충돌이 없었다.

그렇지만 이런 자리가 괜찮다는 뜻은 결코 아니다. 지금까지 특별한 교류가 있어 온 게 아니었기에 안빈이 취연당까지 찾아온 지금의 상황이 은명은 무척 불편했다. 게다가 저 눈빛. 무례하다 싶을 만큼 자신을 물끄러미 바라보는 저 눈빛도 매우 부담스러웠다.

"송구하옵니다."

은명이 자신의 시선을 거북해한다는 걸 느꼈는지 안빈이 사죄했다.

"가까이서 공주 자가를 뵈올 때마다 승하하신 효경왕후마마를 뵈옵는 것 같아 의도치 않게 결례를 저질렀나이다."

"제가 그리도 어마마마를 닮았습니까?"

안빈은 말없이 싱긋 웃기만 하였다. 그런 말을 하도 많이 듣다 보니 은명은 이제 그러려니 하고 넘어갔다.

"한데 안빈께서는 취연당까지 어쩐 일이십니까?"

은명의 질문에 안빈전의 상궁은 비단보자기에 싼 함을 들여

와 조심히 앞으로 내밀었다.

"그것이 무엇입니까?"

"환약이옵니다. 어의에게 물어 자가의 체질에 맞게 조제하였으니 하루에 세 알씩 복용하소서. 약해진 심신을 보완해줄 것이옵니다."

이야기는 들어 알고 있었다. 본래 안빈이 내외명부 여인들에게 무슨 일이 생길 때마다 누구보다 먼저 나서 살뜰히 챙기기로 유명하다고. 그것이 나에게도 해당되는 것인가, 별 감흥 없이 환약을 바라보는데 안빈은 뜻밖의 소리를 하였다.

"사실 환약은 핑계이옵니다."

은명은 가만히 다음 말을 기다렸다.

"공주께서 출궁하시기 전 한 번쯤은 이렇게 단둘이서 마주하고 싶었나이다. 구실이 될 만한 걸 찾다 보니 겸사겸사 환약을 마련했던 것이고요."

"저를 보고 싶어 하신 이유는 무엇입니까?"

"공주 자가를 뵈오면……."

안빈의 두 눈은 순식간에 그 속을 짐작키 어려울 정도로 모호함을 띠었다.

"우리 옹주를 떠올릴 수 있을 것 같아서……."

은명은 가슴 한편이 선득했다. 그러고 보니 안빈에게는 여식이 하나 있었다. 은명보다 두 달 먼저 태어났다던 옹주는 은명이 출생한 바로 다음 날 손도 쓰지 못한 채 졸했다고 들었다. 이후 안빈은 두 번 다시 수태하지 못했다.

옹주가 무사히 장성했다면 지금쯤 저와 같은 열일곱. 혹시 그동안 나를 보며 옹주를 떠올리고 있었나?

새로운 사실을 알게 된 은명은 한층 숙연해진 마음으로 안빈을 마주했다. 잠시 망연하게 눈을 내리깔았던 그녀는 곧 시선을 들어 은명을 보더니 어쩐지 처연하게 말했다.

"어디에서 지내시든 항시 강녕하시옵소서."

무더위가 최고조에 달한 한여름. 모두가 헉헉거릴 정도로 더운 날씨였지만 그늘진 나무 아래 물이 흐르는 개울녘엔 슬쩍슬쩍 시원한 바람이 불었다.

화경궁으로 돌아온 지 오늘로 사흘째. 안채가 어느 정도 정리되자 은명은 오늘, 궁방에서 멀지 않은 어느 석교 근처로 나왔다.

풍성하고 짙은 선홍색 치마가 여름 햇살 속에 선명한 존재감을 드러내는데, 은명의 얼굴엔 어쩐지 초조한 기색이 흘렀다. 몇 번이고 뒤를 돌아보다가 가만히 서 있지 못하고 불안하게 주위를 서성거렸다. 때마침 곁을 지키던 난이가 기다리던 소식을 전했다.

"자가, 수비가 오고 있습니다."

은명이 얼른 돌아보았다. 저만치 수비가 보였고, 그 뒤로는 송 판관이 따라오고 있었다. 갑자기 전언을 보내 당황했는지 그의 얼굴엔 긴장감이 역력했다. 늘 여유롭던 모습은 사라지고 그간 앓기라도 한 것처럼 전체적으로 초췌하고 피로한 모습이었다.

어느덧 가까이 다가온 그는 은명을 복잡한 눈길로 바라보더니 이내 황급히 고개 숙여 예를 올렸다.

"공주 자가, 환후 어떠하시옵니까?"

"그만합니다. 이제 화경궁으로 돌아왔을 정도로 회복되었습니다."

"그날 민가에서 저를 못 알아보신 줄 알았습니다."

"그럴 리가요. 다만 기력이 쇠해 주변을 챙길 여력이 없었습니다."

익정은 아무런 대답도 하지 않았다. 무슨 생각을 하는지 짐작조차 할 수 없을 만큼 심란한 눈빛을 하고 있다가 대뜸 고개를 숙였다.

"그동안 공주 자가께 너무도 큰 죄를 지었습니다. 벌하여 주시옵소서."

"잘못은 제가 하였는데 어찌하여 판관께서 죄를 지었다 하십니까."

은명이 안타까움을 표하자 익정은 더 깊이 고개 숙여 죄를 청했다.

"저자에 떠도는 소문에 현혹돼 감히 자가를 오해하였고, 자가에 관해 함부로 떠드는 자들을 방관하였습니다. 또한, 알아뵙지 못하고 크나큰 결례를 범했으니 어떠한 벌을 내리신다 하여도 달게 받겠습니다."

"저자에 떠도는 소문은 저도 방관하였고, 신분을 밝히지 않은 채 판관을 우롱한 것도 이 사람입니다. 사과는 오히려 제가 해야지요. 오늘은 사죄를 하고자 뵙기를 청하였습니다. 깊이 반성하고 있으니 그동안의 과오를 용서하여 주십시오."

은명이 마지막 말과 함께 진심으로 고개를 숙이니 익정은 펄쩍 뛰며 만류했다.

"이러지 마시옵소서. 자가께선 아무런 잘못이 없으십니다."

"부디, 저와 있었던 모든 일을 잊어주시기 바랍니다."

익정은 순간 동작을 멈췄다. 잊으라는 말에 충격이라도 받은 얼굴이었다. 은명은 표정을 지우고 고개를 들어 담담히 그를 마주 보았다. 두 사람 사이에 무거운 침묵이 흐르는데 낮고 스산한 목소리가 불쑥 들렸다.

"자가."

"스승님!"

문득 돌아본 시선에 서율이 들어오자 은명은 설렘과 반가움을 담아 외쳤다. 그동안 얼마나 그리웠던가. 외진 민가에서 그가 다정하게 웃어 준 뒤 두 달하고도 보름 만에 이루어진 재회였다.

은명은 기쁜 마음을 감추지 못하는데 그에게서 느껴지는 기세가 심상치 않았다. 가까이 다가온 서율은 선득하리만치 차가운 기운을 내뿜고 있었다. 무춤한 은명은 눈가와 입가에서 웃음기가 사라졌다. 그것을 빤히 보고도 서율은 추궁하듯 캐물었다.

"이런 곳에서 무얼 하고 계십니까?"

"자네 공주 자가께 그 무슨 무례한 언동인가?"

서율의 냉랭한 태도에 익정이 즉시 나무랐다. 하지만 서율은 도리어 그를 질책했다.

"자가께서는 아직 옥체 편치 않으십니다. 판관께서는 무슨 일로 자가를 이곳까지 납시게 하셨습니까?"

"송 판관의 잘못이 아닙니다. 신분을 속인 것에 대해 사죄하고자 제가 먼저 뵙자고 청하였습니다."

"어찌 이리 무모한 행동을 하시옵니까. 일전에 아뢰었던 말을 벌써 잊으신 겁니까?"

그러고 보니 송 판관과 만나는 문제로 서율이 펄쩍 뛴 적이 있었다. 그땐 외조부의 일로 마음이 어지러워 그대로 넘어갔는데 가만 되짚어 보면 평소의 그와는 현격히 달랐다. 언제나 예와 절제를 앞세우던 모습은 온데간데없이 사라지고 얼굴까지 붉히며 정색하였다.

당시 그는 추문에 휘말릴 수 있음을 왜 생각지 않냐고 마구 다그쳤다. 지금처럼 말이다. 매번 혼나기만 하는 것 같아 항의하고 싶어도 그의 주장이 영 틀린 말이 아니라 은명은 딱히 반박하지 못하고 뭉그적거렸다. 그러자 서율은 이곳에서의 상황을 지체 없이 마무리 지었다.

"사죄는 모두 끝난 것 같으니 다른 이의 눈에 띄기 전에 이만 화경궁으로 모시겠습니다."

정중한 어조였으되 은근한 강요와 채근이 느껴지는 말투였다. 은명은 거절해야 하나 잠시 고민하다가 그만두었다. 할 말을 모두 마친 상태였으니 일단 서율의 말대로 따르는 게 좋겠다는 판단이었다.

"송 판관, 저의 뜻을 받아 주신 것으로 알고 이만 돌아가겠습니다."

은명은 간략히 인사를 마치고 급히 자리를 떠났다. 서율도 익정에게 재빨리 인사를 건네고 후다닥 그 뒤를 따라갔다. 멀찍이 떨어져 지켜보던 나인과 군관도 바쁘게 움직였다.

모두가 사라지고 홀로 남은 익정은 눈가에 야릇함을 띠고 멀어지는 서율의 뒷모습을 바라보았다. 조금 전 그의 눈에 서려 있던 지독한 경계심이 아직도 얼떨떨했다. 어릴 적부터 양가를 왕래하며 알고 지낸 자신에게 어찌하여 그런 눈빛을 보냈던 것인지.

연유를 몰라 찜찜해하던 익정은 불현듯 예전의 소동이 기억났다. 서율은 청월관에서 공주에 관한 험담을 듣고 곧장 얼굴을 붉히며 자리를 박차고 나간 적이 있었다.

설마…….

말이 안 된다고 부정하고 싶어도 방금 본 서율의 눈빛이나 태도는 투기심에 휩싸인 사내의 모습 바로 그것이었다. 하, 기가 막혀 황당해하던 익정은 설상가상 일전에 공주가 했던 말까지 번뜩 떠올랐다. 오랫동안 마음에 품은 사람이 있다는, 그를 아프게 했던 그 대답.

조금 전 공주는 서율의 냉담한 태도에 어쩔 줄을 몰라 했다.

평소 그분의 성정대로라면 좌상의 아들이고 뭐고 무엄하다며 혼쭐을 내줘야 하는 게 올바른 반응이었을 텐데.

……이럴 수가!

의도치 않게 중요한 사실을 깨달은 익정은 가슴에 휑한 바람이 불었다. 저 멀리 작아지고 있는 두 사람의 뒷모습에 속에서 왈칵 쓴물이 치솟았다.

은명은 화경궁을 향해 빠르게 걸었다. 그 뒤를 서율이 마뜩잖은 얼굴로 바짝 쫓았다. 보통은 공주가 끊임없이 말을 시키고 서율은 간단히 대답하는 입장이었다. 그런데 오늘은 상황이 역전돼 그가 아무리 질문을 던져도 은명은 짧게 대답만 할 뿐 시선은 고집스럽게 정면에 두었다. 서율은 그런 공주에게서 눈을 떼지 못했다.

공주가 화경궁으로 돌아오자마자 설레는 마음으로 방문했다. 딴에는 정리할 시간이 필요하시리란 판단에 이틀이나 기다린 후였다.

일부러 기별도 넣지 않았다. 안부도 물을 겸 지나다 찾아뵈었다고 둘러대면 기꺼이 만나 주실 거라 확신했다. 틀림없이 기뻐해 주시겠지, 환하게 웃어 줄 공주를 상상하며 기대에 부풀어 최 상궁을 찾았는데 그것은 곧 실망감으로 바뀌었다.

공주는 누군가에게 사죄하러 간다며 화경궁을 비운 후였다. 곧장 떠오르는 이가 송 판관이었다. 산기슭 민가에서 세자 호위로 차출된 그를 보고 공주의 신분이 알려지리라고 예상했다.

차라리 잘됐다고 생각했다. 그런 모습을 들키고 가만있을 공주가 아니라는 점을 간과하고서.

서율은 공주가 가신 장소를 알아내 근처 석교로 가보았다. 그곳에는 정말 공주께서 송 판관과 함께 서로를 마주 보고 있었다. 그것을 목격하는 순간 참을 수 없는 짜증이 치밀었다.

송 판관같이 호탕하고 훤칠한 사내대장부를 가까이한다면 어떤 여인이라도 마음이 흔들릴 터였다. 공주가 그 무리 중 하나가 될 수 있다는 건 단순한 상상만으로도 불쾌했다. 오직 자신만을 바라보고 자신만을 생각해 주기를 바랐다. 어렵게 결심한 이 마음이 공주와 맞닿지 못하고 어이없게 어긋나버릴까 봐 두려웠다.

"계속 걸어가실 겁니까?"

서율은 공주가 다친 곳이 신경 쓰여 가만있지 못했다. 이런 마음도 모르고 공주는 그의 말을 대수롭지 않게 여겼다.

"여기서 화경궁은 멀지 않습니다."

"이제 그만 덩에 오르십시오."

"괜찮습니다."

"발목을 그렇게 쓰시는 건 아직 무리입니다. 자, 그러시다가……."

잔소리를 퍼붓던 서율은 말을 채 끝맺지 못했다. 급히 뛰어온 것으로 보이는 송 판관이 별안간 공주의 앞길을 막아섰다. 그는 잠시 서서 숨을 고르더니 조금의 주저함도 없이 솔직하고 늠름하게 자신의 마음을 고백했다.

"송구하오나 모든 것을 잊으라는 자가의 말씀은 따르지 않겠습니다. 저는 이미 오래전부터 공주 자가를 아니, 명이 소저를 마음에 품고 조금도 지울 수 없었습니다."

갑작스러운 상황에 공주는 벌어진 입을 다물지 못했다. 서율은 그대로 경직돼 사늘한 기운을 내뿜었다.

"저는 이미 혼인하여 사별하였습니다. 때문에 자가께는 절대로 닿을 수가 없는 사람입니다. 그러나 자가를 향한 이 마음마저 부정하고 싶진 않사옵니다. 짧은 시간이었지만 그렇게나마 자가를 뵙고 또 알게 되어 무척 행복하였습니다. 절대로 지울 수가 없는 분이시기에 평생토록 가슴 한편에 사모하는 마음을 남겨 놓을 겁니다. 하오니 자가께서도 이런 사람이 있었다는 것을 가끔, 아주 가끔이라도 떠올려 주십시오."

서율의 시선이 빠르게 공주에게로 향했다. 조금이라도 변화가 감지된다면 견딜 수 없을 것 같은데 공주는 판관을 말없이 응시하다가 가벼운 묵례만 남기고 자리를 떠났다.

"긍정의 뜻으로 받아들이겠습니다!"

익정이 공주의 등에 대고 자신이 믿고 싶은 대로 외쳤다. 서율은 참지 못하고 끼어들었다.

"왜 이리 무모하십니까."

"솔직한 내 마음을 고백했을 뿐이네. 그런다고 하여 자네를 향한 자가의 마음이 흔들리기야 하겠는가. 따지고 보면 여기서 가장 무모한 이는 바로 자네일세. 설마 의빈이 될 생각은 아니겠지?"

서율은 묵묵부답이었다. 그 침묵의 의미를 자의로 해석한 익정은 쓴소리를 마다하지 않았다.

"의빈이 될 마음도 없으면서 어찌하여 공주 자가 곁에 머물며 심기를 어지럽히는 것인가. 더는 자가를 힘들게 하지 말고 강론을 중단하게. 사적으로 이렇게 자가를 찾아다니는 일도 앞으로는 그만두란 말일세."

"송 판관이야말로 억측을 삼가십시오."

"자네 그게 무슨 말인가?"

익정은 불쾌감을 숨기지 않았다. 그래도 서율은 조금의 흔들림이 없었다. 모르면 가만히나 있으라는 듯 또박또박 공주와의 관계를 정의해 주었다.

"공주 자가와 저는, 그렇게 단순하고 간단한 관계가 아닙니다."

"뭐……?"

"강론을 중단하고 사적으로 만나지 않는다 하여 잘라지는, 그런 가벼운 인연이 아니라는 뜻입니다. 그러니 지금 하신 조언은 안 들은 것으로 하겠습니다."

제법 깍듯했지만, 함부로 끼어들거나 알은체하지 말라는 경고가 다분히 드러난 어조였다. 서율은 그 말을 끝으로 쌩하니 돌아섰고, 뒤에 남은 익정은 한 대 얻어맞은 것처럼 멍멍한 표정을 지었다.

화경궁에 들어선 은명은 심기가 불편한 얼굴로 최 상궁에게 장옷을 건넸다. 크게 심호흡하는데 뒤이어 언짢은 기색을 드러낸 서율이 모습을 나타냈다.

최 상궁은 두 사람 사이에 흐르는 이상한 기류를 감지하고 조심스레 눈치를 살폈다. 대놓고 그 연유를 묻지도 못하고 이쪽저쪽 번갈아 흘끔거리다 난이와 눈빛을 교환했다. 얼마간 공기 중으로 어색한 기운이 퍼졌다. 은명은 그것을 참지 못하고 도망치듯 후원을 향해 무작정 걸음을 옮겼다.

안채에서 후원으로 연결된 중문을 지나 수련이 우아하게 피어난 널찍한 연못가에 멈춰 섰다. 참으로 답답하기 그지없었다. 그토록 보고 싶었던 사람을 오늘에야 만났는데 또다시 꾸지람을 듣고 말았다. 조금은 유해졌나 싶다가도 또 언제 그랬냐는 듯 그가 얼굴을 굳히고 예전처럼 돌아가니 은명은 갈피를 잡기 어려웠다.

곧바로 뒤쫓아왔는지 서율이 가까이 다가왔다. 전해지는 기운만으로도 그가 무시무시하게 성이 났다는 걸 알 수 있었다. 그동안 취연당에 한 번 찾아와 주지도 않고 지지리 애를 태우더니 이제는 저렇게 화까지 내고 있으니.

서운한 만큼 속이 터지지만, 별수 있나. 어떤 식의 인간관계든 안 보면 아쉬운 사람이 참고 져줄 수밖에 없는 게 만고불변의 진리였다.

곁눈질하여 살짝 훔쳐본바 그의 얼굴엔 먹구름이 꽤 짙었다. 생각보다 상황은 더 안 좋은 것 같았다. 이렇게 말도 못 하고 노심초사하다간 남은 시간 꾸중만 듣다가 헤어질 게 뻔했다.

그렇다면 은명도 대응방법을 바꿀 수밖에.

우선은 송 판관과의 진지한 대화를 방해한 그를 탓하고, 이후에 너그러이 용서해주는 척 다과를 들며 분위기를 돌리는 게 낫겠다는 작전을 세웠다. 은명은 이런 식의 신경전에 상당한 피로감을 느끼면서도 그를 돌아보며 최대한 쌀쌀맞게 따지고 들었다.

"이 무슨 무례한 행동입니까. 제가 송 판관께 사과하던 중이었습니다."

"제게 언질해 주셨다면 따로 자리를 마련해 드렸을 겁니다. 꼭 그렇게 송 판관과 단둘이서 만나셔야 했습니까?"

"못 만날 게 무에 있습니까? 송 판관과 제가 무슨 잘못을 했다고요? 화낼 사람은 스승님이 아니라 저입니다. 그렇게 헤어지고 석 달 만에 만났는데 건강이 어떠한지 묻지도 않으시고 화부터 내시다니요. 모르는 이가 봤다면 속 좁은 질투라도 하시는 줄 알겠습니다."

입에서 나오는 대로 내뱉은 마지막 말에 서율의 얼굴이 순간적으로 확 달아올랐다. 은명은 실수했음을 깨닫고 입술을 즉시 깨물었다. 그가 저렇게까지 당황스러워하는 건 처음이라 뭔가 제가 크게 잘못한 성싶었다.

너무 말도 안 되는 비유를 들었나? 마지막 말은 하는 게 아니었는데…….

후회가 폭풍처럼 밀려들었다. 은명은 위기를 벗어나고자 더듬더듬 입을 열었다.

"그러니까…… 제 말은…….."
"자가의 말씀이 맞습니다."

그런데 딱 자르며 들려온 그의 대답에 은명은 그 뜻을 정확히 이해하지 못하고 입을 다물었다. 머릿속이 새까만 먹물로 칠해진 느낌인데 그는 일말의 주저함이 없었다. 붉어진 귓가를 제대로 추스르지도 못하고 뻔뻔스러울 정도로 당당하게 은명을 다그쳤다.

"자가께서 송 판관과 단둘이서 마주하는 모습을 다시는 보고 싶지 않습니다. 송 판관뿐 아니라 다른 사내라면 누구도 싫습니다. 앞으로는 오늘과 같은 광경을 저에게 보이지 말아 주십시오."

저게 무슨 소리일까.

은명은 머릿속이 복잡했다. 방금 들은 말이 믿기지가 않아 정수리가 뜨거워질 지경인데 급작스러운 그의 다음 행동에 사고마저 정지되었다. 눈 깜짝할 사이 서율과의 거리가 지나치게 좁혀졌다. 자꾸만 가까이 다가오는 그 때문에 은명은 가슴이 심하게 요동치고 양손이 잘게 떨렸다.

"대답 안 하십니까?"

말 나온 김에 분명히 해두겠다고 작심한 사람처럼 서율은 확실한 대답을 촉구했다.

"자가께선 저를 연모한다고 하셨습니다. 아직도 그러하십니까?"

"……무, 물론입니다."

"그 말씀이 진정이시라면 앞으로는 저만 바라봐 주십시오. 어떠한 이유에도 공주께서 저 아닌 다른 사내와 단둘이 만나시는 건 절대로 용납지 않겠습니다. 아시겠습니까?"

은명은 가슴이 터질 것 같았다. 오래전부터 바라고 꿈꿔 왔던 일이 오늘 현실로 이루어지고 있음을 어렴풋이 느낄 수 있었다. 목이 꽉 메어 차마 입이 떨어지질 않는데 그 침묵을 오해한 서율이 안절부절못했다.

"자가께서 혼란스러우신 건 알겠습니다. 하지만 그 오랜 세월, 자가와 함께하며 저라고 아무런 감정이 없었겠습니까!"

"스승님……."

"이 마음을 부정하고, 외면하고, 비겁하게도 굴었습니다. 하나 그럴수록 깨닫게 되는 건 오로지 하나밖에 없었습니다."

떨리는 음성에서, 간절한 눈빛에서, 그의 진심이 전해졌다.

"당신이 웃어야 나도 웃고, 당신이 빛나야 나도 빛날 수 있으며, 당신이 살아야 나도 살 수 있다는 것."

서율이 한쪽 손을 올려 은명의 뺨을 조심스레 어루만졌다.

"자가의 귀한 옥체에 함부로 손을 댔으니, 저는 이제 대역죄인이 되는 겁니까?"

꿈을 꾸듯 넋이 나간 은명은 고개만 간신히 가로저었다.

"그럼 이제 저를 안심시켜 주십시오. 저만을 바라보고, 저만을 생각해 주시겠다, 그리 대답해 주십시오."

"……예. 그리할……."

거의 혼절할 것 같았다. 은명은 가까스로 정신을 차리고 대답하는데 그의 뜨거운 입술이 부드러운 입술을 단숨에 삼켰다. 생전 처음 느껴 보는 따뜻하고 달콤한 입술의 감촉에 온 세상이 흐름을 멈추고 오로지 감각만이 살아 있는 듯했다.

이러다간 정말 무릎에 힘이 풀릴 것 같았다. 한쪽 팔로 은명의 허리를 단단히 끌어안은 그는 깊고 진한 입맞춤을 정신없이 퍼부었다. 그럴수록 은명은 이것이 꿈인지 생시인지, 눈앞이 아득해지는 가운데 그의 허리를 꼭 잡고 매달렸다. 그들을 둘러싼 후원의 탐스러운 꽃들도 한여름, 오후의 햇살을 받아 점점 붉은 색채로 물들었다.

---

온 세상이 고요하게 숨을 죽인 깊은 밤. 눈만 감으면 낮에 있었던 일이 삼삼히 떠올라 은명은 도통 잠을 이루지 못했다. 가슴이 뛰고 피가 뜨겁게 휘몰아치는 느낌에 입술만 만지작거리다 그예 옷을 주섬주섬 챙겨 입고 후원으로 나가 보았다.

달빛에 반사된 꽃과 나무가 고유의 빛깔과 맞물려 갖가지 신비로운 색을 덧입었다. 주변을 훑다가 고개를 들면 칠흑을 배경으로 덩그러니 떠 있는 뿌연 만월이 서늘하면서도 다정한 김서율을 닮은 듯하다. 은명은 마치 그를 보는 것 같은 느낌에 넋을 잃고 월백을 올려다보는데 어둠 속에서 인기척이 들렸다.

등줄기를 타고 공포심이 전신으로 흘렀다. 끔찍했던 행궁에서의 사건 이후 작은 소리에도 예민해진 은명은 다리부터 움직였다. 힘껏 소리를 내지르려는 찰나 어느덧 쫓아온 사내에게 입부터 단단히 틀어막혔다. 은명은 강하게 몸을 비틀었다. 필사적으로 몸부림치며 헤어나려 하는데 뒤에서 그녀를 구속하던 사내가 빠르게 속삭였다.

"고정하십시오, 자가. 접니다, 제륜."

저항하던 은명이 곧장 움직임을 멈췄다. 그러면서도 전적으로 믿지 못하고 그날 들었던 목소리가 맞나 확인하기 위해 귀를 쫑긋 세웠다. 그 마음을 잘 안다는 듯 사내는 그날을 언급하며 은명의 불안을 잠재워 주었다.

"늦었습니다. 곧 따라간다고 해놓고 이제야 나타나 송구합니다."

의심할 수 없는 그 말에 은명은 삽시에 긴장이 풀어졌다. 제자리에 풀썩 주저앉아 병자처럼 떨리는 몸과 마음을, 가쁜 호흡을 가다듬었다.


"양부요?"

그로부터 약 일각 후, 준혁과 도란도란 이야기를 나누던 은명은 혼란을 감추지 못했다.

"의천상단의 전 대방이 오라버니의 양부란 말씀입니까?"

외숙 일가가 의주에 자리를 잡았단 소식에 은명은 안도했다. 거리가 까마득히 멀어 안타깝긴 했지만, 한양에서 멀어질수록 안전해질 가능성이 높다는 판단에 고개를 끄덕였다. 전혀 다른 명자를 쓰는 것도 신분을 감추기 위해선 당연하다고 생각했다.

그런데 이어진, 그가 의천상단의 대방이라는 말에 찬물을 뒤집어쓴 기분이었다.

이해할 수 없었다. 일가가 모조리 떼죽음을 당한 지금, 그는 이제 서씨 집안의 장손이 되었다. 집안의 대를 이어야 할 그가 중인의 양자가 되었다니. 이 사태를 어떻게 받아들여야 할지 몰라 머릿속이 복잡해지는데 준혁이 무거운 상념을 덜어 주었다.

"무엇을 염려하시는지 저도 잘 알고 있습니다. 당분간 한양에 머무를 것이니 그 부분에 관해선 차차 말씀드리겠습니다."

"예. 알겠습니다."

은명은 순순히 수긍했다. 평범치 않은 삶이었으니 그럴 만한 속사정이 있었을 터였다. 지금은 남은 가족이 무사하다는 것만으로도 감사해야 할 일, 떠오르는 잡다한 의문을 은명은 다음으로 미루었다.

"앞으로도 저에 관한 일은 자가께서만 알고 계십시오. 당분간은 저하께도 비밀로 해주셔야 합니다."

"그리하겠습니다. 한데 오라버니와는 어떻게 연통해야 하는지요?"

"우선 아정이를 통해 서찰을 주고받는 것이 좋겠습니다."

"아정이요?"

예기치 못한 인물이 언급되자 은명은 놀라서 되물었다. 그러다 곧 아정이 어느 거대상단에서 일하고 있음을 떠올렸다. 아정은 그곳의 젊은 대방이 일자리를 주었다고 말했다. 아무것도 모르던 그 아이가 갑자기 일자리를 얻게 된 연유가 무엇인지 은명은 그제야 명확히 이해했다.

"오라버니께서 그 아이에게 일자리를 주셨군요."

"자가께서 하도 걱정하시기에 그리하였습니다."

"도대체 언제부터 따라다니셨던 겁니까? 더 빨리 뵐 수도 있었다고 생각하니 지나간 시간이 아쉽습니다."

은명은 답답해하면서도 중요한 사실은 잊지 않았다.

"물론 오라버니께서 뜸을 들인 덕에 제가 행궁에서 살 수 있었지만 말입니다."

준혁은 은명의 투정이 싫지 않은 듯 싱긋 웃으며 당부했다.

"상황을 봐서 제가 화경궁에 들르기는 하겠으나 경계가 삼엄해 쉽진 않을 것이옵니다. 그 전에 연락을 취할 일이 있으면 아정이를 불러 주십시오."

"그 아이에게 뭐라 설명하시려고요? 오라버니의 신분을 절대로 드러내선 아니 되십니다."

아정이 못 미더운 것은 아니나 워낙 중차대한 일이라 은명은 걱정과 두려움이 앞섰다. 하지만 준혁은 조금도 걱정하지 않는 기색이었다.

"그 아이라면 틀림없이 아무것도 묻지 않고 도와줄 겁니다. 자가, 저는 이곳에 오래 머무를 수 없습니다. 얼마 남지 않은 시간, 자가의 근황을 들어 보고 싶습니다."

혈육이라고 이렇게 찾아와 준 오라버니가, 위험한 순간 목숨까지 걸고 자신을 지켜준 오라버니가 은명은 너무나 고마웠다. 손을 뻗어 준혁의 크고 단단한 손을 조심스레 감싸 쥐었다. 고단했던 삶을 증명하듯 굳은살이 박여 있는 손이었다.

"저는 잘 지내고 있습니다. 특히 행궁에서 재회한 뒤 오라버니를 많이 기다리고 있었습니다. 고맙습니다. 이렇게 무사히 찾아와 주셔서……."

"……."

"머지않아 다른 식구들도 볼 수 있겠지요? 궁금합니다. 다들 어떻게 지내시는지."

은명은 얼굴 가득 환한 웃음을 띠었다. 기쁨이 넘쳐 어둠 속 사촌오라버니의 미소에 슬픔이 묻어나는 것까진 미처 알아보지 못했다.

약 이각 정도 공주와 머물렀던 준혁은 아쉬움을 뒤로하고 궁방을 벗어났다. 그곳을 지키는 군졸에게서 안전거리를 확보한 후 아주 오래전 기거했고, 가족과의 마지막 추억이 남아 있는 화경궁의 거대한 모습을 돌아보았다.

저곳의 매화원에서 꽃비를 맞으며 뛰어놀던 어느 따스했던 봄날의 정오가 그에겐 전생에서 겪었던 일인 듯 꿈만 같았다. 다정하고 따뜻했던 부모님도, 기품 있고 아름다웠던 고모님도, 친우와 같았던 형제자매도 전부 떠나고 없는 현실. 그나마 공주께서 유일하게 제자리를 지키고 있어 그것이 꿈이 아니었음을 증명해 주었다.

세상에 남은, 과거를 공유했던 단 하나의 혈육을 만나고 돌아서는 이 밤. 준혁은 형용할 수 없는 먹먹함에 발길을 돌리는 게 쉽지 않았다.

한참을 제자리에 있다가 계속 이러면 안 될 것 같아 감정을 다스리며 움직였다. 골목을 빠져나와 한적한 곳에 다다르는데 눈 깜짝할 새 어둠 속에서 누군가 나타나 검을 휘둘렀다. 상대는 정신을 차릴 새도 없이 빠르게 공격했다.

아슬아슬하게 검날을 피한 준혁은 품에서 검을 빼 방어를 시작했다. 상대의 실력은 식은땀이 솟아날 만큼 절등했다. 그런데 위기를 넘기고 수십 번의 합을 주고받다 보니 이상한 점을 발견했다. 군더더기 없는 상대의 동작이 어딘지 익숙할뿐더러 살기도 느껴지지 않았다.

준혁은 부지런히 움직이며 기억을 더듬다 키와 체구, 그리고 흐릿한 윤곽에서 전해지는 특유의 분위기에 딱 한 사람을 떠올렸다. 상대의 정체에 확신이 선 준혁은 그대로 검을 거두었다. 동시에 상대는 그의 목에 검을 겨눈 채 동작을 멈췄다.

"나리께서 오해하신 겁니다. 저는 공주 자가를 해치러 화경궁에 갔던 것이 아닙니다."

"알고 있네. 어린 시절 가까이 지냈던 외사촌누이를 뵙고 싶었겠지."

서율이 검을 거두며 하는 말에 준혁은 온몸이 써늘하게 얼어 눈도 깜박하지 못했다.

"나도 해칠 의향은 없었네. 행궁에서 자가를 살린 이가 자네라는 것을 확인하고 싶었을 뿐이야. 얘기는 들었지만, 과연 혼자서 여럿을 상대하고도 남을 만한 실력이군."

"언제부터 알고 계셨습니까?"

간신히 입을 연 목소리에 경계심이 그득했다.

"발고라도 할까 봐 걱정이라면 그럴 필요 없네. 자네의 신분을 아는 것은 나 하나고, 나는 앞으로도 계속 입을 다물 생각이니까."

"이유가 무엇입니까?"

자신의 신분도, 행궁에서의 일도 그가 전부 알고 있다는 것은 엄청난 충격이었다. 낯빛이 파리해진 준혁은 날이 선 목소리로 그 의도부터 물었다. 그러나 서율은 외려 다른 질문을 던졌다.

"행궁에서 공격이 있던 다음 날, 자객의 시신이 전부 사라졌네. 따로 목격한 것이 있었는가?"

"자가께서 무사히 떠나시는 것을 확인하고 저도 행궁을 바로 나왔습니다."

전혀 몰랐던 사실에 준혁은 섬뜩 놀라 대답했다.

"누군가 자네를 지켜본 이가 있을 수도 있다는 소리군."

"마지막으로 상대했던 이가 부상을 당한 채 도망쳤습니다. 그자가 대기하고 있던 다른 동료를 데려온 것일 수도 있습니다."

"어찌되었든 앞으로는 행동에 더욱 신중을 기하도록 하게."

서율은 대답도 듣지 않고 돌아섰다. 당황한 준혁은 다급히 확인했다.

"정말로 저를 모른 척하실 겁니까?"

"나는 아무것도 하지 않을 것이네. 그렇지만 자네가 공주 자가를 위험에 빠트린다면 이야기는 완전히 달라지겠지. 거대상단의 대방이니 조정의 대신들이 달성부원군이라면 여전히 필요 이상으로 날카로워지는 것을 알고 있을 걸세. 앞으로……."

김서율의 대답은 확고했다. 끝을 흐렸으나 그가 하고 싶은 말이 무엇인지 직감으로 알아챘다. 어쩌면 다시는 화경궁에 걸음하지 마라, 확실히 못을 박고 싶어 길을 가로막은 것일 수도 있었다. 차마 공주의 기쁨을 짓밟을 수 없어 마지막 순간 저렇게 말을 잇진 못했지만.

"자네가 화경궁에 들락거리다 발각이라도 되는 날엔 자네는 물론, 자가께서도 위험해지신다는 것을 똑똑히 명심하게."

"그 부분은 염려하지 마십시오."

서율은 무턱대고 막기보다 주의를 주는 선에서 마무리 짓자고 정리한 듯 보였다. 준혁이 확답을 들려주자 조금의 미련 없이 자리를 떠났다.

준혁은 착잡한 눈길로 멀어지는 그 뒷모습을 지켜보았다. 공주와 좌상의 아들. 도망자 신세인 저만큼이나 위태로운 두 사람이었다.

이틀 후, 벌리. 양병수는 그나마 조금 기가 살았다. 10년 넘게 어르신을 모셔왔지만, 저토록 놀라움을 드러내는 모습은 처음 보았다.

"자네 방금 뭐라 그랬는가? 그자가 달성부원군의 손자였다?"

"예, 어르신. 공주께서 그자에게 '제륜 오라버니'라고 불렀다는 전언입니다. 그뿐 아니라 좌상의 차남과도 친분이 있는 듯 보였다 하더이다."

"뭐라? 김서율까지?"

촘촘하게 짜인 발 너머에서 박장대소에 가까운 소리가 울렸다. 한참을 웃어대던 어르신은 잠시 후 가래가 끓는 듯한 소리를 끄르륵거리다 귀가 번쩍 뜨이는 소리를 건넸다.

"자네가 상단을 통째로 삼킬 수 있는 절호의 기회구면."

그야말로 가장 듣고 싶은 소리였다. 양병수는 입가에 떠오르는 미소를 주체하지 못하고 고개를 더 깊이 조아렸다.

거사에 실패하고 벌리 어르신의 노여움을 사 한동안 숨소리도 낼 수 없었다. 이대로 끝나는가 싶어 올여름 죽기 살기로 강준혁에게 매달렸더니 역시나 행운은 그의 편이었다. 양병수는 강준혁 그놈이 역적으로 몰린 달성부원군의 손자라는 사실에 덩실덩실 춤이라도 추고 싶었다.

지난 거사에서 결정적 순간 행궁에 들이닥쳐 일을 망친 놈이 있었다. 수하 중 하나가 대적을 포기하고 그를 끝까지 미행하였더니 놀랍게도 그놈이 바로 강준혁이었다.

분노가 치솟아 당장에 그를 베어버리고 싶었다. 결심만 한다면 죽이는 건 문제가 아닌데 그를 따르는 다수의 상단 사람까지 무시할 순 없었다. 그에게 문제가 생긴다면 모든 의심이 자신에게 쏠릴 것은 너무나 자명했다.

양병수는 폭발하는 감정을 억제하는 대신 그놈을 더 깊이 캐보기로 하였다. 무슨 이유로 목숨까지 걸고 공주를 지켰을까,

궁금한 마음도 있었다. 무언가 숨겨진 내막이 있을 것이란 예감. 여름 내내 감시망을 총동원해 촉각을 곤두세웠더니 결과는 기대 이상이었다.

이제 남은 일은 그를 없애고 상단을 합법적으로 차지하는 것이었다. 생각만으로도 감격에 겨워 양병수는 온몸의 피가 끓어올랐다. 머리까지 열이 확 치솟아 간이라도 빼줄 듯 발 너머 얼굴도 모르는 존재에게 넙죽 엎드렸다.

"소인은 그저 어르신의 처분만 따를 것입니다."

"그래?"

"예, 어르신."

"하면 지금부터 내가 좌상과 부원군의 집안에 얽힌 재미난 이야기를 하나 들려주지. 아무도 모르는 일이나 상당히 흥미로울 것이야."

지금과 같은 마음이라면 무엇을 들어도 흥미진진할 것 같은데 실제로 들려오는 소리는 상상 이상이었다. 양병수는 고개를 들어 입이 살짝 벌어질 만큼 놀라움에 가까운 옛날 이야기를 경청했다.

왕은 입안이 바짝바짝 타들었다. 눈앞에 딸아이가 앉은 지 이미 한 식경, 오늘도 저 아이는 무심한 얼굴로 시선을 내려둔 채 눈 한 번 마주쳐 주질 않았다.

이 모든 건 자신의 과오로 빚어진 결과였기에 딸아이를 나무랄 순 없었다. 실종되었다 돌아왔을 때 곧장 취연당으로 달려가고 싶었으나 끝내 발길이 떨어지지 않았다. 문후를 올리기 위해 다리를 절뚝거리며 왔을 때도 살가운 말 한마디 건네지 못했다. 어찌 보면 딸아이가 저러는 게 너무나 당연했다.

하지만 저 외모. 갈수록 제 어미를 닮아 가는 저 외모가 남몰래 꼭꼭 싸매두었던 과거의 상처를 자꾸 들추어냈다.

공주를 마주하고 있으니 무정하게 세상을 버린 그 사람이 떠올라 왕은 또다시 목구멍이 따가웠다. 그래도 이번만큼은 고개를 돌리는 대신 억지로 감정을 삼켰다. 오랜만에 입궐한 딸아이에게 오늘은 반드시 따스한 말 한마디 건네보고 싶었다. 긴장으로 축축해진 손바닥을 말아 쥐고 떨리는 목울대를 가다듬었다. 그리고 마침내, 입안에 맴돌던 한마디를 꺼내려고 하는데 그보다 앞선 이가 있었다.

"전하, 중전마마 드셨사옵니다."

별안간 들려온 내관의 전언에 왕의 노력은 무위로 돌아갔다. 뭐라 말을 꺼낼 틈도 없이 안으로 드는 중전을 맞이하기 위해 공주가 자리에서 사뿐히 일어났다. 기회를 놓친 왕은 안타까운 눈길로 딸아이를 올려다보았다. 그사이 가까이 든 중전은 나긋한 목소리로 바깥의 상황을 아뢨다.

"전하, 밖에 도승지가 들어 있사옵니다. 접견 시간이 한참 지났사온데 안에서 소식이 없어 걱정하는 눈치이옵니다. 혹 성체 불편하시옵니까?"

"아니오. 그렇지 않아도 막 가보려던 참이었소."

허탈한 마음을 애써 숨기며 왕이 자리에서 일어섰다. 짙게 남는 미련은 밖으로 나가기 전 공주에게 평소와 같이 무뚝뚝하게 명을 내리는 것으로 갈음했다.

"보름 후에 다시 들어오너라."

"예, 전하."

은명이 답하자 왕은 그대로 대전을 떠났다. 이로써 할 일을 마친 은명은 중전께 인사를 올리고 자선당으로 가려고 했는데 이후 뜻밖의 상황이 벌어졌다. 곧 대전을 떠날 줄 알았던 중전이 한쪽 구석에 자리를 잡고 은명을 올려다보았다. 의도를 알 수 없어 잠깐 머뭇하였더니 중전은 상냥한 미소를 지었다.

"앉으세요, 공주. 이렇게 만났으니 여기서 잠시 근황을 듣도록 하겠습니다. 몸은 어떠십니까?"

"무탈하옵니다."

은명은 도로 자리에 앉으며 조용히 대답했다. 돌아오는 질문은 없었다. 중전은 형식적인 안부를 건넨 뒤 이상할 정도로 침묵하며 은명을 물끄러미 들여다보기만 하였다. 얼굴에는 언뜻언뜻 복잡한 심기가 드러났다. 은명은 중전이 뭔가 따로 할 말이 있음을 직감했다.

"공주는…… 참 눈부신 사람입니다."

어느 정도 각오하고 있었대도 한참의 침묵 후 들려온 소리는 다소 엉뚱했다. 그 뜬금없는 중얼거림에 은명은 저절로 중전과 시선을 맞췄다.

"사가의 규수 시절, 대궐에 들었다 우연히 공주를 처음 뵈었을 때 그런 생각을 하였습니다. 저 하늘의 햇살같이 반짝반짝 빛나는 분이시구나."

"마마, 그게……."

"그에 반해 김 지평은 은은하게 빛나는 달빛과 같은 사람입니다. 온 세상을 환히 비추기보단 암흑 속에서 어둠의 일부를 밝히는 차가우면서도 은근한 달빛."

무슨 말씀을 하려는지 감이 잡히지 않았다. 말머리를 잘린 은명은 중전의 의중을 알 수 없어 사뭇 긴장되었다.

"햇살은 뜨겁고, 달빛은 서늘합니다. 햇살은 강렬하고, 달빛은 요요하지요."

"마마, 무슨 말씀을 하고자 하시옵니까?"

"요요하고 서늘한 달빛은 강렬하고 뜨거운 햇살 앞에 그 힘을 잃어버리기 마련입니다."

은명은 심장이 쿵 떨어져 내렸다. 자세한 경위는 알 수 없으나 중전께서 저와 서율과의 관계를 알고 있는 듯했다.

"어둠 속에서 달빛을 발한다 한들, 강렬한 햇살이 떠오르면 어찌되겠습니까?"

"……."

"높은 하늘 위에 허연 그림자로만 남게 되는 것입니다."

"소녀가 스승님께 누가 된다는 말씀이십니까?"

"강론을 재개했다 들었습니다. 공주가 학문에 열의를 보이는 건 기특하나 지평이 빛을 잃고 그림자가 되는 일은 없기를 바

공주, 선비를 탐하다 2

랍니다."

 은명은 안면이 경직되어 어떠한 대답도 내놓지 못했다. 그의 고백을 받은 뒤 마음이 들떠 하루하루 구름 위를 둥둥 떠다니는 기분이었다. 그러면서도 일면으론 마음껏 기뻐할 수 없었다. 행복한 만큼 불안했고 크나큰 죄를 짓는 느낌이었다. 중전은 지금 그 아픈 곳을 정확히 건드리고 있었다.

 중전과의 대화 후 은명은 자선당에 들르지 않고 곧장 화경궁으로 돌아왔다. 한동안 안채에 들어앉아 골똘히 생각에 잠겨 있더니 오후가 되어 또 다른 출타를 감행했다. 외출이 너무 잦다는 최 상궁의 잔소리도 흔쾌히 감당했다.
 덩에서 내려 은명이 향한 곳은 예전에 찾아온 바 있었던 사헌부 근처 협소한 골목이었다. 장옷을 뒤집어쓰고 고개를 살짝 내밀어 전방을 주시했다. 충동적으로 달려와 전언을 보내기는 했는데 실상 이곳에서 기다리고 있자니 상당히 초조했다.
 원칙주의자인 그가 공무를 방해하지 말라며 언짢아할까 봐 걱정되었다. 융통성 없는 그가 왜 이렇게 출타가 잦으냐 깐깐하게 잘못을 지적할까 봐 염려도 되었다. 하지만 은명은 그 모든 것을 감수하더라도 오늘 꼭 그가 보고 싶었다.
 홀로 초조해하는 사이 드디어 그가 관청 밖으로 모습을 드러냈다. 난이와 잠깐 대화를 나누는가 싶더니 즉각 고개를 돌렸다. 요전 일을 기억하고 있는지 두리번거리는 일 없이 은명이 있는 곳을 정확하게 바라보았다.

시선이 마주쳤고, 그가 환하게 웃었다. 착각인가 싶을 정도로 밝은 표정을 하고서 은명이 있는 곳으로 한달음에 달려왔다. 누가 볼세라 황급히 골목으로 몸을 숨긴 은명을 단숨에 찾아내 "자가!" 하고 부르며 여린 몸을 품속에 와락 끌어안았다.

그의 애정표현에 날아갈 듯 기분이 고조된 은명은 장옷을 앞으로 넉넉히 잡아당겨 그의 머리까지도 휙 덮어씌웠다. 갑자기 장옷을 뒤집어쓴 그가 흠칫하였다. 조금은 어둑어둑하지만 옷감 사이로 스며든 빛을 통해 그의 놀란 얼굴이 선명히 보였다.

"자가, 길에서 이 무슨……."

"싫으십니까?"

은명이 생글거리자 그는 당황스러운 기색을 지우고 가만히 내려다보았다. 곧이어 붉어진 목덜미를 모르는 척 고고한 표정을 하고서 태연히 답했다.

"예측하지 못해 당황스럽기는 하오나, 이왕지사 덮으셨으니……."

아쉽게도 말을 끝까지 이을 새는 없었다. 그가 말을 끝내기도 전에 은명이 까치발을 하고 따뜻한 입술에 자신의 말랑말랑한 입술을 살포시 가져다 대었다. 첫 번째 입맞춤 이후 적응력이 빠른 은명은 갈수록 대범해졌고, 서율은 은근히 만족스러워하며 그 어떤 상황에서든 기꺼이 호응했다.

은명이 금방 떨어지려고 하자 그는 한 손으로 뒷목을 감싸고 그대로 입술을 물었다. 강하게 밀고 들어와 부드럽게 머문 뒤 천천히 빠져나가 입술을 떼자마자 은명을 품에 꼭 끌어안았다.

서로의 향기가 뒤섞여 두 사람은 한동안 꼼짝도 못 했다.

그러나 골목에서 언제까지 이러고 있을 수는 없었다. 서율은 장옷을 걷어 은명의 머리에 예쁘게 씌워 주고 자신은 단정하고 엄격한 사헌부의 지평으로 금세 돌아갔다.

"오늘 입궐하신다더니 벌써 나오신 겁니까?"

"전하께 문후만 올리고 금방 돌아왔습니다."

"하면 서찰을 보내 화경궁에 들르라 하시지 뭐하러 직접 걸음하셨습니까."

그의 타박 아닌 타박에 은명은 싱긋 웃었다. 불현듯 조바심이 이는 바람에 기다릴 여유 같은 건 없었다. 아홉에 시작해 열일곱이 되어서야 겨우 얻은 그의 마음. 어떠한 미래가 예견되어 있든 오늘은 아무런 생각도 하고 싶지 않았다. 오직 함께하는 순간을, 현재의 이 행복을 마음껏 누리고 싶었다.

"이렇게 불쑥 나타나면 더 반가우니까요."

뻔뻔한 변명에 그가 부드럽게 웃었다. 은명은 조금 더 용기를 내봤다.

"바람이 선선한 게 곧 쌀쌀해질 것 같습니다. 더 추워지기 전에 월류지에 가보고 싶습니다."

"그곳은 이미 바람이 차갑습니다."

"잠깐만 머물다 오면 되지요. 날이 추워지면 봄이 올 때까지 월류지에 못 갈 것 같아 그러는 것입니다. 손발도 차가워지고, 등도 시리고……. 겨우내 못 갈지도 모르니 그 전에 다시 한 번 그곳에 가보고 싶습니다. 많이 바쁘십니까?"

간절한 빛을 띠고 바라보자 그는 일말의 고민도 하지 않았다.
"바로 모시겠습니다."
은명은 감격스러워 가슴이 터질 듯 벅차올랐다. 늘 거절만 하던 그가 요즘은 무엇이든 웃으며 받아 주었다. 그가 응석을 받아 준다는 건 은명에게 있어 최고의 행복이었다.

두 사람은 손을 맞잡고 월류지 주변을 천천히 걸었다. 감몽에 푹 빠져 지내는 요즘, 다정하게 웃어주는 그를 보고 있자면 속에서 열정적인 불꽃이 화르르 솟았다. 그러면 은명은 감정을 다스리지 못하고 서슴없이 먼저 애정을 표현했다.
지금도 마찬가지다. 흘끗거리다 시선이 마주쳤고, 그가 웃어주자 기분이 좋아진 은명은 발끝을 들어 짧고 강하게 입을 쪽 맞췄다. 그리 과감하게 해놓고 또 금세 얼굴을 붉히며 부끄러워하였다.
"창피한 줄도 모르고. 제가 너무 뻔뻔합니다."
은명의 말에 서율은 곧바로 고개를 저었다.
"절대로 그렇지 않습니다."
그러고는 조금 전 짧은 입맞춤이 아쉬웠다며 은명을 끌어당겨 눈앞이 하얘질 정도로 깊고 긴 입맞춤을 퍼부었다. 목덜미에 열이 올라 따끔거릴 정도로 입맞춤은 격렬했다.
오랫동안 따로 끙끙거리며 가슴앓이를 해 온 두 사람이었다. 그 둘이 서로의 마음을 속 시원히 털어놓고 인정해버리자 지금까지 억눌렀던 감정이 다스릴 수 없을 만큼 폭주하는 모양새였다.

　오랫동안 붙어 있던 입술이 떨어지자 은명은 그의 가슴에 얼굴을 묻고 차오르는 호흡을 가다듬었다. 서율도 은명의 머리에 뺨을 묻고 어디에도 보내지 않을 것처럼 단단히 끌어안았다. 서로의 심장이 맞닿은 이 순간, 다디단 행복을 길게 음미하던 서율은 은명을 안은 팔에 더 힘을 주며 중얼거렸다.

　"강론을 중단하겠습니다."

　"예? ……왜요?"

　몽롱함에 정신이 흐릿해져 가던 은명은 무슨 소린가 하여 고개를 들었다.

　"스승과 제자로 머물기엔 몸과 마음이 지나치게 가까운 사이가 아닙니까."

　은명의 의문에 그는 당연하다는 듯 말했다.

　"저는 떳떳해지고 싶습니다. 혼인이란 훌륭한 제도로 공주 자가와의 관계를 만천하에 알리고 우리가 하는 모든 행동에 정당성을 얻고 싶습니다."

　"……."

　"아직은 어리석고 부족하지만 부디 저를 믿고 남은 인생을 함께하여 주십시오. 늘 자가 곁에 머물며 힘이 되어 드리겠습니다. 아니, 제게 힘이 되어 주십시오."

　어느덧 흐려진 그의 눈가에 콧등이 시릴 만큼 짙은 애정이 배어 나왔다. 은명은 목이 꽉 메어 어떤 답도 할 수 없었다. 세상 그 무엇보다 달콤하고 유혹적인 말이었으나 기쁨보다 무서움이, 그리고 두려움이 은명의 심장을 죄어 왔다. 그는 지금 모든 것을 버리고 의빈이 되겠다, 선포하고 있었다.

은명의 복잡한 표정을 오해한 서율은 다감한 미소를 지었다.

"압니다. 갑자기 이런 말씀을 드려 놀라셨겠지요. 채근하지 않겠습니다. 화경궁으로 돌아가 찬찬히 생각해 보십시오. 자가께서 준비가 되시면 먼저 저하를 찾아뵙겠습니다."

그가 당기는 대로 또다시 너른 품에 안긴 은명은 뜨거운 응어리가 치솟아 가슴이 아릿했다.

어찌해야 한단 말인가. 서슴없이 먼저 고백도 했지만, 그의 미래를 제 손으로 부순다는 것은 상상만으로도 끔찍하기만 했다. 불안감에 휩싸인 은명은 그의 품으로 더 깊이 파고들며 간신히 입만 벙긋거렸다.

"보령에서의 일을 기억하십니까? 제가 스승님께 의빈이 되어 달라 혼인을 청한 적이 있었습니다."

"지아비가 되어 달라, 두 번이나 청하셨지요. 돌이켜보면 고백도 청혼도 자가께서 언제나 저를 앞지르셨습니다."

"분발하십시오."

"예. 앞으로는 절대 늦지 않겠습니다."

은명은 코끝이 시큰거려 그의 어깨 너머로 푸르게 펼쳐진 하늘을 올려다보았다. 그때는 정말 알지 못했다. 의빈이 얼마나 많은 대가를 치러야 하는 자리인지를, 사모하는 마음 하나로 모르는 척 떠안기기엔 너무도 가혹한 형벌이라는 것을.

저 구름발치에 흐릿하니 하얗게 걸려 있는 반월이 오늘따라

애달프고 쓸쓸해 보였다.

향몽(香夢)

11월에 들어서며 한낮에도 제법 쌀쌀한 바람이 불었다. 날씨가 부쩍 추워지며 집마다 월동 준비가 한창인데 화경궁이라고 다르지 않았다. 은명은 오늘, 안채의 따뜻한 아랫목에 앉아 최상궁과 함께 겨울옷을 지어 입을 고운 비단을 살펴보고 있었다.

"공주 자가, 이 쪽빛 비단에 은사로 매화를 수놓아 치마로 지으면 어떠하시겠습니까? 고상하고 기품 있어 뵈실 것이옵니다."

"그럴까? 장옷을 만들어도 좋을 것 같은데. 자네들도 하나씩 지어 입고 아정이도 옷 한 벌 해줘야겠다. 그 아이는 이 짙은 다홍색이……."

비단을 들추던 은명은 아정이 이야기를 꺼내다 돌연 사색이 되었다. 들고 있던 비단을 던지고 한곳에 모아 놓은 서찰을 다급히 살펴보았다.

"자가, 왜 그러시옵니까?"

"방금 여기 뭉치로 있던 파지들이 다 어디로 간 것이냐? 설마 아까 몽땅 가져 나간 것은 아니겠지?"

"그거라면 나인들이 좀 전에 태운다고 모두 가져가지 않았나이까."

"뭐?"

은명은 외마디 소리를 지르고 허겁지겁 뛰쳐나갔다. 최 상궁도 무슨 일이 일어났나 싶어 속히 뒤를 따라갔다.

오후에 아정이가 오면 건네기 위해 제륜에게 안부의 글을 쓰던 중이었다. 짧고 간략하게 요점만 적은 뒤 먹물이 마르기를 기다리고 있는데 궁녀들이 색색의 비단을 들고 들이닥쳤다.

은명은 급한 대로 파지를 모아 놓은 곳에 서찰을 살짝 숨겨 두었다. 누구도 그곳에 관심 두지 않을 줄 알았는데 곱디고운 비단에 정신이 팔려 나인들이 정기적으로 파지를 태운다는 사실을 신경 쓰지 못했다.

제륜 오라버니, 평안하십니까.
저는 강녕합니다. 많이 보고 싶습니다.
한번 찾아와 주십시오.

짧은 글이었지만 '제륜'이란 명자가 들어가 있었다. 은명은 자신의 멍청한 실수를 자책하며 난이와 수비가 불을 지피는 곳으로 쏜살같이 달려갔다. 안채에서 나온 파지는 전부 바닥에 모아져 있었다. 아무도 손대지 마라, 명을 한 은명은 허둥지둥 파지를 헤집어 보았다. 찾고 있는 서찰은 어디에도 없었다.

"자가, 왜 그러시옵니까? 무엇을 잃어버리셨사옵니까?"

수비가 걱정스러운 눈길을 보냈다.

"아니, 그게 아니고……. 가져 나온 파지는 여기 있는 게 전부이더냐?"

"예, 자가. 일부는 이미 태웠사옵니다. 무슨 일이시옵니까? 혹 지평 나리께서 보낸 서찰이 섞여 있었는지요?"

난이가 놀란 눈을 하고 되묻자 은명은 동작을 거두었다. 아무 일도 없었다는 듯 자리를 털고 일어났다.

"괜찮다. 중요한 건 아니다."

짐짓 대수롭지 않은 척 굴고 있어도 속으론 십년감수했다며 가슴을 쓸어내렸다. 그나마 새까만 재로 사라졌다는 데에 안도할 따름이었다. 도대체 정신을 어디에 내놓고 사는 것인지.

그러고 보니 김서율, 그 사람한테도 답신을 써야 하는데 매일 밤 붓을 들었다 그대로 내려놓은 게 벌써 수십 차례에 달했다.

월류지에서 청혼을 받고 난 뒤 은명은 병환을 핑계로 외출을 삼갔고 문안을 오고 싶다는 그의 청도 거절했다. 혼인을 받아들일 수도, 그렇다고 거절할 수도 없어 조용히 고민할 시간이 필요했다. 서율은 그 뜻을 이해해주는 대신 꼬박꼬박 서찰을 보내왔다. 그에게서 서찰을 받는 것은 또 다른 즐거움이었지만 얼굴을 마주할 수 없다는 건 생각보다 훨씬 괴로운 일이었다.

서찰로 난리를 치른 그 다음다음 날, 은명은 반가운 손님을 맞았다. 예고도 없이 눈앞에 나타난 정한군은 근처를 지나다 매화차나 한잔 얻어 마시러 왔다며 능청을 떨었다. 곧바로 차와 다식이 준비되었다. 관복을 차려입고 차를 음미하는 정한군의 얼굴에는 만족감이 흘렀다.

보료에 앉아 그 여유로운 모습을 바라보는 은명도 입가에 옅은 미소를 띠었다. 한동안 아무도 만나지 못했기 때문인지 이렇게라도 정한군을 보고 있으니 가슴이 탁 트이는 것 같았다.

"아침부터 화경궁엔 어인 일이십니까? 차림을 보아하니 입궁하시던 길 같은데 말입니다."

가볍게 질문했던 은명은 곧 잊고 있던 중요한 일정을 떠올리곤 아차 싶었다. 그러고 보니 오늘은 전하께서 비빈과 함께 온천으로 행차하시는 날이었다.

"오늘이 그날이었군요."

"잊고 계셨습니까?"

"요즘 하도 분주하여……."

은명은 민망함에 말끝을 흐리다 화제를 바꿨다.

"배웅하러 가시는 길입니까?"

"예. 배웅도 배웅이지만 실은 중전마마께서 재미있는 일을 벌였다기에 구경이나 할까 하고 가던 길이었습니다."

"재미있는 일이요? 그게 무엇입니까?"

영문을 모르는 은명에게 정한군은 장난기 가득한 얼굴로 속닥거렸다.

"믿을 만한 소식에 따르면 중전마마께서 오늘, 김 지평에게 신붓감을 소개해 주신다 하더이다."

찰나 어지러웠다. 몸에 힘이 빠지고 배 속은 울렁울렁, 탁 트였던 가슴이 질식할 것처럼 죄어들어 은명은 눈앞이 흐릿해졌다. 더 이상의 생각은 불가하였다.

"홍문관 대제학의 삼녀라고 하였던가? 하여간 재미있는 분입니다. 오늘 같은 날은 이것저것 챙기는 것만으로도 분주할 텐데 아침부터 지평을 불러 여인을 소개해 주려고 하시다니요. ……자가, 제 말 듣고 계십니까?"

"예. 듣고 있습니다."

"함께 가보시겠습니까? 간만에 재미있을 것 같은데 말입니다."

"……아니요. 오늘은 가볼 곳이 있습니다."

벌써 이전부터 정한군의 시선은 이복누이의 얼굴에 고정되어 있었다. 얼이 빠지고, 시선이 흔들리고, 숨소리가 불규칙해지고 있음에도 공주는 묻는 말에 또박또박 대답했다.

자신이 무슨 말을 하는지 알고는 있을까.

공주의 변화를 놓치지 않고 관찰했던 정한군은 싱긋 웃으며 자리를 털고 일어섰다.

"그러하시다면, 저는 이만 가보겠습니다. ……아!"

그는 방을 나서다 말고 무언가 떠오른 듯 공주를 돌아보았다. 충격으로 행동이 한 박자 느려진 공주는 느릿느릿, 그제야 그를 따라 일어서고 있었다. 가만히 서서 그 모습을 지켜보던 정한군은 공주가 몸을 일으켜 멍한 눈으로 그를 바라볼 때쯤 천천히 말했다.

"작년 초여름, 부용정에서 차를 들며 나눴던 대화를 기억하십니까?"

"예?"

"의빈이 되면 형벌 같은 삶을 살아야 한다, 당시 제가 그런 말씀을 드린 적이 있었습니다."

"……."

"한데 꼭 그런 것만은 아니었습니다."

침울하게 가라앉아 있던 공주가 두 눈에 의아함을 띠고 정한군을 보았다.

"호기심에 찾아보았더니 똑똑한 자를 낭군으로 맞아 행복하고 조용하게 생을 마감한 왕녀가 여럿 계셨습니다."

"그렇…… 습니까?"

"출사하여 거창하게 사는 것보다 연모하는 여인과 다복하게 사는 것. 그것이 더 가치 있게 여겨질 수 있다는 걸 저도 이번에야 알게 되었지요. 요는, 어떤 삶이 가치 있느냐가 아닌 어떤 삶에 가치를 두느냐, 바로 그것이었습니다."

"어떤 삶에 가치를 두느냐……."

"예. 그럼 저는 이만. 나오지 마십시오."

제가 했던 말을 망연히 따라 하는 공주에게 인사말을 남기고 정한군은 유유히 화경궁을 빠져나갔다. 대문을 나와 준비된 평교자에 오르기 전 살짝 몸을 틀어 저 멀리 대궐이 자리한 방향을 바라보았다.

그가 정계에 입문한 건 생후 백일이 갓 지났을 무렵이었다. 아무것도 모르고, 아무것도 하지 않았는데 그를 세자로 올리려는 무리에 의해 하마터면 형님을 죽이는 패륜을 저지를 뻔했었다.

한 해 한 해 성장하며 자신이 상상 이상으로 위험한 존재인 걸 깨닫게 된 그는 세상에 둘도 없는 한량이 되어 오직 재미만을 추구하며 살았다. 사람들은 그를 안쓰럽게, 혹은 한심하게 여기기도 했지만 상관하지 않았다.

그가 권력에서 멀어질수록 모친께선 밤마다 편히 침수에 드실 수 있었고, 형제들은 보다 안전할 수 있으며, 왕실에는 평화가 찾아왔다. 가족을 지키는 삶, 그것이야말로 그에게는 가치 있고 의미 있는 일이다.

"그러니 중전마마, 저도 이 정도의 오지랖은 떨 자격이 있지 않겠사옵니까."

잠시 생각에 잠겨 있던 그는 이내 픽 웃으며 평교자에 올랐다. 아침부터 화경궁에 오기 위해 바지런을 떨었더니 피로감이 엄습했다. 등받이에 몸을 편안하게 기댄 정한군은 늘어지게 하품하며 명을 내렸다.

"집으로 가자."

༺༻༺༻༺༻

급작스럽게 불려온 서율은 연유를 몰라 얼떨떨해하면서도 무게를 잃지 않았다. 공손히 예를 올리고 보희 앞에 정중하게 자리를 잡았다.

"평안하시옵니까, 중전마마."

"어서 오세요, 지평. 예까지 오시느라 수고가 많았습니다."

보희는 살피듯 서율을 응시했다. 듣기로 며칠째 퇴청을 못할 정도로 바빴다더니 한눈에 보기에도 피로가 가득했다. 아침부터 내전까지 불려온 이유가 궁금할 텐데 그는 어떠한 기색도 내보이지 않았다. 그저 시선을 조금 내리깔고 이쪽에서 먼저 말이 떨어지길 기다렸다.

"조금 후에 전하를 모시고 떠나야 합니다. 본론만 간략히 말씀드리지요."

"예, 마마."

한때나마 그의 지어미가 되는 꿈에 가슴을 두근거린 적이 있었다. 그때는 상상조차 할 수 없었다. 제 입으로 직접 이런 말을 하는 날이 오게 되리라고는.

"이 사람이 지평의 짝을 찾아드리고자 합니다. 대제학의 삼녀 박혜원. 가문, 외모, 성품, 무엇 하나 빠지지 않는 도성 최고의 규수이지요. 지평께서도 마음에 드실 겁니다."

자신을 직시하는 그의 두 눈에 황당함이 뒤덮였다. 그럼에도 보희는 아무것도 눈치채지 못한 척 평온한 미소를 덧그렸다.

화경궁에 심어 놓은 궁녀가 소식을 전해 올 때마다 심장이 자근자근 짓밟히는 기분이었다. 그럴수록 점점 평정을 잃어 갔다. 그도 언젠가 다른 인연을 만나 가정을 꾸려야 한다는 건 알고 있었다. 참하고 어여쁜 안사람과 그를 닮은 아이들. 얼마든지 참고 보아 줄 용의가 있었다.

그렇지만 공주는 아니다. 제 손으로 곱고 아름다운 여인을 뽑아 김서율과 짝을 지어 줄망정 그가 공주와 이어지는 꼴은 절대로 보고 싶지 않다.

"중전마마, 지금 제게 짝을 찾아주신다 하셨사옵니까?"

"들은 그대로입니다. 이 사람이 지평의 중매를 서고자 합니다."

"황공하오나 그 뜻을 거두어 주십시오. 저는 이미 마음에 둔 처자가 있사옵니다."

"좌상께는 이미 말씀을 드렸습니다."

"마마."

그가 저지하듯 목소리에 힘을 실어 보희를 불렀다. 그러나 보희는 나긋나긋한 목소리를 유지하며 독불장군처럼 굴었다.

"대제학의 여식이 이리로 오고 있는 중입니다. 장소를 따로 마련하여 드릴 테니 너무 긴장하지 마십시오."

"저는 누구도 만나지 않을 것이옵니다. 이미 혼인을 청한 상대가 있고, 그 사람에게 대답을 듣는 즉시 정혼을 추진할 예정이었습니다. 말씀은 감사하오나……."

"공주는 안 됩니다."

말끝을 싹둑 잘라낸 보희는 사늘한 기운을 내뿜었다. 조금 놀란 빛을 드리웠던 그도 서서히 언짢은 기색을 드러냈다. 그것을 당신이 어찌 알고 있느냐, 기분이 꽤 상한 눈빛이었다.

사람을 붙여 놓지 않고는 절대로 알 수 없는 일이었다. 화경궁 내에서 누군가 의심받고, 급기야 자신을 돕던 아이가 발각돼 내쳐질 수도 있지만 보희는 개의치 않았다. 지금은 서율의 저 무모한 행보를 막는 것이 우선이었다.

"전하께서 그 혼인을 허하실 것 같습니까? 좌상께서 공주를 받아들이시겠습니까?"

"혼인이 이루어지지 못할 이유는 없습니다."

그새 평정을 되찾은 그는 확신을 담아 또렷이 말했다. 중전께서 이미 알고 계시다면 더는 감출 필요도 없다는 태도였다.

"전하께는 천 번이고 만 번이고 청할 것이고, 아버님도 끝까지 설득해 공주 자가를 반드시 저의 내자로 들일 것이옵니다. 혹시라도 공주께서 마음을 다치실까 염려되어 이러시는 거라면 심려치 마십시오. 절대로 그렇게 내버려두지 않을 것이옵니다."

그의 한마디 한마디가 모두 화살이 되어 보희의 심장을 뚫었다. 자신과 혼담이 오갈 땐 시종일관 무관심으로 응대해 절망감을 안기더니 공주와의 일엔 어쩜 저리도 적극적인지.

얄궂은 건 그럼에도 불구하고 서율이 조금도 미워지지 않는다는 점이었다. 모든 분노와 원망은 그의 마음을 차지한 공주에게로 향했다.

기어이 공주를 택하려는 겁니까? 집안도, 미래도, 전부 던져 버릴 생각이신 겁니까!

보희는 내키는 대로 소리치고 싶지만, 중전이란 지위가 마지막 체통만은 지키라 종용했다. 하여 가까스로 울분을 삭이고 침착하게 입을 열었다.

"의빈이 어떤 자리인지 모르지는 않으시겠지요? 끝내 그 길을 가고자 하십니까?"

"공주 자가의 옆자리는 오래전부터 제가 원하고 또 바라 온 자리이옵니다. 이제 그 자리를 목전에 두고 있으니 저는 더 바랄 것도 없사옵니다. 옛 인연을 생각해 중전마마께서도 기뻐하여 주십시오."

중전의 제안을 단호히 거절하면서도 그의 어조는 여전히 바르고 침착했다. 보희는 그쯤에서 입을 다물기로 하였다. 물론 그것이 동의의 의미는 절대로 아니었다. 화살은 이미 당겨졌다. 공주가 돌아올 수 없는 강을 건너고 말았음을 보희는 굳이 그에게 귀띔해주지 않았다.

눈만 보일 정도로 장옷을 깊이 뒤집어쓴 은명은 인적이 없는 좁은 골목에 숨어 열심히 앞쪽을 주시했다. 그제 안부 서신을 잃어버리고 아정을 통해 직접 찾아뵙겠다는 전갈을 제륜에게 보냈다.

은명은 정한군을 배웅한 뒤 그간 미루었던 결심을 굳히고 아침부터 바쁘게 움직였다. 영수와 영재를 보러 간다는 핑계로 최 상궁을 화경궁에 떼어 놓고 난이마저도 중간에 따돌렸다. 힘들게 찾아온 길이니만큼 두 번은 반복하기 어려운 과정이었다. 무슨 일이 있어도 오늘 꼭 오라버니를 뵙고 싶었다.

"공주 자가!"

얼마나 기다렸을까. 말 그대로 아주 곱상하게 생긴 젊은 청년이 은명에게 다가오며 서글서글한 웃음을 지었다. 언제나 깜깜한 밤, 어둠 속에서 흐릿하게만 보아 온 얼굴이었다. 그동안은 몰랐는데 이렇게 보니 한눈에 알아볼 수 있을 만큼 굉장히 낯이 익었다.

"대범하시다 칭찬해드려야 하옵니까? 자가의 무모함에 감탄이 나올 지경입니다."

"늘 어둠 속에서만 뵙지 않았습니까. 이렇게 밝은 햇빛 아래서 뵙고 싶었습니다. 환한 곳에서 뵈오니 정말 외숙을 닮으셨습니다. 이제야 정말로 저를 업어주시던 그 오라버니를 찾았다는 게 실감 납니다."

은명은 뭉클하여 눈물이 돌았다.

"언제쯤이면 오라버니와 이렇게 밝은 곳에서 편히 만날 수 있을까요? 다과라도 함께 들며 그동안의 일을 천천히 들어 보고 싶습니다."

"머지않아 그런 자리를 마련하겠습니다."

"한데 어디를 가십니까? 차림이……."

"자가를 뵙고 도성 밖 창고를 둘러볼 예정입니다."

"하여 상단이 그리 텅 비어 있었던 것이군요."

거대상단의 한양 분점이라면 응당 사람들로 북적거릴 줄 알았다. 은명은 처음부터 몸을 사리고 혹시라도 눈에 띌까 철저히 경계했다. 그런데 기다리는 동안 살펴보니 날을 세웠던 게 민망할 정도로 상단은 한적했다.

"그래서가 아닙니다. 실은……."

그의 말을 듣고 있던 은명이 갑자기 화들짝 놀랐다. 장옷을 더 깊이 덮어쓰고 몸을 감추듯 준혁의 등에 찰싹 붙었다. 저 멀리, 난이와 군관이 창백히 질린 얼굴로 이곳저곳을 뛰어다니고 있었다.

"오라버니, 저는 이제 가야 합니다. 이거 받으시어요."

은명은 품에서 종이꾸러미를 꺼내 준혁에게 내밀었다.

"이게 무엇입니까?"

"의주에 계시는 외숙께 보내는 서신입니다. 대신 전달하여 주십시오. 가능하면 답신도 꼭 받고 싶습니다."

잠시 할 말을 잃었던 준혁은 서찰을 재빨리 넘겨받고 은명을 재촉했다.

"얼른 가보십시오. 후에 다시 이야기하는 것이 좋겠습니다."

"이리 뵈어 정말 좋았습니다. 그럼 조심해서 다녀오시어요."

은명은 준혁에게 미소를 남기고 총총걸음으로 골목을 나가 울상이 된 난이에게로 향했다.

뒤에 남은 준혁은 공주가 무사히 아랫사람들에게 둘러싸이는 모습을 지켜보았다. 그들이 멀어져 시야에서 사라지자 한숨을 내쉬며 서찰을 내려다보는데 그를 부르는 이가 있었다.

"어르신!"

양병수의 수족으로, 준혁이 늘 경계하고 조심하는 차 행수가 다가왔다.

"준비가 다 되었습니다."

"대행수가 돌아온 것이냐?"

"아닙니다. 대행수는 시간이 더 걸릴 것 같다는 전언입니다."

"도방은 대체 무슨 일이기에 아침부터 사람들을 죄다 불러 모아선…… 아니다. 하면 누가 따라올 것이냐? 네가 갈 것이냐?"

"도성 밖에 임 행수가 기다리고 있을 겁니다."

임 행수는 별다른 특징 없이 평범한 자였으니 눈앞에 있는 자와 함께 가는 것보단 훨씬 나았다. 음흉하고 능글맞은 차 행수가 마음에 들진 않았지만 준혁은 겉으로 표 내지 않고 노고를 치하했다.

"수고했다. 따라올 것 없으니 너는 면포전으로 돌아가 있거라."

"예, 어르신."

길게 말을 섞고 싶지 않아 준혁은 즉시 돌아섰다. 그래서 보지 못했다. 차 행수의 입가에 떠오르는 비릿한 웃음을.

온천으로 향하는 임금의 행렬이 있었기 때문인지 도성 안은 구경꾼들로 인산인해를 이루었다. 힘들게 성문을 벗어난 준혁은 한적한 길로 접어들자 빠르게 말을 몰았다.

예상보다 시각이 지체돼 마음이 급했는데 약속장소에 거의 다다랐을 때쯤 어디선가 불쑥 두 개의 인영이 튀어나왔다. 깜짝 놀란 준혁은 급하게 말고삐를 당겼다.

"안녕하십니까, 대방 어르신. 오랜만에 인사 올립니다!"

"너 만석이가 아니냐."

그를 놀라게 한 이들은 도성 밖에서 소작하며 근근이 먹고사는 박 노인과 그의 열두 살 난 손자, 만석이었다. 작년 여름, 준혁은 다 죽어 가는 아이를 등에 업고 의원에게 빌고 있는 한 사내와 박 노인을 우연히 목격했다.

값을 치를 형편이 안 돼 진료를 거부당하는 모습이 어찌나 측은하던지. 어릴 적 혈혈단신으로 사경을 헤맸던 제 모습이 떠올라 곧바로 의원에게 값을 주고 맥을 짚어 보게 하였다. 뿐만 아니라 아이의 상태가 안정되자 의술이 뛰어난 다른 의원에게 데리고 가 끝까지 치료를 받게 했다.

그렇게 죽어 가던 아이가 이제는 건강을 되찾아 길에서 만날 때마다 열심히 알은척을 해 왔다. 그때마다 준혁은 기특한 마음에 이것저것 필요한 것들을 보내주고 있었다.

"여기는 어쩐 일인가?"

"상감마마 행렬을 보고 싶다고 이 녀석이 하도 조르는 바람에 나왔습니다."

"고운 항아님들을 아주 많이 보았습니다! 저기 보십시오, 저기! 아직도 보입니다."

할아버지의 말이 끝나자마자 만석은 저 멀리 사라지고 있는 행렬의 꼬리 부분을 가리키며 소리쳤다.

"그래. 좋았겠구나."

"대방 어르신!"

헤헤거리는 만석에게 맞장구를 쳐주는데 임 행수가 도착했다. 시간이 빠듯했던 준혁은 길게 대화를 나누지 못하는 대신 여느 때와 다름없이 그들에게 필요한 것을 물었다.

"부족한 건 없는가?"

"아무것도 없습니다."

백발의 노인은 손사래를 치며 어서 가던 길이나 가시라고 준혁을 재촉했다.

"창고에 가는 길이니 오후에 인편으로 약재 몇 가지를 보내주겠네."

"번번이 이러시면 저희가 송구스럽습니다."

"남아돌아 주는 것이니 부담스러워하지 말게. 다음에 또 봄세."

준혁은 박 노인과 만석의 배웅을 받으며 말을 세차게 출발했다. 임 행수를 대동해 한참을 앞으로 내달렸다.

쉬지 않고 달리는 통에 땀이 슬쩍 차오르는데 뒤에서 돌연 무언가 바람을 가르며 스산하게 날아오는 소리가 났다. 좋지 않은 예감에 뒤를 돌아보려는 순간 왼쪽 어깨 뒤편에 불로 지지듯 숨 막히는 통증이 급습했다.

"허억!"

고통스러운 비명이 절로 흘러나왔다. 준혁은 말 머리 위로 털썩 엎어졌다. 그 모든 것을 지켜보았을 임 행수는 그대로 준혁을 추월해 한 번 돌아보지도 않고 앞으로 달려갔다.

양병수 이놈이, 기어이…….

뼈가 바스러지는 고통에 아랫입술을 꽉 깨무는 사이 뒤에서 또다시 바람을 가르는 소리가 들렸다. 이번엔 한두 개의 화살을 쏜 게 아닌 듯했다. 준혁은 끔찍한 통증을 참으며 힘차게 말을 몰아 아슬아슬 공격을 피했다. 하지만 보나 마나 이중, 삼중으로 살수들을 배치해 두었을 것이다.

조심한다고 경계해 왔음에도 이렇게 당하고야 말다니. 실로 한심스러웠으나 일단은 목숨을 부지해야 했다. 준혁은 오른편 길 가장자리 아래로 넘실넘실 굽이치는 강물을 내려다보았다. 위험하긴 했지만 달리 방도가 없다. 모 아니면 도, 살아남을 가능성이 조금이라도 높은 쪽을 택하는 수밖에.

결심을 굳히고 길가로 바싹 붙어 달리던 준혁은 세 번째 공격이 시작되는 찰나 말을 버리고 과감히 공중으로 몸을 날렸다. 험준한 낭떠러지 밑, 유유히 흐르는 시퍼런 강물로 쏜살같이 뛰어들었다.

촤악.

소음이 단절되며 춥고 어두운 세상이 몸을 감쌌다.

---

해야 할 일을 한꺼번에 몰아서 처리한 서율은 집으로 돌아와 외출할 채비를 마쳤다. 날씨가 쌀쌀해지는 만큼 정원의 나뭇잎이 울긋불긋 선명하게 물이 올라 곱기도 하였다.

단풍이 드는지도 모르고 그동안 정신없는 나날을 보냈다. 곧 있으면 사직에서 물러나야 할 몸, 행궁 습격 사건과 진상품 도난 사건만큼은 스스로 매듭짓고 싶어 조금의 여유 없이 강행군을 이어 왔다. 그로 인해 본의 아니게 공주의 칩거를 너무 오래 방치하는 부작용을 낳았다.

혼인이란 특히 여인에게 많은 변화가 초래되는 일생일대의 거사다. 바쁘다는 이유도 있었지만 서율은 공주께 마음을 다잡을 수 있는 시간을 드리고 싶었다. 그래서 병을 핑계로 화경궁에 꼭꼭 숨으셨음에도 그 뜻을 존중하고 기다려 주었다.

그러나 이제는 아니다. 지금까지 소식이 없는 건 공주도 그가 의빈이 되는 걸 부담스러워하고 있다는 방증일 터. 중전까지 나선 이상 무턱대고 기다리고 있을 여유가 없었다.

며칠 만에 집에 돌아와 잠시 앉아 보지도 못하고 서율은 화경궁으로 가기 위해 또다시 대문을 나섰다. 내친김에 혼사 문제를 깨끗이 매듭지을 작정이다. 공주와의 관계를 만천하에 터트리고 쓸데없이 얽혀드는 꼬리들을 이번 기회에 확실하게 정리하고 싶었다.

단단히 작심한 그는 대문으로 이어진 계단을 내려와 몇 발짝 걷다가 놀란 얼굴로 제자리에 멈췄다.

"……자가."

불과 몇 보 앞에 공주가 있었다. 그동안 화경궁에 숨어 무던히도 애를 태우던 공주가 백자같이 매끄러운 얼굴에 특유의 도도함을 담아 그를 바라보고 있었다.

결론을 내리셨구나, 서율은 단번에 직감했다. 그가 원하고, 받아들일 수 있는 대답은 오직 하나였다. 내심 긴장한 그가 가까이 다가가자 한가로이 지켜보던 공주가 우아하게 하명했다.
"조용한 곳으로 안내해 주십시오. 긴히 드릴 말씀이 있습니다."

"도련님!"
황토로 지어진 어느 건물에 들어서자 흙을 만지던 노복이 서율을 반갑게 맞이했다. 쌀쌀한 가을인데도 따스한 기온이 유지되고 있는 이곳. 농익은 낙엽의 향취 대신 달보드레한 꽃향기가 퍼지는 이곳은 좌상이 공을 들이고 있는 개인 온실이었다.
"잠시 이곳을 비워 주게."
"예."
종복들이 나가는 사이 공주는 한적한 온실 안을 거닐며 꽃구경에 열중했다.
"좌상께서 이런 취미가 있으셨군요. 국화와 난은 그렇다 쳐도 얼음장같이 차가우신 분께서 이런 꽃들을 좋아하시다니요. ······그런데 이 꽃들, 화경궁의 후원을 그대로 옮겨다 놓은 듯 보이지 않으십니까?"
사뿐사뿐 꽃들 사이를 거닐며 때때로 기분 좋게 향기를 들이마시는 공주는 마냥 태평했다. 대관절 무슨 생각이신지 감을 잡을 수 없어 서율이 먼저 본론을 꺼냈다.
"이제 우리 둘뿐입니다. 긴히 하실 말씀이 무엇입니까?"
"예전에 제가 월류지에서 드렸던 말씀을 기억하십니까? 상대를 위해 내 마음을 외면하고 부정하는 그런 이상한 배려 따위, 하지 않겠다 하였습니다."

한 발 한 발 다가와 눈앞에 선 공주가 그를 똑바로 응시하며 말했다.

"그 마음이 약해지기라도 하셨습니까?"

"거의 그럴 뻔했지요. 생각보다 저는 여리고 착한 사람이었습니다."

진지하고 심각한 공주의 대답에 서율의 입에선 피식 실소가 터졌다. 너무도 어이가 없었지만, 우선은 끝까지 가보기로 하였다. 대체 무슨 마음으로 저러시는 것인지.

"해서 여리고 착한 결정이라도 하신 겁니까?"

"그럴 리가요. 제가 말씀드리지 않았습니까, 거의 그럴 뻔했다고. 하지만 결국 그리하지 못했습니다. 착한 사람이 되자니 죽을 때 땅을 치고 후회할 일이 너무 커 눈도 감지 못할 것 같았거든요. 죽기 전에 후회를 남기지 않겠다는 저의 결심, 꼭 지킬 생각입니다."

오랜만에 보는 공주 특유의 저 고집스러운 표정이 좋았다. 서율은 가슴이 뛰기 시작했다. 공주께서 드디어 결심을 굳힌 것이다. 그토록 바라고 듣고 싶었던 그 결심을.

그에게 성큼 다가선 공주는 국운을 짊어진 장수처럼 위엄이 서린 목소리로 질문했다.

"정녕 의빈이 되어도 후회하지 않을 자신이 있으십니까?"

"자신이 없다면 혼인을 청하지도 않았을 겁니다."

"공주의 치마폭에 싸여 대의를 저버렸다, 세간의 입방아에 오르내리실 수도 있습니다."

"사실이 아니니 연연할 필요도 없습니다."

"후손들이 기억하는 위대한 역사적 인물에 김서율이란 석 자는 영원히 회자되지 못할 겁니다."

"죽은 후의 일 따위 알 게 무엇입니까. 저에게 중요한 건, 숨 쉬고 살아 있는 지금 이 순간입니다."

서율은 대답하는 데 일말의 망설임도 없었다. 보일 듯 말 듯 공주의 눈가에 습기가 어렸다. 한동안 말없이 주시하더니 부드러운 어조로 다시 한 번 그의 다짐을 확인했다.

"지금 하신 말씀, 절대로 잊으면 아니 됩니다."

"물론입니다."

"저에게 최선을 다하십시오. 십 년 후에도, 이십 년 후에도, 목숨이 다하는 날까지 늘 한결같아야 합니다."

"언제나 그리하겠습니다."

"그러하시면……."

공주는 그의 한 손을 자신의 두 손으로 부드럽게 감쌌다.

"저의 낭군이 되어 주시겠습니까?"

길고 긴 고민 끝에 내린 가장 이기적인 결론. 이것은 또한 두 사람 모두를 위한 최상의 결론이기도 했다.

"당신께서 후회하지 않으시도록 제가 평생을 받들어 모시며 행복하게 해 드리겠습니다. 어여쁜 아내가 되어 드릴 겁니다."

바로 직전까지만 해도 공주에게 하고 싶은 말이 산더미처럼 많았지만 이렇게 바라보니 수많은 걱정은 전부 부질없는 것이었다. 그의 정인은 품 안을 벗어나 속을 썩이더라도 스스로 문제를 해결하고 돌아와 당당히 행복을 꿰차는 사람. 이러한 사람과 평생을 함께할 수 있다고 생각하니 서율은 뿌듯함으로 가슴이 벅차 차올랐다.

"대답 안 하십니까?"

"해야지요."

그는 대답과 함께 은명의 머리를 끌어당겨 입술을 삼켰다. 한동안 절제했던 마음을 더는 억누르지 못하고 성급하게 정인의 입술을 파고들었다. 공주가 움직이지 못하게 머리와 허리를 단단히 붙잡고 입안 곳곳을 헤집으며 농밀하게 자극했다.

은근한 열기가 온몸으로 퍼졌다. 그의 움직임이 나긋나긋 부드러워지더니 천천히 입술을 떨어트렸다.

"이 정도면 대답이 되었습니까?"

두 뺨이 불그스름 열기에 휩싸인 은명은 최대한 아무렇지 않은 척 도도함을 잃지 않았다.

"일단은 되었습니다."

"이 길로 당장 저하를 찾아뵙겠습니다."

"저도 같이 가겠습니다. 마냥 기다리느니 눈앞에서 확인하는 게 낫지요."

얼굴이 한껏 달아올라 있으면서 여유로운 척 구는 공주가 귀여웠다. 서율은 공주의 허리를 더 바짝 끌어당겨 엄살을 피웠다.

"저하께서 제게 불호령을 내리시거든 옆에서 편을 들어주셔야 합니다."

"걱정하지 마십시오. 스승님께 함부로 하는 사람은 아무리 오라버니라 해도 용서치 않을 겁니다."

만족스러운 대답에 환히 미소 짓던 서율은 여전히 부족함을 느끼며 천천히 고개를 숙였다. 그의 의도를 알아챈 은명 역시 수줍게 얼굴을 붉히면서도 지그시 눈을 감고 그를 받아들일 준비를 했다. 닿을 듯 말 듯 두 사람의 입술이 가까워지는데 문이 벌컥 열렸다.

"자가!"

평소 은명의 곁을 지키던 군관이 뛰어들었다.

찰싹 붙어 있던 두 사람은 화들짝 놀라 몸을 떨어트렸다. 군관의 난입이 당혹스러웠으나 웬만큼 급하지 않은 이상 저리할 수 없었다. 서율은 당황한 기색을 지우고 차분히 그 연유부터 물었다.

"무슨 일인가?"

"도성 안이 술렁이고 있습니다. 중전마마를 암살하려던 시도가 있었다는 전언입니다."

"암살? 그게 무슨 소리인가?"

경천동지할 소식에 서율은 크게 놀라 자세한 설명을 요구했다.

"행차 행렬이 도성 밖을 나선 지 얼마 안 돼 화살 공격이 있었답니다. 연이 기울어지고 중전마마께서 화살을 맞아 난리가 난 모양입니다."

"전하께서는? 전하와 관련한 소식도 있었는가?"

"자세한 건 모르겠습니다. 중전마마의 이야기만 들려오고 있습니다."

그렇다면 전하께서는 무사하시다는 뜻일 수도 있었다. 하나 직접 확인하기 전까지 아무것도 확신할 수 없었다. 잔뜩 긴장한 은명이 서율과 군관을 번갈아 보다가 초조하게 물었다.

"대체 누가 감히…… 혹 저번에 행궁을 덮쳤던 그자들일까요?"

"지금으로써는 알 수 없습니다. 자가께서도 위험할 수 있으니 가능한 한 빨리 화경궁으로 돌아가셔야 합니다. 모셔다 드리겠습니다."

서율과 군관은 일사불란하게 움직여 은명을 덩에 태우고 곧바로 출발했다. 덩에 앉은 은명은 심장이 쿵쾅거려 정신이 하나도 없었다. 놀란 가슴을 어떻게든 추스르고 싶은데 밖에선 아무런 기척도 들려오지 않았다. 불안감이 일어 살며시 창을 열어보니 밖에서 누군가 쾅 소리가 나도록 도로 닫았다. 이어서 그의 목소리가 들렸다.

"위험할 수 있습니다. 도착할 때까지 절대 열지 마십시오."

행궁에서의 기억이 떠올라 다소 무섭기는 했으나 김서율이 제 곁에 있으니 그나마 안심이었다. 한창 서로의 마음을 확인하는 중이었는데 이 무슨 날벼락인지. 은명은 천천히 심호흡하였다.

얼마 후, 화경궁에 다다랐는지 끼익, 하고 육중한 대문이 열리는 소리가 들렸다. 도착했나 싶어 은명이 바깥에 신경을 기울이는데 그가 기척을 내고 빠르게 알렸다.

"조심히 들어가십시오. 저는 일단 돌아가겠습니다."

"어, 스승님!"

그대로 돌아간다는 말에 안에서 큰 소리로 그를 불러 봤지만, 대문이 닫히는 소리 외엔 어떠한 대답도 돌아오지 않았다. 덩이 땅으로 내려앉고 은명은 서둘러 내렸으나 대문은 이미 굳게 닫힌 뒤였다.

잠시 멍해 있던 은명은 곧바로 정신을 수습해 최 상궁 옆에 얌전히 서 있는 수비에게 긴급히 명했다.

"수비 너는 지금 당장 궐에 다녀와야겠다. 중전마마께서 큰일을 당하셨다 하니 용태가 어떠하신지, 전하께서는 무사하신지 알아 갖고 오너라. 빨리 다녀와야 한다."

"예, 자가."

수비가 입궐 준비를 하러 총총걸음으로 사라지자 은명은 걱정 가득한 얼굴로 하늘을 올려다보았다. 중전의 소식에 많이 놀랐기 때문인지 견딜 수 없을 만큼 불안한 마음이 들었다.

---

"그놈을 찾지 못해 빈손으로 돌아왔단 말이냐? 무슨 일이 있어도 강준혁 그놈을 꼭 찾아와야 한다. 중전마마를 시해하려 했던 대역죄인이란 말이다!"

청나라 양식을 본떠 입식으로 꾸며진 의천상단 대방의 집무실. 스스럼없이 문을 열고 들어선 양병수가 주저 없이 준혁의 자리를 차지하며 뒤따라 들어온 차 행수와 임 행수를 몰아붙였다.

"금군의 화살을 맞은 건 틀림없겠지?"

"그건 틀림없습니다. 제가 뒤에서 달리며 분명히 확인하였습니다."

"알았으니 어서 가서 그놈을 찾아와. 살아 있는 놈을 찾아다 의금부로 넘기든, 시신을 찾아다 내 앞에 가져오든 둘 중 하나를 완수하기 전까진 상단에 발도 들이지 말아야 할 것이다. 알겠느냐!"

"예, 어르신."

행수들이 도망치듯 방을 나가자 양병수는 만족스러운 얼굴로 실내를 쓱 둘러보았다. 드디어 이곳이 내 차지가 되는구나, 야비한 웃음을 흘리며 품에서 호리병 하나를 꺼내 들었다. 뚜껑을 열자 알싸한 백주향이 톡 터지듯 콧속 깊이 파고들었다.

양병수는 쌉쌀하면서도 톡 쏘는 액체를 벌컥벌컥 들이켜며 자축했다. 목구멍이 알알해질 만큼 독한 술이었지만 그에게는 세상 그 어떤 꿀보다 향기롭고 달콤한 맛이었다. 그는 술을 연거푸 마신 후 밀려드는 행복감에 호탕하게 웃어젖히다 급히 숨을 들이켰다.

"……크헉!"

날카롭고 차가운 금속이 목의 급소를 따끔하게 찌르는 느낌을 받았다. 순식간에 얼어붙은 그는 동작을 멈추고 눈동자만 굴려 뒤쪽을 살폈다. 무언가 희미하게 어른거리다 곧 윤곽이 또렷하게 드러나며 익히 아는 얼굴 하나가 가까이 확 밀고 들어왔다. 양병수는 가슴이 철렁 내려앉아 숨도 쉬지 못했다.

강준혁!

지금쯤 물귀신이 되어 있어야 할 그가 시야에 보였다. 하얗게 질린 얼굴로 날카로운 단도를 들이댄 채 무섭게 자신을 쏘아보고 있었다.

"너, 넌!"

"만족스러우냐? 깜냥도 안 되는 게 호시탐탐 이 자리를 노리더니 급기야 일을 치고 말았구나. 이 자리가 그렇게 갖고 싶었더냐!"

준혁은 분노에 젖어 비열한 양병수를 추궁했다.

숨이 끊어지기 직전까지 잠수해 힘겹게 위기를 모면했다. 도성으로 돌아온 그는 성문에서 가장 가까운 곳에 위치한 의원에게 먼저 찾아갔다. 그곳에서 화살을 빼내고, 광목천으로 상처를 단단히 동여맨 뒤 필요한 물건을 챙기기 위해 이 방에 숨어들었다.

여기서 나가는 즉시 든든한 지원군이 있는 의주로 돌아가 양병수를 처단할 계획이었다. 무모하게 행동할 생각은 조금도 없었는데 천지가 개벽할 소리에 폭발하고 말았다. 이 파렴치한 작자는 자신을 그저 죽이려고만 한 게 아니다. 중전의 암살을 시도한 시해미수범, 대역무도한 역적으로 옭아매고 있었다.

노여움이 끝도 없이 치솟아 준혁은 단도를 쥐고 있는 손에 더욱 힘을 가했다. 양병수의 목에서 붉은 피가 조금씩 번져 나왔다.

"조금 전 나더러 대역죄인이라 하였느냐? 아버님이 총애하던 첩실의 아우라고 외숙 대접을 조금 해줬더니 눈에 뵈는 게 없구나. 언젠가 네놈이 이런 식으로 뒤통수를 칠 줄 알고 있었다. 아버님께서 늘 말씀하셨지, 너를 조심하라고. 네가 호시탐탐 상단을 노리고 있으니 기어이 내 목숨을 노릴 거라고. 너는, 상단을 통째로 말아먹을 놈이니 경계하고 또 경계해야 한다고!"

"지, 진정하고 내 말 좀 들어 보십시오."

"나를 역적으로 만들면 이 상단을 전부 네 손아귀에 쥘 수 있을 줄 알았더냐? 어리석은 것. 이제 어쩔 것이냐, 너는 내 손에 먼저 죽게 생겼다."

"서제륜!"

준혁이 틈을 주지 않고 몰아붙이자 양병수가 다급하게 서제륜이라는 이름을 내질렀다. 속으로는 굉장히 놀랐지만, 겉으로나마 준혁은 끄떡하지 않았다.

"네가 서제륜이라 하던데, 그 말이 사실이냐?"

"어디서 수작질이야!"

"나는 그저 좌상 대감이 시키는 대로 했을 뿐이다."

"얼굴도 모르는 좌상이 나를 서제륜이란 사람으로 둔갑시켜 중전마마의 시해범으로 만들었다? 그래, 마지막 소원이라면 그 형편없는 소리를 내 기꺼이 믿어 주지. 그럼 잘 가거라."

준혁이 쥐고 있는 단도에 힘을 세게 가하려는데 양병수가 숨이 넘어갈 듯 빠르게 입을 움직였다.

"궁금하지 않은 것이냐? 네 가족이 누구에게 몰살당했는지 말이다!"

"몰살? 내 아버님께서는 재작년에 노환으로 돌아가셨다. 어디서 그 야비한 혓바닥을 놀리는 것이냐!"

태연하게 윽박지르고는 있으나 달성부원군의 막내아들은 가족을 데리고 도주한 것으로 세상에 알려져 있었다. 한데 어떻게 이자가 가족이 몰살당한 사실을 알고 있는 것인가. 아무도 모르는 비밀이 도방의 입에서 흘러나와 상당히 놀라면서도 준혁은 그저 모르쇠로 일관했다. 그러나 다음 순간 양병수에게서 어마어마한 소리가 터져 나오자 준혁도 크게 흔들렸다.

"좌상의 짓이다."

"……!"

"좌상이 한을 품고 달성부원군의 마지막 남은 핏줄까지 모조리 몰살시킨 것이다!"

준혁은 부들부들 떨리는 손으로 칼끝에 더욱 힘을 가했다. 양병수의 목에선 검붉은 피가 주르륵 흘러내렸다. 살갗이 베이는 아픔에 신음하면서도 양병수는 쉬지 않고 혓바닥을 놀렸다.

"너는 나를 죽이지 못해. 내가 죽으면 형님께서 평생을 바쳐 쌓아 올린 이 상단은 그대로 무너지게 돼 있어. 좌상은 너를 곱게 죽이고 싶어 하지 않는다. 그 어른의 원한이 어찌나 뼛속 깊이 박혔는지 너를 꼭 중전마마 시해범으로 만들어야겠다며 이를 갈더군. 중전의 아비 역시 달성부원군을 처단하는 데 앞장섰으니 그의 손자가 중전에게 원한을 품는 것은 당연한 일이라며 말이다!"

"내가 네 말을 곧이곧대로 믿을 것 같으냐?"

"피붙이가 눈앞에서 죽어 나갔고, 똑똑했던 막냇동생이 반편이가 되어 정신을 차리지 못하고 있다. 그 어른이 지금까지 한을 품고 있을 만도 하지. 좌상은 너 하나로 끝내지 않을 것이다. 부원군의 핏줄이란 핏줄은 단 하나라도 찾아내 끝장을 볼 생각이시다. 설령 그 대상이 왕족일지라도 말이다."

쏟아지는 양병수의 자극적인 말에 준혁은 안 그런 척하면서도 심히 동요했다. 머릿속이 복잡해져 집중력이 흩어졌고, 그로 인해 양병수의 손이 슬금슬금 품속으로 움직이는 것도 보지 못했다.

"어쩔 수가 없었다. 시키는 대로 하지 않으면 우리 상단을 분해해버리겠다, 좌상이 겁박하였거든. 나는 이 상단을 지키기 위해 차악의 선택을 하였을 뿐이야!"

마지막 말과 함께 양병수는 손에 가득 움켜잡은 검붉은 가루를 준혁의 얼굴에 세차게 뿌렸다.

"으아악!"

끔찍한 고통에 준혁은 제대로 눈을 뜰 수 없었다. 정체불명의 가루가 눈에 엄청나게 들어와 고신과도 같은 고통을 안겼다. 그 틈을 타 자유로워진 양병수는 방을 뛰쳐나가며 고래고래 고함을 질렀다.

"강준혁이다! 강준혁이 나타났다! 강준혁을 잡아라!"

어디선가 여러 명이 우르르 달려오는 발소리가 울렸다. 준혁은 혹시 몰라 품에 챙겨 두었던 화약을 모조리 꺼내 소리가 나는 쪽의 바닥으로 힘차게 투척했다. 화약이 땅에 떨어지는 순간 강한 마찰음과 함께 시꺼먼 연기가 마구 솟아올랐다. 여기저기서 사람들이 콜록거리기 시작했다.

준혁은 손을 더듬거리며 반대편으로 사력을 다해 내달렸다. 하지만 눈이 떠지지 않아 생각처럼 빠르게 움직일 수 없었다. 그래도 포기하지 않았다. 지금 도망치지 못하면 이대로 저들 손에 죽임을 당하게 될 것이다. 이물질을 빼내기 위해 눈물이 엄청나게 쏟아지는 가운데 어디를 상한 것인지 붉은 핏물이 함께 흘러나왔다.

준혁은 정신을 다잡았다. 가족 모두를 대신해 살아남은 단 하나의 목숨, 이는 결코 혼자만의 것이 아니다. 힘들고 괴로워 하루에도 몇 번씩 죽고 싶었다. 그럼에도 끝까지 살아남은 단 하나의 이유, 그것은 부친의 유언과도 같은 마지막 당부 때문이었다.

'제륜아, 모든 것은 이 못난 아비의 잘못이니라. 우리는 다 함께 살아서 도망칠 수 없다. 그러나 너 혼자라면 살 수 있을지도 모른다. 분노하지도, 원망하지도 말거라. 오직 네가 살아남는 일에만 전념하여라. 네가 살아 있으면 가족 모두가 살아 있는 것이니, 부디 우리 몫까지 건강하게 오래오래 살아 주길 바란다.'

준혁은 가슴속에서 솟아나는 뜨거운 눈물을 흘리며 당시 아버지께서 걸어 주신 청보석 목걸이를 한 손에 움켜쥐었다. 꼭 살아야 하는데 앞이 보이지 않았다. 이 목숨은 혼자만의 목숨이 아니건만 어디에도 피할 데가 없었다.

어디에 어떻게 서 있는지조차 알 수 없어 준혁은 필사적으로 허공을 향해 팔을 허우적거렸다. 그때, 저 멀리서 사람들의 외침이 큰 소리로 울렸다.

"역적이 이곳에 숨어 있다! 빨리빨리 움직여!"

발소리가 점점 더 가까이 들려왔다. 아직은 해가 높아 금세 눈에 띨 것 같았다. 애가 탄 준혁이 몸부림을 치듯 온 힘을 다해 더듬거리며 조심스럽게 두 발을 옮겼다.

"이쪽도 뒤져 봐!"

코앞에서 사나운 목소리가 들렸다. 이대로 끝나는 것인가. 두려움에 전신이 차갑게 식어 내리는데 누군가 팔을 확 끌어당겨 구석진 곳으로 주저앉혔다. 아무것도 볼 수 없는 준혁이 놀라움에 허우적거리자 바로 옆에서 익숙한 목소리가 흘러들었다.

"쉬잇! 접니다. 아정이요."

이어서 거친 고함과 급박한 발소리가 살벌하게 울렸다. 끝도 없이 이어지는 둔탁한 소음이 몇 번이나 귓가를 스치고 지났다. 준혁은 불안을 삼키지 못하고 까마득한 시간을 기다렸다.

이윽고 조금의 기척도 없이 주위가 잠잠해졌을 무렵 눈 위로 팍팍한 재질의 천이 덮이는 느낌을 받았다. 화들짝 놀란 준혁은 본능적으로 아정의 손목을 잡았다.

"이렇게 감싸 두면 눈을 진정시키는 데 도움이 됩니다. 어차피 지금은 아무것도 안 보이실 테니까요."

많이 놀랐을 텐데도 아정의 목소리는 매우 침착했다. 그 차분함에 준혁이 긴장을 풀고 손목을 놓아주자 머리 뒤로 천이 아프지 않게 묶였다. 곧이어 부축을 받아 몸을 일으킨 그는 예상치 못한 상황에 흠칫 어깨를 떨었다. 아정의 작고 따뜻한 손이 그의 거친 손을 부드럽게 맞잡고 있었다.

"지금부터 제 손을 잡고 따라오시면 됩니다. 저만 믿으세요. 여기를 안전하게 빠져나가겠습니다."

여리면서도 강단 있는 소곤거림에 준혁은 찌릿, 가슴이 아팠다. 그 말은 생각만으로도 눈물이 날 것 같은 어린 누이, 이현을 떠올리게 하였다.

'오라버니, 저만 믿으세요. 아버지, 어머니께 들키지 않게 제가 잘 인도하겠습니다.'

어린 시절, 부모님의 당부를 잊고 밖에서 아이들과 신나게 놀다가 화경궁으로 들어가지 못하고 밖에서 서성이던 날이 가끔 있었다. 그럴 때면 어린 누이는 그의 손을 맞잡고 다른 통로를 이용해 아무도 모르게 그를 안으로 들여보내 주었다.

"이제 가겠습니다."

차가운 검에 쓰러지던 그 아이를 구경만 했던 못난 오라비인데, 그런 자신도 오라비라고 이현이 그 애가 하늘에서 이 아이를 보내 준 것 같았다.

그 옛날 그리웠던 기억이 물 밀리듯 몰아쳐 준혁은 뜨거운 눈물이 맺혀 올랐다. 두 눈은 천으로 둘둘 동여매어 온 세상이 캄캄했지만 무시무시한 암흑 속에서 휘영청 밝은 달 하나를 만난 기분이었다.

---

　어슬한 무렵 덩에서 내린 은명은 영수와 함께 아정의 집으로 들어갔다.
　수비가 입궐한 지 벌써 한참이 지났다. 아무리 기다려도 함흥차사, 소식을 기다리느라 애가 마르던 차에 밖에서 영수라는 아이가 명이 아씨를 찾는다는 전갈이 들어왔다. 오늘 낮에도 보고 왔는데 그새 또 무슨 일인 것인지, 은명은 궁금한 마음에 영수를 안으로 들였다.
　'누이가 아씨를 꼭 모셔 오라 하였습니다. 부탁입니다, 아씨. 제발 저와 함께 가주십시오.'
　영수는 은명을 보자마자 무턱대고 함께 가자며 한참을 졸랐다. 아정은 함부로 오라 가라 할 아이가 아니었기에 은명은 자연스럽게 제륜을 떠올렸다. 때문에 주위의 강력한 만류에도 두말없이 영수를 따라나섰다. 집으로 들어서니 아기를 업은 아정 어미가 영재를 데리고 쌀쌀한 날씨에 밖에서 오들오들 떨고 있었다.
　"오셨습니까, 아가씨."
　"날도 추운데 밖에서 무얼 하고 있는가?"
　"부뚜막에다 물을 좀 끓이고 있었습니다. 그나저나 누추한 곳까지 오시라고 하여 송구합니다. 아정이가 아씨께 긴히 드릴 말이 있다는데 몸이 많이 안 좋은지라…….."

아정 어미는 평소 머리를 조아리느라 은명을 똑바로 쳐다보지 못했다. 그런데 오늘은 시선을 꼿꼿이 맞추며 암암리에 무언가 전달하려 애썼다.

"괜찮으니 신경 쓰지 말게."

제륜과 관련된 일임을 확신한 은명은 난이와 군관을 밖에 남겨두고 홀로 방으로 들어가 보았다. 안으로 몸을 반쯤 들여놓았을 때 눈앞에 펼쳐진 광경에 은명은 아연실색하였다.

낮에 만났을 때만 해도 오라버니는 분명 건강하고 파릇파릇해 보였다. 한데 지금, 그는 상체와 두 눈에 핏자국이 선명한 광목천을 감고서 좁은 방에 누워 괴로운 숨을 몰아쉬고 있었다. 그의 곁에서 상처를 돌보던 아정이 뒤를 돌아보고는 자리에서 벌떡 일어섰다. 급히 문을 닫은 은명은 준혁에게 바짝 다가가 앉았다.

"이게 무슨 일입니까? 어쩌다 이리되셨습니까? 안 되겠습니다. 당장 의원을 불러오겠습니다!"

"안 됩니다."

준혁이 통증에 젖은 목소리로 은명을 만류했다. 앞이 보이지 않아 손을 허공에다 휘젓자 눈물이 차오른 은명이 준혁의 손을 황급히 감싸 쥐었다.

"시간이 별로 없으니 간략하게 말씀드리겠습니다. 아버지와 어머니는 돌아가셨습니다. 제현이와 이현이도 부모님과 함께 목숨을 잃었습니다."

"무슨 말씀입니까? 의주에 잘 살고 계시다 하지 않았습니까!"

충격적인 소식에 은명은 경악했다. 전신에 소름이 끼치고 심장이 요동쳤다.

"송구합니다. 자가께서 충격을 받으실까 거짓을 고하였습니다. 효경왕후마마의 사십구재가 끝나는 날 살수들이 가족을 공격했고 저만 간신히 도망쳐 살 수 있었습니다."

"대체…… 대체 누가 그리 잔악무도한 짓을 하였단 말입니까!"

믿을 수 없는 소식에 은명은 눈물을 줄줄 쏟으며 속삭이듯 외쳤다.

"도방 놈의 말에 의하면 좌상 대감이 우리 가족을 몰살시키고 저를 중전마마의 시해미수범으로 몰았다 합니다."

"좌상 대감이라니요? 중전마마의 시해미수범이라니요!"

"사헌부의 김 지평이 처음부터 제 정체를 알고 있었던 건 사실이나 저를 죽이려 했던 자의 말인지라 곧이곧대로 믿을 수는 없습니다."

은명은 정신이 아득해지는 와중에 낮에 있었던 일들을 들으며 온몸이 덜덜 떨렸다. 오늘 오전 상단에 남아 있던 자들은 모두 양병수의 심복이었다는 말에, 하여 준혁이 오전 내내 상단에 있다가 창고로 향한 것을 절대 증언해주지 않을 것이란 사실에 눈앞이 캄캄했다. 오라버니는 저열한 함정에 단단히 걸려든 것이다. 사면초가의 상황이 답답해 은명은 직접 나서고 싶었다.

"제가 증언하겠습니다. 시전에 나갔다 우연히 뵈었다고 하면 되지 않겠습니까."

"안 됩니다! 자가와 저는 끝까지 모르는 사이로 남아야 합니다."

"그럼 이제 어찌합니까? 제가 어찌 도우면 되겠습니까?"

친척들의 죽음을 슬퍼할 겨를도, 좌상의 일을 고민할 새도 없었다. 우선 오라버니를 살려야 한다는 생각이 은명의 머릿속을 가득 채웠다.

"제가 서제륜이란 사실을 쉽게 증명하진 못할 겁니다. 하여 중전마마를 시해하려 했다는 누명을 씌우려 했겠지요. 일단 아정이의 이모님 댁으로 갈 것입니다. 창고로 가던 중 도성 밖에서 저와 만났던 이들이 있으니 거기서 그들에게 연락을 취해 보겠습니다."

"그동안 얼마나 힘드셨습니까. 얼마나 외로우셨습니까. 혼자서 힘들게 살아오신 오라버니께 아무것도 해드리지 못해 송구합니다."

괴로운 마음에 은명은 눈물을 멈추지 못했다. 꼭 잡고 있는 준혁의 손등에 이마를 갖다 대고 눈물을 펑펑 쏟았다.

"울지 마십시오, 저는 이렇게 살아 있지 않습니까. 우리 가족을 대신해 앞으로도 끝까지 살아남겠습니다. 이리 뵈었으니 이제 그만 이곳을 떠나야 합니다."

은명은 몸을 일으켜 빠르게 눈물을 훔쳤다. 자신이 떠나야 오라버니도 가실 수 있다. 가락지와 노리개, 머리꽂이 등 몸에 지니고 있던 모든 장식물도 성급히 빼내서 아정의 손에 쥐여 주었다.

"자가, 이리 귀한 것을……."

"가지고 있거라. 급하게 필요할 것이다."

아정은 잠깐 고민하더니 이내 고개를 끄덕이며 받아들였다. 은명은 아정의 손을 붙잡고 떨리는 음성으로 간곡히 호소했다.

"너도 들어 알겠지만 이분은 나의 외사촌오라버니시다. 승하하신 효경왕후마마의 하나 남은 친정조카란다. 오라버니를 살려다오. 무사히 빠져나갈 수 있도록 네가 도와다오. 어린 너에게 이런 엄청난 짐을 지워 미안하지만, 너밖에 부탁할 곳이 없구나. 내 이 은혜를 평생 잊지 않을 것이다."

사연이 있으리라 대충 짐작하고 있었던 듯 아정은 크게 놀라면서도 금세 수습했다. 야무진 표정을 하고서 은명을 살뜰히 안심시켜 주었다.

"걱정 마십시오. 저희 이모님도 대방 어르신의 큰 은혜를 입었습니다. 나리께서 안전하게 자리를 잡으시면 자가께 따로 기별을 드리겠습니다."

"고맙고 또 미안하구나."

"그러지 마십시오. 자가와 대방 어르신이 아니었다면 저와 우리 가족은 살아 있지도 못했을 겁니다."

은명은 아정의 얼굴을 쓰다듬어 주고서 다시 준혁의 손을 힘있게 잡았다.

"더는 지체하지 않겠습니다. 하루빨리 건강을 회복하시고, 필요한 것이 있거든 주저 없이 저를 찾아주시겠다고 약조하여 주십시오."

 준혁은 고개를 끄덕인 뒤 손을 더듬거려 누이의 손등을 톡톡 두드려 주었다. 당부의 말도 잊지 않았다.

 "아무것도 속단하지 마십시오. 김서율 그자라면 자가의 질문에 솔직한 답을 내어줄 겁니다."

 그러고 보면 서율과 제륜 오라버니가 아는 사이라는 것도 처음 듣는 소리였다. 무슨 일이 어떻게 돌아가고 있는 것인지. 불길한 예감을 애써 접으며 은명은 간절히 비는 마음으로 다음을 기약했다.

 "다시 뵙는 그날까지 부디 강녕하십시오."


 화경궁으로 돌아가는 덩 안에서 은명은 떨리는 가슴을 주체할 수 없었다. 사촌오라버니의 위태로운 안위와 외숙 일가의 죽음. 그리고 그 모든 일의 배후에 좌상 대감이 있을지도 모른다는 불안에 억장이 무너졌다.

 게다가, 김서율이 오라버니의 신분을 알고 있었다니······.

 은명은 재빨리 고개를 저었다. 이럴 때일수록 어떠한 속단도, 혼자만의 추측도 금물이었다.

 억지로 마음을 다스리는 동안 덩은 화경궁에 당도했다. 문이 열리고 밖으로 나온 은명은 어수선한 화경궁의 분위기에 가슴이 덜컥 떨어졌다.

 해가 저물어 어둑어둑한 밤, 평소대로라면 한적하니 운치 있는 등불이 화경궁을 밝히고 있어야 했다. 그런데 어찌된 일인지 오늘은 의금부와 한성부의 관군이 환하게 타오르는 횃불을 들고 이중, 삼중으로 곳곳을 에워싸고 있었다.

"공주 자가, 지금 당장 궐로 들어가셔야 하옵니다."

최 상궁이 그답지 않게 헐레벌떡 뛰어나와 떨리는 목소리로 아뢰었다.

"그게 무슨 소리냐? 관군은 어찌하여 화경궁에 들어와 있는 것이고?"

"관군과 감찰시녀들이 화경궁을 한바탕 뒤집었사옵니다."

"뭐? 자세히 말해 보라. 그게 무슨 소리냐?"

"공주 자가!"

너무도 무엄한 소식에 은명은 기막혀 하는데 놀랍게도 익정이 나타났다. 더군다나 그는 걱정이 한껏 서린 낯빛이었다.

"송 판관이 아니십니까!"

"최대한 빨리 자가를 궐로 모셔 오라는 어명이 내려졌사옵니다."

"어명이요? 전하께서 명하셨단 말입니까?"

익정은 빠르게 주변을 살피더니 은명에게 조금 더 가까이 다가와 낮은 목소리로 돌아가는 상황을 귀띔해 주었다.

"분위기가 예사롭지 않사옵니다. 의천상단의 대방이란 자가 중전마마의 암살을 시도하였는데, 그가 바로 도주 중인 전 달성부원군의 손자, 서제륜이란 발고가 있었다 하옵니다."

"그 대방이란 자가 중전마마를 시해하려 했단 증거가 있습니까?"

"사건 당시 도망치던 역도의 왼쪽 어깨에 금군이 화살을 맞혔고, 그는 그 상태로 도주하였습니다. 그로부터 몇 시진 후, 의천상단 대방이 도성 안 의원에게서 왼쪽 어깨에 꽂혀 있던 화살을 빼내고 치료를 받았다 하옵니다. 그 화살은 이번에 사용된 금군의 것으로 확인돼 증거와 증인이 모두 확보되었답니다."

아, 제륜 오라버니……

현훈증을 느낀 은명은 간신히 몸의 균형을 잡는데 송 판관이 안타까워하며 다른 소식을 뒤이었다.

"문제는 그것이 아니옵니다. 자가께서 서제륜 그자와 화경궁에서 은밀히 만나는 것을 보았다는 밀고가 들어왔사옵니다."

"그런 일은 하늘에 맹세코 없었습니다. 저희가 늘 자가 곁에 붙어 있기에 잘 알고 있습니다. 누가 그런 말도 안 되는 소리를 했다는 겁니까?"

완전히 얼어붙은 은명을 대신해 최 상궁이 펄쩍 뛰며 부인했다. 익정은 주위를 한 번 더 둘러보더니 아주 작은 목소리로 뒤집어질 만한 소식을 알려주었다.

"화경궁에 있던 수비라는 나인이랍니다."

"어마야!"

친숙한 이름에 은명 옆에 꼭 붙어 있던 난이가 신음을 내며 털썩 주저앉았다.

"그 나인이 자가께서 서제륜에게 보내는 서찰을 증거로 내밀었다 하옵니다."

이틀 전 재가 되어 타버렸다고 안도했던 그 서찰이 틀림없었다. 이제껏 불 속에 던져진 줄 알았는데 수비가 남몰래 빼돌린 것이었다니. 막다른 골목에 다다른 느낌에 은명은 오한이 일었다.

최 상궁은 비분강개하여 목소리를 높였다. 오랜 세월 동고동락했던 수비가 그 모든 인연을 가차 없이 끊었다는 사실에 노여워하였다.

"이 요망한 것. 자가께서 저한테 어떻게 대해 줬는데……. 이럴 수는 없는 것이옵니다, 자가!"

세상이 빙글빙글 도는 느낌이었지만 이대로 주저앉을 순 없었다. 어떻게든 견뎌내 그동안 힘들고 외롭게 살아온 제륜 오라버니를 뒤에서 든든히 받쳐 주어야 한다. 은명은 남아 있는 기운을 전부 끌어모아 마음을 다잡았다.

"궐로 들어갈 것이니 채비를 하여라."

"예, 자가."

최 상궁과 난이가 부랴부랴 안으로 향하자 은명은 익정을 바라보았다.

"고맙습니다, 송 판관."

"저는 자가의 당당함과 용기를 사모하고 있습니다. 어떠한 상황이 몰아치든 의연해지십시오. 그러면 길이 보일 겁니다."

송 판관의 진심 어린 조언에 은명은 아렴풋이 미소를 지었다.

칠흑같이 깊고 깊은 밤을 견딘 자만이 샛맑은 아침을 맞이하는 법. 가녀린 두 어깨가 감당해야 할 암흑의 시간이 펼쳐지고 있었다.

도성 내는 며칠째 어수선하였다. 도주한 대역죄인을 검거하기 위해 관군은 곳곳을 헤치며 불심검문을 벌였고, 백성들 사이에선 온갖 유언비어가 난무했다. 하지만 이보다 더 살벌한 분위기를 자아내는 곳이 있었으니, 금상과 중신이 치열한 신경전을 벌이고 있는 정전正殿이었다.

"경들은 말을 삼가시오!"

병환으로 모든 정무를 세자에게 맡기고 모습을 보이지 않은 지 벌써 수개월. 오랜 시간 자리를 비웠던 성상은 이번 사태가 악화되자 병든 몸을 이끌고 정전에 들어 친히 중신들을 상대했다.

"배후라니? 아무것도 확인된 바 없건만 감히 공주를 죄인이라 단정 짓는 것인가!"

"전하, 아뢰옵기 황공하오나 이미 목격자와 증좌가 있지 않사옵니까. 시시비비를 명확히 가리기 위해서라도 공주 자가의 심문은 불가피하옵니다."

"금군의 화살을 맞았다는 상단의 대방이라는 자가 서제륜이 맞기는 한 것이오? 그것에 관한 증좌도 가지고 있소?"

"그자가 잡히는 즉시 전 달성부원군 댁의 집사와 수비라는 나인을 불러 확인하려 하옵니다."

왕은 이판의 말에 정색하며 받아쳤다.

"그렇다면 일단 그 대방이란 자부터 잡아 오시오."

"하오나 전하, 증좌로 제출된 공주 자가의 서찰엔 분명 '제륜'이란 명자가 적혀 있었사옵니다. 이는 의천상단의 대방과는 별도로 공주께서 도주한 역도와 내통하고 있었다는 증거가 아니겠사옵니까?"

왕과 함께 정전에 자리한 세자는 낯빛이 점점 파리하게 굳었다. 서찰에 관해 물었을 때 누이는 입을 다물고 끝까지 침묵했다. 아닌 것은 하늘이 두 쪽 나도 아니요, 답하기 곤란한 질문엔 거짓말을 하느니 차라리 입을 다무는 아이였다. 누이의 침묵은 사실상 시인이나 다름없었다.

세자는 마음이 급해져 빠져나갈 방법을 궁리하는데 저 멀리 묵묵히 자리를 지키고 있는 서율이 눈에 들어왔다. 저들을 이끄는 좌상의 차남이자 공주의 스승, 세자는 부왕에게 발언권을 얻어 그에게 주저 없이 도움을 요청했다.

"지평, 그대도 서찰을 읽어 보았소?"

"예, 저하."

"그대가 보기에는 어떠한가? 그것만으로 공주가 서제륜과 내통해 왔다고 볼 수 있겠는가?"

"충분히 그럴 수도 있을 것이옵니다."

서율의 확고한 대답에 중신들은 저희끼리 시선을 맞추며 만족스러운 미소를 지었다. 안타깝게도 그 훈훈한 분위기는 오래가지 못했다.

"하오나……."

김서율의 대답은 계속 이어졌다. 정전의 모든 이들은 또다시 그에게로 시선을 집중했다.

"공주 자가를 잘 아는 이라면 그리 단정 지을 수만도 없을 것이옵니다."

"그게 무슨 소리인가? 자세히 말해 보라."

수세에 몰렸던 성상이 반색하며 물었다.

"강론을 하면서 알게 된 사실이온데, 공주께서는 평소 그리운 이들을 향한 마음을 서찰의 형식으로 백지에 옮기곤 하였사옵니다. 그 대상은 생과 사로 존재하는 모든 이들을 총망라하였고, 특히 효경왕후마마께 올리는 서찰을 자주 목격할 수 있었사옵니다."

중신들의 안색이 퍼렇게 변해 가는 가운데 좌상만은 그럴 줄 알았다는 듯 매우 평온한 모습이었다.

"모르는 이가 보았다면 살아 계시는 모친께 안부를 전하는 서찰이라 여겼을 법한 글이었사옵니다. 비록 역적의 자손으로 노비가 되었으나 서제륜은 사사로이 공주 자가의 외사촌이 되는 자이옵니다. 피붙이를 그리워하는 마음에 효경왕후마마께 그러했듯 서찰의 형식으로 글을 남겼을 수도 있는 일이옵니다."

다 함께 힘을 모아도 모자랄 판에 무려 좌상의 차남씩이나 되는 자가 산통을 깨고 있었다. 중신들이 당황하여 술렁거리자 세자가 얼른 나섰다.

"하면 그 서찰은 공주가 혼자서 끄적거린 것일 수도 있겠군."

"저하, 그것은 그리 간단하게 치부할 문제가 아니옵니다."

세자의 말에 안빈의 부친인 우참찬이 선을 그었다. 그러자 서율 역시 작정한 듯 뒤이어 방어에 나섰다.

"그렇사옵니다. 서찰만 가지고 단순히 그리움에 겨워 적어 놓은 글이라 단정 지을 수는 없사옵니다. 마찬가지로, 공주께서 서제륜과 내통해 왔다는 직접적인 증거라 확언할 수도 없을 것이옵니다."

"하지만 증인이 있지 않은가?"

"깜깜한 밤, 그 멀리 떨어진 곳에서 말소리를 듣고 얼굴을 보았다는 게 말이 된다고 생각하십니까? 결론을 내리기 전, 진술의 신빙성을 되짚어 보고 도주한 범인을 잡아들이는 데 전력을 기울여야 할 것입니다."

서율이 입을 열면 열수록 서찰과 나인의 진술은 증좌로서의 가치가 뚝뚝 떨어졌다. 왕은 그러한 혼란을 틈타 득달같이 그들의 요구를 일축했다.

"화경궁의 궁녀들이 조사를 받고 있으니 새로운 정황이 드러나기 전까지 공주의 심문은 절대로 허할 수 없소."

"하오나 전하……."

"중요한 건!"

중신들이 일제히 반박에 나서자 왕은 말문을 자르며 강력히 대처했다.

"중궁을 시해하려 했던 범인을 잡는 것이오. 그대들은 범인 하나 제대로 추포하지 못하면서 처소에 얌전히 있는 공주를 심문하겠다는 것인가?"

"망극하옵니다."

"더 이상 쓸데없는 말은 듣고 싶지 않소. 당장 범인을 추포해

내 앞에 데려다 놓으시오. 그대들의 능력이 어느 정도인지 내 이번에 똑똑히 지켜볼 것이오!"

잘 나가다 발목이 잡힌 중신들은 은연중 낭패의 빛을 띠었다. 성상께서 저토록 강경한 태도를 보이시는 건 효경왕후의 폐위 문제로 설전을 벌인 이후 처음 있는 일이다.

보위에 오르신 초반, 상께선 용상을 버거워하며 힘을 쥔 신하들을 두려워했다. 하여 당시, 거칠게 밀어붙이면 왕비의 폐위도 손쉽게 해결할 수 있으리라 기대했다. 자신감이 차오른 그들은 정전에 나와 다소 고압적인 자세까지 취하며 왕을 강압했다.

결과는 대참패였다. 막상 폐위를 주청드리자 겁에 질려 있던 왕은 언제 그랬냐는 듯 좌중을 압도하는 지존의 모습을 발휘했다. 보위를 내려놓는 한이 있어도 그것만은 용납할 수 없다며 강한 의지를 피력했다.

이번 상황도 그때와 비슷했다. 하루가 멀다고 자리보전하던 왕은 일이 터지자 용안을 굳히고 옥좌에 버티고 앉아 결단코 물러서지 않았다. 공주를 가까이하지 않으시다가도 결정적 순간 언제나 싸고도신다는 것은 이미 모두가 알고 있는 사실. 뚜렷한 증좌가 나타나지 않는 한 공주의 심문은 어렵게 된 듯싶은데, 중저음의 목소리로 좌중을 사로잡는 이가 있었다.

"전하."

모두가 알고 있는 그 음성에 왕과 세자는 긴장했고, 중신들은 그나마 안도의 숨을 내쉬었다.

이제껏 침묵을 고수하며 사태를 지켜본 좌상이 드디어 전면에 나서는 건 어떤 식으로든 셈을 끝냈다는 뜻이었다.

"말해 보시오, 좌상."

"전하의 분부대로 현재 가장 시급한 사안은 죄인을 추포하는 일일 것입니다. 하오나 수비라는 나인의 증언도 가벼이 넘길 수는 없는 문제이옵니다. 누가 뭐라 해도 그 나인은 공주 자가를 오랫동안 곁에서 모셔 온 최측근 중의 하나가 아니었나이까."

성급히 반박하느라 미처 떠올리지 못했던 부분이 거론되자 중신들은 두 눈을 날카롭게 번뜩이며 왕과 세자를 주시했다.

확실한 증좌도 없이 모시던 상전을 발고하였다간 되레 목숨을 잃을 수도 있었다. 그런 위험을 감수하면서까지 발고하였다는 건 그만큼의 확신이 있어야만 가능했다. 어느 쪽이 타당한 명분을 내세워 논리적으로 따져 묻느냐의 싸움을 벌이는 지금, 좌상은 저쪽의 약점을 정확히 파고드는 데 성공했다.

그는 더욱더 냉철히 따지고 들었다.

"목숨을 걸고 발고한 것이니만큼 목격자의 진술을 거짓으로만 치부해선 아니 될 것이옵니다. 게다가 그 나인은 공주께서 역도와 함께 있는 모습을 세 번이나 보았다고 진술하였사옵니다. 한 번은 착각일 수 있어도 세 번이나 그럴 수는 없는 것이 아니겠사옵니까?"

"그래서 어쩌자는 것이오?"

초조해진 왕이 다음 말을 재촉했다.

"감찰시녀들에게 내사를 받고 있는 화경궁의 궁녀들을 의금부로 압송하라 명하여 주시옵소서."

예상치 못한 요구에 왕은 선뜻 대답하지 못했다. 그러나 좌상은 왕이 생각할 겨를을 조금도 내주지 않았다. 서릿발 같은 표정을 드리우며 기꺼이 중신들을 선동했다.

"모든 것을 명명백백 밝히기 위해 반드시 필요한 조치이옵니다. 윤허하여 주시옵소서."

"윤허하여 주시옵소서!"

좌상의 말이 끝나자마자 대신들은 한목소리로 왕을 압박했다. 한발 물러나 공주를 건드리지 않는 대신 궁녀들을 강도 높게 조사하겠다, 김대원이 천명한 이상 왕도 다짜고짜 거부할 순 없었다. 하나를 얻으면 다른 하나는 반드시 내놓아야 하는 법. 달성부원군이란 호칭에 경기를 일으킨 중신들은 필사적으로 주청을 올렸다.

이쯤에서 매듭짓지 않으면 사태는 더욱 혼란스러워질 뿐이다. 왕은 같은 말을 반복하는 중신들을 지친 눈으로 바라보다 그예 결단을 내렸다.

"그리하시오."


왕의 윤허에 서율은 눈앞이 깜깜해졌다. 공주가 서제륜과 휘말려 논란의 대상이 된 이후 사태를 파악하고 구명할 길을 찾느라 동분서주하였다.

그러나 이 시점에 궁녀들이 의금부로 압송된다면 일은 한층 복잡해질 수 있었다. 의금부에선 조사받는 강도부터가 달라질 것이고, 최악의 경우 고신을 받을 수도 있다. 그리되면 공주는 버티지 못하고 달려가 모든 잘못을 시인할 것이다.

서율의 입안이 버석하게 말랐다. 조회를 마치고 정전을 나와서도 무거운 마음을 떨치지 못했다. 번민에 찬 눈으로 대신들이 삼삼오오 흩어지는 모습을 뒤에서 조용히 지켜보는데 얼핏 기척이 들렸다. 소리를 따라 돌아보니 좌상이 메마른 얼굴에 질타의 빛을 담아 그를 보고 있었다.

"조회에서의 네 행동은 지나치게 어리석고 실망스러웠다."

"무엇이 그리 두려우신 겁니까?"

"자신의 편조차 다스리지 못하는 사람이 어찌 다른 이의 문제를 해결할 수 있단 말이냐."

"궁녀들을 이용해 죄 없는 공주를 겁박해야 할 만큼 그리도 과거에 자신이 없으신 겁니까?"

책망에 가까운 아들의 저항에 좌상은 조금도 끄떡하지 않았다. 감정 없는 눈으로 서율을 응시하다가 싸늘하게 한마디를 내뱉을 따름이었다.

"공주 자가를 지켜드리고 싶으냐?"

"그분께서는 무고하십니다."

"그렇다면 어서 가서 입단속부터 철저히 해두도록 하여라."

좌상은 삽시에 냉기를 휘두르며 똑똑히 경고했다.

"공주께서 서제륜을 만난 것이 사실이라면 나는 가만있지 않을 것이다. 그 어떠한 긍정의 답변도 결코 용납지 않을 것이니, 그것에 대한 죗값을 톡톡히 치르게 해드릴 것이다. ……타협이란 없다."

서슬 푸르게 돌아서는 부친의 뒷모습을 바라보며 서율은 등에 식은땀이 솟았다. 지금의 권신들에게 달성부원군이란 망자라 할지라도 경계해야 할 인물이었다. 그들이 오늘날 누리는 부귀영화는 사실상 부원군의 죽음과 그 세력의 파멸이라는 반석 위에서 비롯되었다. 부원군의 핏줄인 세자를 저들이 경계하고 꺼릴 수밖에 없는 결정적 이유였다.

세자가 조정에서 세력을 다지는 가운데 자칫하다 그때의 잘잘못이 들춰지기라도 한다면…… 조정의 판도가 뒤집히는 것은 물론, 그동안 쌓아 온 모든 것이 한순간에 무너져 내릴 터였다. 때문에 권신들은 달성부원군이라면 사소한 것 하나까지 얼굴을 붉히며 예민하게 반응했다.

그런데 행방불명된 줄 알았던 서 대감의 직계가 나타나 왕실과 은밀히 내통해 왔다는 주장이 제기되었으니. 공주를 희생양으로 삼는 한이 있어도 저들은 이번 일을 끝까지 물고 늘어져 뿌리까지 도려내고자 할 것이다.

서율은 뒤늦게 후회가 들이쳤다. 그날 밤 강준혁을 덮쳤을 때 화경궁에 걸음하지 마라, 확실히 못을 박았어야 했다. 공주를 위한다고 모르는 척했던 일이 결국은 이렇게 화가 되어 돌아왔다. 다행히 오늘은 세자의 특별 배려로 공주를 뵐 수 있게 되었다. 그분이 괜찮으신지 두 눈으로 직접 확인하고 어떻게든 대비책을 마련해야 한다.

마음을 가다듬은 서율은 부친에게서 시선을 돌리고 서둘러 취연당으로 걸음했다.

---

 아정은 오늘도 공 의원의 약방을 찾아 뒷마당에서 열심히 탕약을 달이는 중이었다. 부채로 바람의 세기에 변화를 주며 불 조절에 심혈을 기울였다. 대방 어르신을 위해 딱히 해드릴 수 있는 것이 없으니 이런 거라도 성의껏 해드리고 싶었다.
 처음 며칠 아정의 이모 댁에 머물렀던 준혁은 갈수록 병세가 악화돼 급기야 정신을 차리지 못하는 지경에 이르렀다. 발만 동동 구르던 아정은 준혁이 도성 밖 만석이란 아이를 살려 주며 인연을 맺었던 공 의원을 떠올렸다. 의술이 뛰어난 만큼 성정도 꼿꼿해 어려울 수도 있지만 어쩌면 도움을 받을 수도 있을 것 같다는 판단이 들었다.
 아정은 그길로 뛰어가 공 의원에게 도움을 청했다. 준혁에 관한 소문이 도성 전체에 퍼져 나름대로 모험을 감행한 것인데, 다행스럽게도 그는 아무것도 묻지 않고 달려와 주었다. 긴급 처방을 내려 준혁의 목숨을 살리고 이후, 자신의 약방으로 데려와 성심을 다해 치료를 해주고 있었다.
 마음이 놓인 아정은 준혁의 지시에 따라 상단 일에 충실했고 관아의 조사에도 착실히 임했다. 그리고 일을 쉬는 날이면 남촌에 있는 공 의원 댁을 찾아 이렇게 준혁의 병구완을 도맡았다.
 "그거라도 찾아드릴 수 있으면 좋을 텐데……."

정성껏 약을 달이던 아정은 돌연 부채질을 멈추고 속말을 혼자서 중얼거렸다. 대방께서 열이 올라 헛소리를 하면서도 찾으시던 물건이 있다. 목에 늘 걸고 있던 청보석 장식물이라는데 상단에서 도망쳐 나오며 어딘가에 떨어트린 듯했다.

찾아보겠다며 나서기는 했으나 몇 번이고 길을 되짚어 보아도 그 비슷한 것 하나 구경하지 못했다. 대방은 괜찮으니 더는 신경 쓰지 말라고 하지만 그러면서도 세상을 전부 잃은 듯 침통해하는 그가 안쓰러웠다.

안 좋은 일이 연일 터지고 있는 요즘, 그거라도 찾아드리면 위안이 될 것을. 그러기엔 어떻게 생긴 물건인지 본 적도 없거니와 다른 이에게 꼬치꼬치 행방을 물어볼 수도 없어 막막하기만 했다. 아정이 수심에 찬 얼굴로 다시 부채질을 하는데 뒷방문이 열렸다. 깨끗한 천으로 눈을 싸맨 준혁이 손을 더듬거리며 나오고 있었다.

"날도 추운데 어찌 나오십니까?"

아정은 얼른 뛰어가 그를 부축했다.

"안에만 있으니 답답하구나. 잠시만 앉아 있다 들어갈 것이다."

준혁이 도움을 받아 쪽마루 끝자락에 걸터앉자 아정은 방에서 이불을 꺼내다 그의 무릎에 덮어 주었다. 뒷마당은 약재를 쌓아 두는 광이 연결되어 있어 외부와는 완전히 차단된 곳이다. 안전하긴 했지만, 응달이 진 곳이라 감모라도 걸리실까 염려되었다.

"공 의원께서는 아직 안 돌아오신 것이냐?"

"조금 늦어지시나 봅니다. 오실 때가 한참 지났는데……."

침울해 있는 준혁을 보자 아정도 울적한 마음이 들었다. 어젯밤, 대방 어르신의 최측근인 대행수로부터 또 하나의 가슴 아픈 이야기가 전달되었다. 박 노인과 그의 손자가 산에 밤을 따러 갔다가 도적을 만나 목숨을 잃었다는 소식이었다.

그들은 어가 행렬이 지난 후 대방이 도성 밖으로 나왔음을 증명해 줄 유일한 증인이었다. 때문에 대방은 그들의 죽음이 우연이 아닐 것으로 짐작했다. 아정도 그 소식을 처음 접했을 때 양병수의 얼굴이 제일 먼저 떠올랐다.

저열하고 징그러운 인간.

불쑥 양병수가 생각나자 아정은 저도 모르게 치가 떨렸다. 최근 누군가 자신을 훔쳐보는 느낌에 고개를 돌리면 여지없이 그 자리에 양병수가 있었다. 비죽 흘리는 웃음과 몸 전체를 구석구석 훑는 듯한 눈빛이 마치 끔찍이도 역겨웠던 곽 봉사와 똑같았다.

아정은 강해지는 불쾌감에 소름이 돋아난 팔을 문지르는데 익숙한 헛기침 소리가 나더니 공 의원이 뒷마당에 모습을 드러냈다.

"이제 오십니까, 의원님!"

"어찌되었습니까? 정말 박 노인과 만석이가 목숨을 잃은 겁니까?"

아정의 인사가 끝나자마자 준혁은 소리가 나는 쪽을 돌아보며 다급하게 물었다. 공 의원은 사실 확인차 박 노인의 집에 다녀오는 길이었다. 서둘러 걸어왔는지 거친 숨을 몰아쉬면서도 그것과는 별개로 표정이 좋지 않았다. 그는 안타까운 눈길로 준혁을 보다가 간결하게 답했다.

"그런 것 같네."

일순 세 사람 사이에 스산한 침묵이 흘렀다. 깊은 충격에 누구도 선뜻 말을 꺼내지 못하는데 준혁이 흔들리는 목소리를 가다듬으며 최대한 침착하게 물었다.

"도적을 만난 게 확실하다고 합니까?"

"가족을 만나지는 못하였네."

"그게 무슨 말씀입니까?"

"집이 텅 비어 있지 뭔가. 주변에 물어보니 박 노인과 그 손자가 시신으로 발견된 그다음 날, 남은 식솔도 어디론가 사라졌다는 게야."

"그럴 수가……."

"장례도 치르지 않고 시신까지 전부 없어졌으니 자취를 감춘 것인지 변을 당한 것인지, 지금으로선 확인할 방법이 전혀 없으이. 대행수가 은밀히 찾아본다고 했으니 기운 내시게."

에둘러 말하고는 있지만 세 사람 다 명확히 느끼고 있었다. 그들은 살해당한 게 분명하다고. 흘끗 바라본 아정의 시야에 대방의 어깨가 떨리는 게 보였다. 노인과 아이의 불행을 자신의 탓으로 돌리며 자책하는 듯했다.

주위는 고요했다. 살붙이처럼 곁을 지키던 보모와 난이는 어딘가로 끌려가 돌아오지 않았다. 취연당 전체는 금군에게 둘러싸여 낯선 이들만 한 번씩 얼굴을 내밀었다. 먹을 것이 입에 들어갈 리 없었고 비단금침에 누워 편히 침수 들 수 없었다. 은명은 보료에 덩그러니 앉아 그저 시간을 보내고 있었다.

"자가, 조금만 젓수시어요."

맛깔스럽게 차려진 밥상을 은명은 이번에도 거부했다. 시선을 망연히 내리깐 채 음식에는 눈길도 보내지 않았다.

"상을 물려라."

"저하께서 근심이 크시옵니다."

"……."

"젓수시는 걸 꼭 확인하라 하셨사옵니다."

"나중에 먹으마."

이후로도 자선당 궁녀들이 뭐라고 떠들었지만 은명은 반응하지 않았다. 제풀에 꺾인 그들은 한참 뒤에야 조용히 움직여 물러났.

중간중간 누군가 들어와 말을 건네도 그냥 우두커니 앉아만 있었다. 귀를 닫고 시선을 바닥에 고정하고선 아무것에도 관심을 기울이지 않았다. 얼마인지도 모를 시간 동안 은명은 흐릿한 의식 속에 자신을 내던졌다. 그리고 언뜻 정신을 차렸을 때 눈앞에 김서율이 있었다. 허리를 곧게 펴고 정좌한 그는 비틀거리는 은명을 일으켜 세우듯 힘 있는 목소리로 채근했다.

"뭐라도 젓수셔야 속이 든든해 버티실 수 있습니다. 상궁에게 간단히 드실 수 있는 음식을 다시 올리라 하였으니 무조건 드십시오."

환영이라도 보는 듯 은명은 그를 가만히 주시했다. 꽤 오랫동안 미동도 없이 멍하니 보기만 하다가 천천히 입을 열었다.

"보고 싶었습니다. 보러 와 주시길 기다리고 있었습니다."

"더 빨리 찾아뵙지 못해 송구합니다."

"혹시나 보러 와 주실까, 두렵기도 하였습니다. 스승님을…… 만나고 싶지 않았습니다."

생기 잃은 먹빛의 눈동자에 짙은 그림자가 번졌다.

"하지만 계속 이 상태로 지낼 수는 없는 것이겠지요. 궁금한 게 있으면 참지 말고 하문하라, 늘 그렇게 말씀하시지 않았습니까."

"예. 그리하였습니다."

은명에게 다른 일이 더 있음을 직감한 듯 서율은 말을 최소로 삼가고 차분히 기다렸다.

"제륜 오라버니를 뵈었습니다. 오라버니의 정체를 처음부터 알고 계셨습니까?"

"우연히 알게 되었습니다."

"오라버니는 누명을 쓴 거라 하였습니다. 그 모든 일을 좌상께서 주도하신 겁니까?"

"아닙니다. 절대로 아닙니다."

아니라는 그의 답에 안도해야 하는데 은명은 두서없이 가슴이 뛰었다. 진실로 두려운 질문은 바로 이다음이었다.

"오래전, 제륜 오라버니를 제외한 외숙 일가 전원이 살수들에 의해 목숨을 잃었다고 합니다."

이것에 관해 물을까 말까, 며칠간 수도 없이 고민했다. 아니라면 다행이었으나 만에 하나 그것이 진실이라면…… 은명은 생각하고 싶지도 않았다. 다만, 그가 알아주길 바랐다. 이 세상엔 선의의 거짓말이라는 게 존재한다는 것을. 때로는 진실을 알고자 하는 게 아니라, 안심시켜 주길 바라는 마음으로 질문을 던지기도 한다는 것을.

"그들의 배후가 좌상 대감입니까?"

"그것은……."

"아닙니다. 되었습니다."

하지만 그는 융통성이 떨어지는 사람, 미련할 만큼 진실만을 입에 담는 김서율이었다.

"사실입니다."

"……."

"자객을 보내 서제륜의 가족을 몰살시킨 것은 사실입니다."

바라는 것은 오직 하나, 그의 짝이 되고자 함이었다. 모후를 잃고 부왕의 등만 바라보다 가슴에 멍울이 진 어린 시절. 서율은 천덕꾸러기였던 자신에게 따뜻하게 웃어 주고 어여쁘다 말해 준 유일한 사람이었다.

어머니와 행복했던 화경궁에서 다시 한 번 그와 함께 행복해지는 꿈을 꾸고 있었건만…….

결국 인연이 아니었던 것일까. 정녕 악연에 지나지 않았던 것일까.

눈물이 뺨을 타고 하염없이 흘러내렸다.

"이유가 무엇입니까?"

"……."

"이유를 말씀해 주십시오!"

눈에 띄게 어두워진 그는 씁쓸히 시선을 내리고 침묵을 선택했다. 겨울비가 내리치는 어둑한 한낮, 혼자서 비를 맞고 서 있는 듯 괴롭고 스산한 기운이 얼핏 드러났다. 은명은 그것이 가증스러웠다.

"외조부께서 돌아가시고 칠 년도 넘었을 때의 일입니다. 모든 것을 빼앗기고 목숨만 남았던 분들을 왜 그리 잔인하게 처단하였습니까!"

쉴 새 없이 눈물이 분출되었다. 오랫동안 만나기를 고대해 온 외숙 일가가 더는 세상에 존재하지 않는다는 게 이제야 제대로 실감 나고 있었다. 그래서 찾을 수가 없었던 것이다. 그래서 돌아오지 못하셨던 것이다. 은명은 몸서리가 쳐졌다.

"죽고, 죽이고, 복수하고, 원망하고……! 정말 지긋지긋합니다."

"서제륜에 관해선 입도 벙긋 마십시오."

시선조차 제대로 맞추지 못했던 그는 은명의 울먹거림에 얼어붙은 얼굴로 고개를 들었다. 어떠한 비난을 받아도 지금은 이 고비를 넘기는 데에만 집중하겠다는 듯 단호한 목소리로 단속했다.

"좌상께서 벼르고 계십니다. 자가께서 그자와 만나 온 게 밝혀지는 날엔 아무도 무사할 수 없습니다."

"저를 죽이기라도 하시겠답니까?"

은명의 냉소에도 그는 꿋꿋하게 당부의 말을 이었다.

"밖에서 무슨 일이 벌어지든, 어떠한 소식이 들려오든 자가께서는 침묵하셔야 하옵니다. 이곳에서 한 발짝도 움직이지 마십시오. 마음을 비우고 기다리시면 제가 모든 것을 조용히 마무리 짓겠습니다."

"……."

"서제륜은 지금 어디에 있습니까? 실마리를 풀려면 그자와 만나야 합니다."

은명은 대답하지 않았다. 아무것도 대답하지 않을 생각이었다. 급박하게 당부하던 그는 은명의 대답을 기다리다 조금씩 표정이 변해 갔다. 단단히 사수했던 강인함 위로 실금 같은 균열이 일었다.

"저를 믿지 못하십니까?"

그를 믿는다. 자신조차 너무도 변덕스러워 미덥지가 않았는데 언제나 한결같은 그만은 믿을 수 있었다. 하지만 어리고 약했던 이현이, 그 아이가 떠올라, 미치도록 가슴이 아파, 은명은 다른 말을 쏟아냈다.

"믿을 수 없습니다."

살이라도 맞은 듯 격심한 통증이 그의 얼굴에 고스란히 드러났다.

"좌상의 아드님인 그대를, 내가 어찌 믿을 수 있겠습니까!"

잔인한 침묵이 방 안을 에워쌌다. 반박이라도 해 온다면 은명은 악을 쓰며 정이라도 떼어버릴 수 있을 텐데, 저 우직하고 고아한 사내는 그마저도 허락하지 않았다. 오직 붉어진 목울대를 울렁거리다 스스로 상흔을 봉합하고 흔들림 없는 모습을 보여 주었다.

"하오시면 제가 직접 찾아보겠습니다. 지금까지 아뢴 것만 명심하여 주십시오."

안색이 파리하게 굳은 그는 깍듯이 예를 올리고 방을 나갔다. 김서율의 뒷모습이 완전히 사라지자, 더는 버티기 힘들었다.

"흐윽……."

은명은 오열을 토해냈다. 그도 자신도 크게 상처 입고 말았다.


"고신을 하라고 하세요. 의금부로 끌려간 게 언제인데 아직도 이리 깜깜무소식이랍니까?"

등에 화살을 맞은 보희는 아직 병석에 누워 안정을 취해야 할 시기였다. 한데 무엇이 그리 답답한지 병색이 역력한 얼굴로 의대를 차려입고 앉아 분기를 내뿜었다.

중전의 큰오라버니인 현석은 처음 보는 막냇동생의 모습에 식은땀이 흘렀다. 순진하고 수줍음이 많던 아이였는데 언제 저리 차갑고 어려운 분으로 변해버린 것인지. 무슨 말을 올려야 할지 몰라 옆에 앉은 익정만 흘끔거렸다.

"송 판관께서 의금부의 도사와 절친한 사이라 들었습니다. 맞습니까?"

"함께 동문수학한 지기이옵니다."

중전의 다섯 오라버니 중 현재 관직에 몸담은 이는 장남 현석밖에 없다. 때문에 외가 쪽으로 먼 친척뻘인 익정까지 불려와 중전의 분기를 고스란히 받아내고 있었다.

"이런 일은 중간관리 선에서 처리해야 합니다. 송 판관께서 그자를 만나 가벼운 고신부터 시작하라 하세요. 고통이 없으니 저리들 버티고 있는 겁니다."

"그럴 수는 없는 일이옵니다."

"뭐라고요?"

익정의 거절에 보희는 싸늘히 반응했다.

"고신을 가해 자백을 받는다면 누구라도 죄인으로 만들 수가 있는 것이옵니다. 조사의 목적은 사건의 진위를 가리는 것이지, 공주 자가께 죄를 덧씌우는 것이 아님을 유념하여 주옵소서."

"공주는 죄를 지었습니다."

"어찌 그리 확신하시옵니까?"

"그 핏줄이 어디 가겠습니까!"

"마마!"

중전과 익정의 불꽃 튀는 대립에 현석은 조마조마하여 숨소리도 내지 못했다. 자신은 중전이 친동기간임에도 어렵기만 한데 익정은 그렇지도 않은지 꼿꼿이 마주 보며 한 치의 물러섬도 없었다.

"마마께 위해를 가한 것은 도주한 죄인이지 공주 자가가 아니시옵니다."

"그걸 어찌 압니까? 공주가 그자를 부추겨 저를 공격한 것일 수도 있지 않겠습니까!"

"속단하지 마시옵소서. 금군의 화살을 맞은 상단의 대방이서 대감의 손자라는 것도 아직은 확실치가 않사옵니다."

공주를 옹호하는 익정의 발언은 보희의 노기에 더욱 불을 지폈다. 왜 모두가 그 아이를 싸고돌지 못해 저토록 안달인지 이해할 수 없었다. 부아가 난 보희는 감정을 다스리지 못하고 써늘해진 눈초리로 날카롭게 익정을 흘겼다.

"송 판관께서도 공주를 사사로이 만나곤 하셨다지요?"

익정은 기가 막혀 할 말을 잃었다. 수비라는 나인이 사소한 것 하나까지 빠짐없이 고해바친 모양이었다.

"공주는 참으로 재주가 좋은 아이입니다. 어찌 그리 사내들의 마음을 단번에 휘어잡는답니까."

"마마!"

"왜요, 제가 틀린 말을 했습니까?"

듣기 민망한 발언에 오라비인 현석이 펄쩍 뛰어오르자 중전은 되레 화를 냈다. 너무 놀라 잠시 할 말을 잃었던 익정은 곧 차가운 기운을 드리웠다.

"중전마마, 어찌 이리 변하셨사옵니까? 도대체 그동안 무슨 일이 있었던 것이옵니까?"

"변한 건 내가 아니라 송 판관이십니다! 언제나 공정하고 칼 같았던 분이 사사로운 감정에 이리 휘둘리시다니요! 좋습니다. 못 하시겠다면 내가 직접 나서는 수밖에요."

중전이 벌떡 몸을 일으키자 현석은 기겁해서 말렸다.

"마마, 아직 움직이면 아니 되시옵니다."

"비키세요!"

보희는 찬바람을 일으키며 방을 나섰다. 현석은 익정을 보기가 무안해 얼굴을 붉혔다. 누이를 궐로 들여보낸 게 과연 옳은 일이었는지 처음으로 의구심이 드는 순간이었다.

혈색 없는 얼굴의 은명과 냉랭한 분위기의 중전이 서로 마주 보고 앉았다. 중전은 예고 없이 들이닥쳤고 은명은 공손히 예를 올린 뒤 말을 삼갔다. 두 사람 사이에 싸늘한 침묵이 길게 이어지는 가운데 쏘아붙이듯 먼저 입을 뗀 사람은 중전이었다.

"곧 고신이 시작될 겁니다. 공주로 인해 얼마나 많은 사람이 다치고 있는지 알고는 있습니까?"

"그걸 알려주러 오신 겁니까?"

태연하고 흔들림 없는 은명의 반문에 중전은 두 눈을 사납게 치릅떴다.

"공주는 이기적인 사람입니다. 세자와 지평이 막아 줄 것이다, 아마도 그런 믿음으로 버티고 있는 것이겠지요. 그 두 사람이 이번 일로 다칠 수도 있음을 왜 생각지 않으시는 겁니까? 세자는 보위에 오르기도 전에 신하들이 등을 돌릴 것이고, 지평은 채 피어 보기도 전에 반대세력만 키우게 될 것입니다."

"그러니까 마마께서는 오늘도 스승님 때문에 걸음하신 거군요."

"지금 무슨 말을 하고 있는 겁니까?"

중전의 면박에도 은명은 전혀 주눅 들지 않았다. 도리어 고요하면서도 조금은 냉소적인 어조로 말을 받았다.

"처음부터 저를 적대하셨습니다."

"공주도 나를 그리 달가워하지는 않으셨지요."

"연유가 궁금하였습니다. 무엇 때문에 마마께서는 다른 후궁들보다 저를 더 경계하시고 꺼림칙해 하실까. 이제는 분명히 알겠습니다. 마마께서 제게 적의를 드러내실 때마다 그 중심에는 늘 김 지평이 있었습니다. 어찌하여 그런 마음으로 궐에 들어오신 겁니까?"

그가 이판 댁 여식을 좋아하지 않을까, 마음을 졸인 적이 있었다. 그 반대의 상황은 전혀 생각지도 못했다. 하지만 이제는 알 것 같았다. 그를 향한 중전의 애타는 마음과 투기에 잠식된 일그러진 얼굴을.

중전은 잠깐 눈살을 찌푸리더니 곧 입가에 야릇한 비웃음을 그렸다.

"곤전인 나를 모욕하는 것으로 책임을 회피하고 싶다면 꿈도 꾸지 마세요. 지평은 어릴 적부터 우리 친정 가문과 가까이 지낸 분이었습니다. 그런 분이 철딱서니 없는 공주 때문에 막심한 피해를 입고 있는데 내가 어찌 가만 보고 있을 수 있겠습니까? 그는 많은 이들의 기대를 한몸에 받고 있는 사람입니다. 그만큼의 시기와 질투 또한 집중적으로 받고 있지요. 그런 사람이 공주를 두둔하기 위해 정전에서 자신의 기반세력과 충돌하였습니다. 저들이 과연 두고 보기만 하겠습니까? 공주 때문에 지평은 미운털이 아주 제대로 박혔습니다!"

서율이 거론되자 은명은 눈시울이 달아올랐다. 그럴 줄 알고 있었다. 셈 같은 건 모르는 고지식한 사람. 믿을 수 없다, 상처를 주었음에도 지금 이 순간 그는 자신을 구해내기 위해 최선을 다해 뛰어다니고 있을 것이다. 제 한 몸, 상하는 줄도 모르고.

"공주야 이 위기를 넘기고 시간이 흐르면 세자의 비호 아래 갖은 호사를 누리며 살아가겠지요. 그러나 기반을 잃은 지평은 아닐 겁니다. 온갖 견제와 비방, 수도 없는 모략에 시달리다가 유배를 가거나, 운이 나쁘면 사약을 받을 수도 있을 겁니다. 뜻 한 번 펼치지 못하고 요절하는 비운의 선재는 과거에 수없이 존재하였습니다. 똑똑히 알아나 두세요. 만약 지평이 그리된다면 그건 순전히 공주의 탓인 겁니다!"

중전이 어찌하여 이런 헛수고를 하는지 모를 일이었다. 저리 애쓰지 않아도 평생을 함께해 온 최 상궁과 난이를, 떠올리기만 해도 가슴 아픈 그 사람을 나 몰라라 내버려 두진 않을 것인데. 은명은 이쯤에서 그만 중전과의 피곤한 말싸움을 매듭짓기로 했다.

"저를 부추기고 싶으신 건 알겠습니다. 이럴 때는 지평의 조언대로 침묵하고 방 안에서 움직이지 않는 것이 상책이겠지요.

그래도 저는 의금부로 가서 저의 사람들을 구할 겁니다. 그러나 착각하지 마십시오. 이것 역시 수없이 해 왔던 저의 선택 중 하나일 뿐 마마의 부추김에 흔들리는 것이 아닙니다."

"죄를 지었으면 시인하고 벌을 받는 것이 당연하지, 부추긴다니요! 내 누누이 말하지만, 공주의 말버릇은 참으로 고약하기 이를 데가 없습니다."

"궐에 들어오신 건 마마의 선택이라 들었습니다."

"그래서요?"

중전의 비꼬는 어조에 은명은 차분히 응대했다.

"스스로의 선택에 최선을 다하시길 바랍니다."


길고 긴 하루였다. 중전을 보내고 고심을 거듭하던 은명은 깊은 밤, 오라버니와 단둘이서 마주 앉았다. 중신들에게 어지간히 시달렸는지 세자는 며칠 새 두 뺨이 홀쭉해져 있었다. 은명은 그런 오라버니를 한동안 측은한 눈길로 바라보다가 사죄부터 올렸다.

"쉬셔야 하는데 이리 늦은 시각에 뵙자고 하여 송구합니다."

"아니다. 나도 네게 긴히 할 말이 있었다."

그러고 보니 세자는 무언가 힘든 결정을 내린 듯 비장한 기운이 감돌고 있었다.

"먼저 말해 보거라. 무슨 말을 하고자 하느냐?"

"행궁에서 자객이 검을 들고 달려들었을 때 저는 당연히 죽는 줄 알았습니다. 그런데 검이 꽂히려는 순간, 누군가 문을 부수고 들어와 그 검을 막아 주었지요. 그 사람은 제게 도망가라 소리치곤 목숨을 걸고 저를 위해 싸워 주었습니다. 그렇게 저를 구해 주셨습니다. ……제륜 오라버니께서요."

서율이 도착하기 전까지 미궁으로 남겨두었던 부분을 은명은 명확하게 털어놓았다. 세자는 흠칫 놀라는 듯하더니 다시금 표정을 굳혔다.

"가족을 잃고 오늘날까지 혈혈단신, 외롭게 살아오신 분입니다. 수년 만에 다시 돌아온 도성에서 억울한 누명을 쓰고 도망자가 되신 분입니다. ……알려주십시오, 오라버니. 어찌하면 모두가 살 수 있습니까?"

잠자코 침묵하던 세자는 더없이 간결하게 답을 알려주었다.

"너를 내놓으면 될 것이다."

"그리하면 저는 어찌되는 겁니까?"

"너도 들어 알 것이다. 어마마마께서 살아생전 어떠한 고충을 겪으셔야 했는지. 외가와 관련한 일이라면 저들은 사정을 두지 않을 것이다. 네가 가진 모든 것을 빼앗으려 들겠지. 너를 본보기로 삼아 하물며 공주조차도 그 일과 관련해선 무사할 수 없음을 세상에 똑똑히 보여 주고자 할 것이다."

어느 정도 예상하고 있었으나 오라버니의 입으로 직접 들으니 은명은 두려움이 앞섰다. 손끝에 미세한 경련이 일었다.

"무서우냐?"

"무섭습니다."

"그래도 견뎌라."

세자의 단호한 명령에 은명은 시선을 들어 오라버니를 바라보았다. 벌겋게 핏발이 선 눈동자와 까끌까끌해진 얼굴, 거칠게 말라붙은 입술. 조금 전 오라버니께서 하고자 했던 말씀이란 자신의 거취에 관한 것임을 은명은 어렴풋이 짐작할 수 있었다.
 그것을 확인이라도 해 주듯 세자는 딱딱한 어조로 곧장 본론을 말했다.
 "전하께서는 모두를 버리고 너만을 구하고자 하신다. 그 옛날 어마마마를 구하신 것처럼 말이다. 그렇지만 나는 이번 쟁점에서 너를 지키지 않기로 하였다. 오히려 저들에게 너를 내어줄 생각이다. ……내 뜻을 따라 주겠느냐?"
 "……예."
 "아바마마도, 네 스승도 너를 구하겠다 나서는 사람은 내가 모조리 막아설 것이다. 또한, 처벌 수위를 놓고 저들이 왈가왈부하지 못하게 나는 단시간 내에 너에게 아주 중한 벌을 내릴 것이다."
 무슨 답이라도 해야 하는데 은명은 입도 벙긋 못했다. 오라버니에게 서운해서가 아니었다. 앞으로의 일이 무섭기는 했지만, 그 역시 이토록 목이 잠기는 이유는 아니었다. 지난 며칠, 마음을 졸이며 애태웠던 감정이 이제는 한계에 다다라 은명의 생기를 잠식하고 있었다.
 "서운한 것이냐?"
 "아닙니다. 빨리 정리하여 주십시오."

어머니를 일찍 여읜 누이를 가여워하며 쥐면 꺼질까 불면 날아갈까, 이날 이때껏 애지중지 아껴 준 오라버니의 마음을 알고 있다. 그리하여 지금 이 순간, 누구보다 힘든 사람이 오라버니 본인이라는 사실까지도.

무수히 쏟아지는 감정을 빈틈없이 숨기며 세자는 다소 무뚝뚝하기까지 한 목소리로 누이가 해야 할 일을 지시했다.

"내일 아침 일찍, 나는 전하를 찾아뵙고 이번 일에 관한 전권을 달라 청할 것이다. 그사이 너는 의금부로 가서 사실을 시인하되, 내가 시키는 선까지만 실토하여야 한다."

얼굴에는 애잔함이 흘렀지만 은명은 또렷한 눈빛을 빛내며 오라버니의 말씀을 주의 깊게 경청했다.

━━━━━━

그 엄청난 소식을 믿을 수가 없었다. 먹고 자는 시간도 아껴가며 강준혁을, 공주를 구할 방법을 찾아다녔다. 조금만 더 시간이 주어지면 해결할 수 있을 것 같은데 공주께서 스스로 의금부를 찾으셨단 소식이 날아왔다.

그럴 리가 없다고 부정하면서도 서율은 사실 확인을 위해, 만약 사실이라면 아직은 입을 떼지 않으셨길 바라며 미친 듯이 의금부로 달려갔다. 정문을 지나고 본관으로 허겁지겁 뛰어드는데 그 이상 나아가지 못하고 망연자실 움직임을 멈췄다.

저 앞에서 공주가 걸어 나오고 있었다. 그와 눈이 마주치고도 타인을 보는 양 건조하고 표정 없는 얼굴이었다. 마치 경고하는 듯한 눈빛이었다. 지금부터 내 인생에 상관하지 말라고, 당신은 더 이상 나에게 중요한 사람이 아니라고.

공주께서 마음에도 없는 독언을 퍼붓고 또 그렇게 행동하고 있다는 걸 알고 있었다. 그럼에도 가슴속에 불어오는 되알진 칼바람을 막을 수는 없었다. 무엇보다 자신마저 놓은 듯한 저 표정이 그를 참을 수 없게 만들었다. 서율은 빠르게 다가가 한기를 흩뿌렸다.

"무슨 짓을 하셨는지 알고는 계십니까?"

"알고 있습니다."

"무사치 못하실 거라고 말씀드렸습니다. 각오는 되어 있으신 겁니까?"

"각오하고 있습니다."

공주의 대답은 담백했다. 그래서 더욱 잔인하게 느껴졌다.

"스승님께서도 다시는 사사로이 저를 찾아오지 마십시오."

"……."

"잠시 향몽을 꾸었던 것입니다. 달콤하긴 하나 깨어나면 아무것도 아닌 허무한 꿈. 스승님은 제게 그런 존재이십니다. 두 번 다시 마주하고 싶지 않습니다. 저와 있었던 모든 일을 깨끗이 지우도록 하십시오."

공주와의 행복한 미래를 꿈꾸면서도 혹시라도 이런 날이 오지 않을까, 서제륜을 볼 때마다 두렵고 불안했다. 평생을 모르는 척 외면하고 싶었으나 피해 갈 수도 없는 과거의 진실. 그

너머의 진실까지 모조리 밝혀 그런 것이 아니다. 변명이라도 하고 싶지만, 그조차 공주에게는 상처가 될 터였다.

얽히고설켜 징글징글하게 발목을 잡는 과거가 서율은 이제 원망스러웠다. 그리고 분노했다. 왜 우리는 서로에게만 오롯이 집중할 수 없는 것인지, 왜 우리의 미래가 가문의 과거에 휘둘려 이토록 산산조각 나야 하는지.

"자가께서는 저를 놓지 못하십니다. 벌써 후회하고 계시겠지요."

"좌상 대감은……!"

처연하기까지 한 서율의 대답에 은명은 분기를 드러냈다.

"내 어머니의 피붙이를 모조리 죽여 제대로 앙갚음하였습니다. 저 역시 똑같이…… 아니, 그 몇 배로 되돌려 주고 싶습니다. 하나 그리할 수 없으니 차라리 보지 않는 길을 선택한 겁니다. 좌상은 물론이요, 그 핏줄들까지 모조리 끔찍하고 치가 떨립니다. 앞으로는 제 앞에 나타나지 마십시오. 김대원과 관련된 자라면 그 누구라도 보지 않을 겁니다!"

작정하고 쏘아붙인 은명은 한 치의 미련 없이 등을 보이며 자리를 떠났다. 절망에 잠식돼 빛을 잃은 서율도 과감히 무시했다. 이렇게라도 끝을 내지 않으면 제 몸이 부서지는 한이 있어도 그는 결코 아무것도 포기하지 않을 사람이기에.

그는 항상 옳았다. 은명은 벌써 그가 보고 싶었다. 그럴수록 이것이야말로 가장 옳은 결정이었음을 몇 번이고 재차 깨닫게 된다. 앞으로는 그가 무리하지도, 다치지도 않았으면 좋겠다.

자신과의 일을 말끔히 잊고 모두에게 촉망받던 예전의 김서율로 돌아가 주기를 바란다.

복잡하게 얽혀 있는 악연이라 하여도, 가여운 외숙 일가를 살해한 김대원의 아들이라 하여도 절대로 놓을 수 없는 자신만이 그를 기억하고 싶었다. 멀어지는 은명도, 남아 있는 서율도 시야가 점점 뿌옇게 흐려졌다.

"아버님, 소자입니다. 송구하오나 긴히 드릴 말씀이 있으니 잠드신 게 아니면 조금만 시간을 내어주십시오."

해시가 끝나가는 깊은 밤, 아무것도 포기할 수 없었던 서율은 공주를 구명할 방도를 찾아 사방을 헤매다 결국 부친을 찾아왔다. 빠듯한 시간 안에 사건을 해결하기엔 그의 힘이 너무도 미약했다. 이제 그가 기댈 수 있는 곳은 공주를 노리는 세력의 수장이자 도성 안 최고의 실세인 부친밖에 없었다.

큰사랑채에선 희미한 불빛조차 새어 나오지 않고 있었다. 이미 잠자리에 드신 게 분명했으나 서율은 여유가 없었다. 내일 아침에 일찍 열리는 조회 전까지 어떻게든 부친을 설득하고 싶었다.

"아버님!"

"왜 이리 늦은 것이냐?"

서율이 한 번 더 목소리를 높이는데 언제인지도 모르게 모친께서 다가왔다.

"어머니."

"네 방으로 가보아라. 대감께서 초저녁부터 너를 기다리고 계신다."

서율은 지체 없이 작은사랑채로 달려갔다. 방 앞에 도착해 다급하게 문을 열고 들어가니 부친께서는 술상을 앞에 두고 홀로 술잔을 기울이고 있었다.

"아버님."

"와서 한 잔 받아라."

서율은 좌정하여 부친께서 따라 주는 술을 한입에 털어넣었다. 좌상은 그에 그치지 않고 기다렸다는 듯 술병을 내밀었다.

"후래삼배後來三杯라 하였느니."

다급한 마음에 부친이 따라 주는 대로 연거푸 석 잔을 들이마신 서율은 초조함을 풍기며 곧바로 용건을 입에 올렸다.

"긴히 드릴 말씀이 있습니다."

"말해 보아라."

"공주 자가의 처결을 조금만 미뤄 주십시오."

"그러기엔 너무 늦지 않았느냐. 서제륜을 만났노라, 이미 시인하셨다."

"그렇기는 하지만 이번 일은 몇 가지 석연치 않은 점이 있습니다."

조바심 때문인지 갑자기 머리가 멍멍해지는 느낌이다. 서율은 혼미해지는 정신을 붙잡고 두 눈을 부릅떴다. 좌상은 그런

아들은 지켜보며 태연히 하답했다.

"미심쩍은 일은 도주한 자를 잡아 자세히 파헤치면 될 일이다."

"공주 자가십니다!"

"그렇기에 신속히 처결해야 하느니라."

"찾아온 핏줄을 거절하지 못하고 짧은 시간 만나셨던 것입니다. 겨우 그런 걸 가지고 중죄를 내린다면 이는 지나치게 가혹한 처사가 아닙니까!"

"서제륜은 단순한 죄인이 아니요, 역도를 숨겨 준 행위는 대역죄에 해당한다. 더욱이 그 문제는 중신들뿐 아니라 왕실에서도 드러내기 꺼리는, 영원히 묻어 둬야 할 모두의 치명적인 약점이었다."

"하오나……,"

곧바로 반박하려던 서율은 말을 잇지 못했다. 며칠간 지나치게 과로한 탓인지 불현듯 부친의 모습이 둘, 셋으로 겹쳐 보였다. 졸음이 쏟아지고 사지가 늘어졌다.

"그분이 서제륜을……."

몸에서 힘이 빠지며 세상이 빙글빙글, 눈앞이 어지러웠다.

"숨겨 줬다는 증거가……."

어떻게든 버텨 보려 안간힘을 쓰던 서율은 어느 순간 정신을 잃고 그대로 무너졌다.

묵묵히 그 모습을 지켜본 좌상은 상 밑에 두었던 또 다른 술병을 꺼냈다. 아들이 오기 전까지 홀로 따라 마시던 술이었다.

좌상은 술잔을 들이켜며 낮에 세자가 은밀하게 건넨 말을 되새겨 보았다.

'이번 일은 대감의 뜻대로 해드리겠습니다. 지평은 공주의 스승이었으니 순순히 받아들이지 못하겠지요. 사흘 정도 알아서 묶어 두도록 하십시오.'

오래전 그때처럼 한바탕 들고일어날 각오까지 하고 있었는데 세자의 의중은 뜻밖이었다. 공주를 싸고도는 건 성상보다 더한 분이시기에 한층 더 그렇게 느껴졌다. 정확히 짚이는 건 없으나 다른 것을 염두에 둔 포석 같기도 했다.

그것이 무엇이든 좌상으로선 받아들이지 않을 이유가 없었다. 세자의 속내야 나중에 확실히 파악하고 나서 처리해도 될 일 아닌가. 지금은 중신들의 견제를 한몸에 받고 있는 아들놈부터 살리고 봐야 했다.

서율은 내일 오후 정신이 들면 참을 수 없는 갈증에 약을 탄 물을 한 번 더 마시게 될 것이다. 그러면 모레까지는 잠을 자느라, 그다음 날은 후유증을 겪느라 정확히 사흘간 자리에서 일어나지 못하게 될 터였다. 그동안 피로가 제법 쌓였으니 앞으로 사나흘 잠자리에서 푹 쉬게 하는 것도 좋은 방법이었다.

좌상은 쓰러져 있는 아들을 바라보다 자리에서 일어나 방을 나섰다. 뒤이어 정경부인과 장남이 종복들을 데리고 들어와 정리를 시작했다.

성조 23년 11월 스무닷새.

공주가 의금부에 나와 역도와 내통한 사실을 시인하다.

'그가 화경궁에 찾아와 세 번 만난 것은 사실이나 상단의 수장이라는 말은 금시초문이오.'라고 역도와 의천상단과의 연관성을 부인하다.

성조 23년 11월 스무엿새.

공주와 목격자 수비의 진술에 따라 공주의 보모와 나인 난이를 무죄로 방면하다.

성조 23년 11월 스무여드레.

공주의 신분과 지위를 박탈하고 정선에 안치하게 하라는 비망기를 내리다.

공주가 병중임을 감안해 유배지까지 소교小轎를 타고 가는 것을 허하다.

공주가 소교를 타고 요금문曜金門으로 나가 유배지로 향하다.

(3권에서 계속)